中国小小说

金麻雀获奖作家文丛·凌鼎年卷

凌鼎年\著

杨晓敏 刘海涛 秦俑\主编

那片竹林 那棵树

世界图书出版公司

广州·上海·西安·北京

图书在版编目（CIP）数据

金麻雀获奖作家文丛·凌鼎年卷 / 凌鼎年著 . -- 广
州：世界图书出版广东有限公司，2012.12（2014.2 重印）
ISBN 978-7-5100-1567-0

Ⅰ．①金… Ⅱ．①凌… Ⅲ．①小小说－小说集－中国
－当代 Ⅳ．① I247.8

中国版本图书馆 CIP 数据核字（2013）第 001615 号

金麻雀获奖作家文丛·凌鼎年卷

主　　编：杨晓敏　刘海涛　秦俑
责任编辑：张立琼
责任技编：刘上锦　余坤泽
出版发行：世界图书出版广东有限公司
　　　　　（广州市新港西路大江冲 25 号　邮编：510300）
电　　话：020-84451013
http：//www.gdst.com.cn　E-mail：pub@gdst.com.cn
印　　刷：虎彩印艺股份有限公司
经　　销：各地新华书店
开　　本：787mm×1092mm　1/16
印　　张：17.25
字　　数：250 千字
版　　次：2014 年 2 月第 2 版
印　　次：2014 年 2 月第 2 次印刷
书　　号：ISBN 978-7-5100-1567-0/I·0267
定　　价：60.00 元

倾情写作与遍地开花

——凌鼎年小小说印象

杨晓敏

　　凌鼎年是我国当代小小说创作领域重要的"专业户"之一，其作品传统文化意味较浓，人生哲理性强，题材宽泛，能将人物不同凡响的生命体验融于广博的知识和社会背景之中。他对小小说文体有着明晰的认识和把握，能够调动和娴熟掌握小小说写作的各种艺术手段，从传统的现实主义到各种带有先锋色彩的实验文体，表现得花样繁多。在创作之余，凌鼎年热心参与海内外各种小小说活动，对小小说文体的思考也颇有心得。20 余年来，鼎年发表了千余篇小小说作品，出版作品集和散文、随笔集等 30 多部，更由于他长期为小小说事业推波助澜，尤其在东南亚华文小小说创作领域颇多交流，所以说他是"小小说30 年风云人物"似乎也十分贴切。

　　《茶垢》、《菊痴》、《再年轻一次》等小小说是鼎年早期创作的作品，无论在小小说文体的选材、立意、构思上还是在人物塑造、叙述表达和环境营造上，这些作品都显示出作者对小小说文体的自觉实践，诸如体现在对小小说文体的字数限定、技巧密度的使用以及故事布局上的胸有成竹。他的文笔抒情，行文活泼有趣，遣词造句不拘一格，文风飘逸多有书卷气。

　　《茶垢》浸润着无比沧桑的人生况味，"茶垢，茶之精华也"，"如此丰厚之茶垢，非百年之积淀，焉能得之？！壶，千金可购；垢，万金难求。"当不明就里的小孙女把紫砂壶清理干净后，主人公史老爹再不能从壶里品咂出萦绕心头的那种陈年茶垢的味道，竟一下瘫软在太师椅上，如失之魂魄，顷刻间命悬一线。《菊痴》同样写出了在传统文化熏陶下的人性弱点。一棵纯正的"绿荷"菊花，在一位爱菊如命的"菊痴"手里，把正常的保护措施变成了疑神疑鬼的行为方式,生怕这宝贝玩意儿在离开视野后被弄得基因变异。最后终因耐不住折腾,此菊还是一缕芳魂去矣。落得所谓御菊亲本、正宗绿荷就此绝种。《再年轻一次》则写得简洁明快,把主人公的生活姿态由保守到逐渐明朗置放在改革开放的大环境下进行关照,凸现一种文明时尚的人性释放。

在20年前,作为小小说第一梯队的写作者,鼎年的这些作品是有自己的艺术追求和个性风格的。和当时的一些短篇小说缩写式的"脱水干菜"写作比起来,他有着清醒的文体意识;和一些新闻报道式的概念化脸谱化写作比起来,他更愿意在文学性上努力探索,深度开掘;和一些认为小小说好写,在没有做好文学准备就半路出家直奔目标的作者比起来,他已具备了先天性的优越站位。鼎年之所以到如今依然活跃在小小说创作舞台,发表上千篇作品后文思不竭,这除了他丰富的阅历外,还在于旺盛的求知欲望所裂变放大的综合性知识结构的形成,为他提供了丰润的土壤源泉。言情状物,信手拈来,皆成文章。《棋友》、《画·人·价》、《让儿子独立一回》等佳作,作者早期的数质并举的创作成就奠定了他一流作家的地位。

1990年5月的"汤泉池笔会",是以郑州为大本营的小小说中心吹响的"集结号"。中国当代崭露头角的数十名小小说"新锐"聚集在林木葱茏的大别山区,燃起了小小说的第一堆篝火。从当时他们已发表的"代表作"中,就可以看出主办者的如炬慧眼和开始打造中国小小说标志性作家的决心,与会者携带的"资格证"就是明证:譬如:孙方友《捉鳖大王》、《邮差》、王奎山《刺柏》、司玉笙《书法家》、沈祖连《老实人的虚伪》、许世杰《关于申请购买一把铁壶的报告》、刘国芳《诱惑》、谢志强《习惯》、刘连群《大破台》、雨瑞《断弦》、程世伟《未晋级人》、生晓清《两棵枣树》、曹乃谦《筱麦秸垛里》、吴金良《醉人的春夜》、沙滉农《哟,不是发表了吗》、张记书《怪梦》、子尼《选择》、邢可《歪脖子树》、滕刚《预感》(此篇其时已发表在当年4月份的《青年作家》上)。加上原属计划内邀请的许行、白小易、于德北、徐平、胡尔朴、尹全生、邵宝健、邓开善、曹德权等人因故未参加。鼎年在这一拨儿文友里面,因善于与大家沟通,人缘颇佳,会后曾保持了相当长时间的写作友谊。

20世纪90年代，鼎年处于井喷式爆发的创作态势。在发表的众多作品里，也有像《守拙之谜》、《史仁祖》、《剃头阿六》等惹人眼睛一亮的作品。《史仁祖》写一小城杂文家在写作环境中潜移默化的变异过程，解析了由基层写作熟知民生疾苦到走上优越岗位后笔锋变得迟钝的内在规律，可谓一针见血，强化了对社会问题的思索与批判性。《剃头阿六》是"春兰杯世界华文微型小说大赛"的获奖作品，写迂腐的"职业精神"的黑色幽默意味，呈现出作品的多义性。进入新世纪以后，鼎年又写出了《了悟禅师》、《嘴刁》、《药膳大师》、《天下第一桩》和《法眼》等可圈可点的佳作。其实从创作伊始，作者就把写作背景放在了"娄城"这一块熟悉而动情的土地上。像孙方友写"陈州笔记"、杨小凡写"药都笔记"一样，鼎年的"娄城笔记"同样写得人物杂驳、各色人等栩栩如生，读后如入画廊，过目挥之不去。与孙方友、杨小凡的志异传奇式故事不同的是，鼎年在作品中所注入的文化蕴含，或者说通过人物，故事的描写叙述所透露出来的文化韵味，却是独树一帜的。譬如《嘴刁》里的主人公尚百味在"食不厌精"上的形象刻画，《药膳大师》里对"食疗"的专业表述，《了悟禅师》里对佛家禅机的诠释，皆如行家里手般稔熟，一字一句皆有出处。

如今怅然四顾，当年"汤泉池笔会"上的身影早已惊鸿散去，因种种原因，大都另谋它图了。而矢志不移、痴心不改，20多年来依然视小小说事业为毕生理想而献身者也硕果尚存。他们伴随着小小说成长壮大的步伐，引领出一茬又一茬的后来人。难能可贵的是，鼎年在写作之余热衷于参加任何一项与小小说文体相关的活动。编书、讲学、为文友们写序或推荐习作等，被业界戏称为"小小说活动家和代言人"。今年3月1日当第五届鲁迅文学奖把小小说列入评选行列的消息公布后，从广义上讲，这里面包含了所有小小说的倡导者、编者、作者、评论者乃至读者的共同努力，但作为数十年不遗余力地为之摇旗呐喊、笔耕不辍的诸如凌鼎年、王奎山、刘国芳、谢志强、沈祖连、张记书、孙方友等个性化人物，注定是功不可没载入小小说史册的。那天我和李永康先生通电话时，一致认为在小小说的发展史上，这些人起码应该属于开拓者和奠基人之列。"小小说，三十年再论"，上世纪他们就敢于向某些狭隘而持有偏见的人发出类似赌气式的宣言，那也是要有极大勇气的。

我和鼎年相识于"汤泉池"笔会，中间曾有几年联系不多。但是有关他的信息不时通过各种渠道不断传出，说来也从未陌生过。去年在蔡楠、张记书等操办的"邯郸京娘湖小小说笔会"上，我与奎山、祖连、鼎年、建超等老朋友相聚在一起，当回忆起多年来共同为打造一种新文体或者为了同一个目标而各自经历的人世沧桑和酸甜苦辣时，在互相对视之间，都有说不出的感慨。

中国当代的小小说现象已逐渐成为世界性的大众文化话题，她的旺盛的生命力在于，民间性写作和文体的雅俗共赏，而这两点，也正在和它的创造者们一起簇拥着走向美好的未来。

（杨晓敏，现任河南省作家协会副主席，《小小说选刊》《百花园》主编，曾荣获"小小说事业家"等荣誉称号）

目　录

第八辑 | 辛卯年新作

附录

第一辑　佛门禅意

　　非佛非禅，近佛近禅，佛韵悠悠，禅意绵绵。出世入世，醒世警世，高僧大德，令人敬仰，佛门败类，令人不齿。三界之内，红尘之外，几多人物，几多故事，净土与世俗，割不断，理还乱，读之唏嘘，读之感慨。

血 经

1937 年的初冬，冷得格外早。风，把古庙镇刮得昏天黑地。时而如野狼嚎叫，时而如老妇饮泣。

从昨晚起，庙里就收容了不少从江边乡下逃来的难民。

难民们悲愤地哭诉着日军登陆后的暴行，即便侥幸逃出的，仍一个个惊魂未定。

弘善法师开始还喃喃自语着"罪过罪过"。听着听着，他牙齿咬得格格作响，悲愤得血都要喷出来。

弘善法师每晚诵经念佛，超度亡灵，但依然难以排遣心中的悲愤。他知道，抗日游击队几乎遍布各地，他们正用青春与热血在与日寇作着殊死的斗争，但佛家弟子不能杀生，弘善法师很是苦恼。弘善法师每每想起先哲顾炎武"国家兴亡，匹夫有责"的格言时，胸中就产生一种冲动，觉得自己应该做些什么。他想，抗日志士在为国为民流血，佛家子弟岂能一味怜惜自己的生命呢？

终于，弘善法师决定：写血经！

他觉得只有也流点血，才对得起佛祖，对得起供他养他的善男信女。

说干就干，他每天清晨用针刺破手指，挤出一盆血来，用以抄写《妙法莲华经》，前后花了近一年时间，弘善法师抄完了鸠摩罗什的七卷译本。

血经虽然抄写完毕，然而日寇的暴行有增无减。譬如县城有位道士经城门时未向站岗的日军兵士鞠躬，竟被活活打死；更令人怵目惊心的是有个日军军曹独自溜到毛家村，强行奸污了一名仅 15 岁的农家女孩，女孩的大哥发现后，邀集了村民痛打了这位军曹一顿。不料第二天，日军血洗了毛家村，其中有 11 位年轻人被绑在树上，被日军练刺刀活活捅死，血流满地，腥臭多日……

血、血、血，弘善法师每日里听到的是日寇的暴行，是百姓的流血，弘善法师仿佛心尖在淌血。

《妙法莲华经》的血色越来越淡，据说是采血写经期间未绝盐的缘故。弘善法师考虑再三，决定再写一部血经。为表心迹，这回弘善法师决定破舌沥血，为保证血经不褪色，他决定采血写经期间绝盐淡食。

庙里上上下下都震动了。要知道，《大方广佛华严经》共80卷，60多万字。而舌尖之血，每天能采多少？即便是钢铁之躯也要垮的呀。但弘善法师主意已决，他向佛祖发誓：不抄写成《大方广佛华严经》这部血经，死不瞑目。

养真法师担心弘善法师一个人难以完成此宏愿，主动表示愿与弘善法师两人轮流采血，以供弘善法师抄写血经。

每天清晨，弘善法师与养真法师两人刷牙洗脸后，用刀片割破舌尖，让舌尖之血一滴一滴地沥在一只洁白的瓷盆里，待沥满一小盆后，再加少许银硃，然后用羚羊角碾磨，直至把血丝全部磨掉磨匀，方开笔抄写。弘善法师每天坚持抄写一千字左右。每个字都一笔一画，工工整整。

舌尖采血后，一般要三四个时辰以上才能进食。逢到养真法师采血还罢，逢到弘善法师自己采血，他就得饿着肚子抄写。

两人舌尖上的老伤口还未长好，新伤口又添，以致后来，味蕾简直快失去功能了。这倒算了，最令人难以忍受的是绝盐淡食。十天八天也许忍一忍就过去了，一个月两个月也许咬咬牙也能挺过来。但这是一场持久战呵。春去春来，秋去秋来，弘善法师日见憔悴，脸白白的，瘦瘦的，毫无血色，他舌尖上的血已越滴越少，他抄写的速度也越来越慢。他对养真法师说，只要能完成血经，我就是死，也死而无憾了。他每天求佛祖保佑他挺住，保佑他完成血经的抄写。历经666天，弘善法师在养真法师的配合帮助下，终于如愿以偿完成了这部以全部心血完成的血经。

当弘善法师抄完最后一个字时，他一下子瘫了下去，连握笔的力气也没有了。他形似枯槁，但一丝欣慰的笑浮上他的嘴角。

了悟禅师

自了悟禅师到海天禅寺后，海天禅寺的平静就打破了。

僧人们无论如何不明白，法眼方丈怎么会要求了悟禅师住下来，更不理解他为什么会容忍了悟的反常行为。

别的不说，这了悟自在海天禅寺住下后，竟从来没扫过一次地，从来没关过一次门。若轮到他值勤值夜，其他和尚总有些放心不下。

众僧都不甚喜欢这位新来的了悟禅师。所谓先进庙门三日大，比了悟先进庙门的，自认为比他有资历，也就不把了悟放在眼里，时不时斥责他，骂他是懒和尚。了悟不气不恼，一笑了之。过了几天，众僧突然发现了悟在门口贴了一副对联，上联为"净土何须扫"；下联为"空门岂用关"。众僧看得呆了，一时竟无法驳斥了悟的这种奇谈怪论。有人去禀报了法眼方丈。法眼方丈闻听后，微微颔首，面露赞许之色。他传下话去："了悟对禅的理解，已非你辈皮相之见，好好向他学道吧。"

僧人们都认为法眼方丈在偏护了悟，甚至认为他法眼有私，多少有些不服。

法眼方丈终于向众僧们说出了压在心底的一件事：那就是半年前的一个黄昏，他匆匆赶回海天禅寺时，因山雨刚止，河水暴涨，木桥已被冲毁，有一年轻山姑为无法过河正发愁呢。

法眼方丈见此，考虑再三，他卷起裤管，折一树枝，以树枝当手杖，一面探底，一边趟过了河。法眼方丈想：男女授受不亲，僧人戒色首先要远离女色，自己这样做，既给她做了示范，又不犯寺规，也算尽到普度众生之责了。然而，那位山姑不知是没有领会法眼方丈的暗示，还是胆小，依然站在河对岸干着急。天渐渐暗下来了，一个山姑过不了河，那如何是好？

正这时，走来一其貌不扬的和尚，和尚上前向山姑施礼后，就抱着山姑过了河，和尚把山姑放下地后，满脸通红的山姑一脸羞色地向和尚道了谢。和尚说了声："阿弥陀佛，善哉善哉！"就一声不响地继续赶路了。

法眼方丈忍不住上前问："这位和尚，出家人应不近女色，你怎可抱一个姑娘呢？"那和尚哈哈大笑说："我早把那姑娘放下了，你怎么反而老放不下呢。"法眼闻之大惭，始悟遇到得道高僧了，就极力邀请了悟禅师到海天禅寺住下。

这件事对法眼方丈震动很大，他深感了悟禅师道行深厚，有心好好观察，让之熟悉海天禅寺后，再作打算。

不久，清兵南下，发生了"扬州十日"、"嘉定三屠"等惨烈之事，善男信女逃难的逃难，避灾的避灾，寺庙的香火一下冷落了许多。

海天禅寺落入清兵之手是早晚的事，胆小的僧人离寺避到了乡下，了悟却天天在大殿念经打坐，仿佛不知大军压境之事。

一个阴霾之天，清军一位大胡子将军率军士冲进了寺庙，其他僧人全逃了避了，唯了悟禅师依然不慌不忙，不紧不慢地念他的经，对大胡子将军的来到熟视无睹，大胡子将军见这和尚竟敢如此蔑视自己，火不打一处来，厉声喝问："好大的胆子，竟敢如此目无本将军，你知道不知道本将军杀人如刈草一般。"

了悟正眼也没瞧大胡子将军一眼，朗声回答说："将军你大概还不知道寺庙中也有不惧死的和尚吧，既然死都不怕了，还有什么好怕的呢。"

本来大胡子将军想大开杀戒，烧了寺庙，但听了了悟的回答，又从心底里佩服这位和尚的豪气与胆识，遂下令撤退。

海天禅寺就这样免于了兵灾。

法眼方丈因此有了把方丈之位传给了悟的念头，了悟闻知后借口自己乃闲云野鹤，执意谢绝了法眼方丈的美意，终于又云游四海去了。临走时，他留下一偈语："泥佛不渡水，金佛不渡炉，木佛不渡火，真佛内里坐。"遂头也不回地走了。

法眼方丈与众僧们都默默念着这偈语，各人参悟着。

原发于菲律宾《世界日报》2001 年 6 月 23 日；

再发于《百花园》2001 年 7 期；

中国作家协会主办的《小说选刊》2001 年 10 期选载；

《微型小说选刊》2002 年 1 期选载；

《传奇传记选刊》2002 年第 3 期选载；

获首届中国小小说金麻雀获奖提名奖；

获中国微型小说学会第一届全国微型小说（小小说）年度评奖一等奖。

收入中国作家协会创研部编选的《2001 年中国短篇小说精选》，2002 年 1 月版；

收入《2001 年度最佳小小说》，2002 年 1 月版；

收入《当代小小说名家珍藏》，2002 年 9 月版；

收入《中国微型小说排行榜》，2002 年 10 月版；

收入《中国当代小小说排行榜》，2003 年 5 月版；

收入《中国精短小说名家经典》，2004 年 2 月版；

收入《中国新时期微型小说经典》，2004 年 3 月版；

收入《首届中国小小说金麻雀获奖作品集》，2004 年 5 月版；

收入《微型小说鉴赏辞典》，2006 年 4 月版；

收入王蒙主编的《新中国六十年文学大系·小小说精选》，2009 年 8 月版；

收入由语文教学研究专家尹杰主编的《阅卷老师推荐的 100 篇作家经典美文》，2010 年 3 月版，并附"阅卷老师推荐理由"与"运用方向及写作指南"；

收入微型小说杂志社选编的《21 世纪微型小说排行榜》，2010 年 5 月版；

收入《微型小说百年经典》（中国卷），2011 年 3 月版；

收入《中学生不可不读的微型小说名作》，2012 年 3 月版；

选载于《小小说选刊》2012 年 23 期，并配发创作谈《一副对联引发的构思》。

小镇来了气功师

"镇上来了气功师。"口口相传,不到一天功夫,几乎传遍了整个小镇。

当今中国,自称气功大师的多如牛毛,但这次来的贾大师却不同,他乃人天真功的创始人也,等于是道家的张道陵、佛家的释迦摩尼式人物。据说此功非佛非道,又胜佛胜道,是一套参天透地,人天本一,顺乎自然的先天大法。

小镇为之轰动,都想一睹贾大师的丰采。

贾大师时间极为珍贵,各地邀请他去讲课,去授徒,已排到一九九九年末,他之所以百忙中挤出时间来小镇,实实在在是一种缘分。据贾大师透露:他车子经过小镇时,感到了从未感到过的一种巨大气功场,他推断小镇是个风水宝地,历史上曾有高人居住,如今小镇上有慧根者多多,故他当机立断决定打破行程,来小镇会一会有缘人。

这些话听得小镇人极为舒心。

贾大师决定农历初八晚上八时在小镇的益寿书场与大家见见面,对对话,门票每张88元。

这门票似乎贵了些,不少人犹豫着去还是不去。

不知谁传出的,贾大师在其他地方,门票起码一百元一张,贾大师一出场一讲课,那气场就来了,能治百病呢。这次是限制人数进去的,晚了就买不到票了,到时叫懊悔都来不及。于是购票者如捡了大便宜似的,踊跃了起来。

真可谓盛况空前,寿益书场挤了个座无虚席。有人在传:这位贾大师甚是了得,在北京时有一百多位教授、专家向他提问,再高深、再奥秘的问题,都百问不倒。那些原本还心存疑虑的教授、专家后来只一个字:

服！——这些信息愈发撩拨得人心儿痒痒的，可贾大师迟迟不见出来。只有人拿来几十张大至十寸的照片，照片都是贾大师在讲课时、练功时拍摄的，照片上或出现佛光，或出现菩提链，有的照片上贾大师通体透明，灵光四射，看得到场的人都呆呆的，傻傻的，惊诧不已。因此而对贾大师生出了几分敬畏之心，仰慕之心。

在经久不息的掌声中，贾大师双手合十，缓缓步入主席台。若单论相貌，贾大师既无观世音的庄严，也无弥勒佛的福相，但人不可貌相，此乃古训，愈如此愈小觑不得。

贾大师对台下百人百姓之心理洞若观火，他旁若无人地讲开了。贾大师一张口果真似口吐莲花，震得台下之人不敢妄言。

贾大师口若悬河，滔滔不绝。他说："人天真功直指人心，以心传心，以心印心，融古通今，随机点悟，使有缘者大舍大得，顿悟本性，进而理事圆融，成为了悟宇宙人生之觉者。"

贾大师见善男信女一个个一愣一愣的表情，劲头更足了，又继续说道："人天真功之禅理虽深虽奥虽秘，但诸位且放宽心，此功法不筑基，不结丹，不意念，不冥想，不供奉，不念咒语，直走法身修持之道，至简至易，只要心诚，只要有缘，保证各位达到人不修自修，法不练自练的境界，在短期内可修到古人外求千年也难以达到的高层次高境界。法缘慧接，转大光轮，愿与在座的有缘者同修炼，同探讨……"

贾大师这一番话又使大家如释重负，有多人当场表态愿意终身追随贾大师，一起亲历再造人间乐土，聚万世神之灵于一身，道法自然，天人合一的最高圣境。有人一带头，仿佛有传染性似的，表态者接二连三，会场气氛直似沸了水的锅，好不热闹。

贾大师面露笑容，他趁热打铁，又讲故事般讲述了在新疆治愈了瘫痪二十多年的买买提；在内蒙古治好了被多家大医院判死刑的癌症病人乌云其米格；在海南岛还使一个已推进太平间的王姓姑娘起死回生……

此时，会场中有位戴眼镜的中年人站起来说："天人合一是中国古代哲学的最高境界，我未练过功，修过法，也不敢奢望达到天人合一的层次的，能不能请贾大师当场调动宇宙之高能量，把痛苦我多年的颈椎炎治一治。实践是检验真理的唯一标准，那些边远地区的病例我们没见过，也无法验证，不过无妨，俗话说灵不灵当场试验，请贾大师拿我来试验，让今天在座的都开开眼界，来个眼见为实，我想这对曾治愈过无数疑难杂症的贾大师来说应当是小菜一碟吧。"

贾大师一愣，这不是诚心将我军，掂我分量吗?

贾大师不愧是贾大师。他依然笑容可掬地说："人天真功首先要有缘，第二要心诚，第三要无欲，带着功利的目的，不思奉献，先求所得，这种人难以法缘慧接。我只能说声遗憾。虽法轮常转，亦因人而异，就看你慧根如何了，就看你缘分如何了……"贾大师谈兴甚浓，容不得眼镜插话，他谈着谈着就生发开去，思路天马行空般疾驶远去。他突然话锋一转，说："无阴无阳为佛，半阴半阳为人，纯阳为仙，纯阴为鬼，只要一心向道，注意心性，功德修持，成仙成佛都有可能，区区小毛病何足道哉……"

眼镜不知生性愚钝还是仍不满足于贾大师的这番教诲与点拨，依然倔强地说道："凡事循序渐进，连这低层次都达不到，怎么可能达到高层次呢?贾大师如果连我这点小毛病都天桥的把式——光说不练，叫我如何信这人天真功能调动宇宙能量，治愈多少多少疑难杂症绝症，为广大学员，乃至百姓造福呢?"

贾大师脸上掠过一丝极为复杂的表情，但很快又静定了下来，他叹口气说："信不信随你，强求不得。看来你属无缘之人，也难怪你问出这样的问题。你没修炼到这个层次，你无法理解人天真功的真谛。就像一个住底楼人他不可能看到登上摩天大楼的人所看到的景色一样。我已一一看过今天与会之人，唯你一人为无缘之人，可惜啊可惜。我还要给你个忠告，在今晚这样高能量的信息场、气功场中，你作为唯一的异数，久待是有损真元的，为你着想，你还是速速离去为妙。"

贾大师很客气，特地把眼镜送出会场，到会场门口时，贾大师绵里藏针地说："佛家有谚救人一命，胜造七级浮屠;拆人台阶，自树仇敌，更损阴德，个中哲理，请自思之，不送不送。"

眼镜闻之，也暗藏禅机地说道："上有苍天下有地，是人总得凭良心。假的真不了，真的假不了。靠天靠地靠不住，求人不如求自己，贾大师也请好自为之。留步留步。"

9

消失的壁画

　　确切地说，小佛山的壁画是三十年代中期发现的。是一位业余摄影家发现的。这位业余摄影家叫林三锡。他是因贪拍大漠落日风光，错过了住宿，偏又逢突然间的狂风大作，暴雨如注，大漠中无处藏身躲雨方无意中闯进了小佛山的这个山洞。进山洞本也很平常，因他衣服湿了，想烧堆火烤烤衣服，这火一点燃，他突然瞥见了洞壁的壁画，他举起火把细看，竟有本生、佛传、经变、供养人和建筑彩画图案等，直把他惊得目瞪口呆，喜得连掐三次大腿，才敢相信这不是梦境。林三锡不是画家，对佛教也谈不上有多深的研究，但他毕竟是吃文化饭的人，他自然掂出了这些壁画的价值，他决定把这些壁画全拍摄下来，可惜的是胶卷已剩下了没几张，已不可能一一拍个遍。林三锡以他自己艺术鉴赏力，认为其中一幅《礼佛图》最为精彩，他借用火把的光亮把这幅画拍了下来。

　　由于洞内的光线较暗，拍摄的效果不是很理想，但小佛山《礼佛图》壁画照片一发表，还是引起了不小的轰动。专家根据壁画的绘画风格、人物的服饰等，初步考证为北魏时的作品，有识之士认为此乃国宝，当好好保护之。

　　林三锡作为小佛山壁画的发现者，自然引起了社会各界的注意，有人通过转弯抹角的关系来找他，要他带路再去一趟小佛山。

　　林三锡已感觉到想去小佛山的，有真正爱好壁画的，也有心术不正做着发财梦的。林三锡谢绝了某些所谓好心人的赞助，他决定倾其家财，再去一趟小佛山，好好拍一拍，争取回来出本壁画集。

　　谁知林三锡一切准备妥当，行将上路时，抗日战争爆发了。日本人的炸弹一响，就此炸毁了林三锡雄心勃勃的计划。

　　解放后，林三锡从一篇报道中得知，小佛山的《礼佛图》被美国人约翰根盗走了……

　　林三锡的心顿时如堕入冰窟窿中一般，他甚至生出了如果自己当年不发表那照片的话，说不定这小佛山壁画依旧养在深闺人不识，《礼佛图》也不会因此而被盗出国。一种内疚的感觉在林三锡心头挥之不去。

　　林三锡写了一篇言辞激烈的声讨约翰根的文章，痛斥他为无耻的文化盗贼，诅咒他子子孙孙将良心不安……

　　不知是否《礼佛图》被盗一事刺激了林三锡，他决计把儿子培养成画家，让儿子有朝一日也画幅传世的《礼佛图》。

　　儿子林清晖没有按照他父亲林三锡为他设计好的路走，林清晖迷上了艺术评论。这林清晖很新潮很前卫，他的评论里那些"张力、语言的弹、话语权、语态、膨胀系数、思辨的穿透功效"等等，常令他老子林三锡脑子发胀发晕。这也罢了，更让林三锡伤透脑筋的是林清晖时常会发表些离经叛道的怪论文章。最最让他伤心的是林清晖在一篇《艺术无国界》的文章中谈到要对斯坦因、伯希和、华尔纳等英美文化盗贼的行为一分为二，说他们有破坏中国敦煌文物的一面，也有保护的一面。他还举例说像小佛山的《礼佛图》，因了约翰根的盗卖，现仍在美国的博物馆保存得好好的，我们通过因特网就能近距离欣赏，真正成了全人类共同的文化遗产。如果不是约翰根的话，说不定这美轮美奂的《礼佛图》在历史的变迁中也就毁去……

——这是什么话？简直是一派胡言乱语，林三锡气得直想揍儿子几下。怎么生了这样一个混账儿子，说出这样混账的话来。可惜自己年岁大了，腿脚不便了，要不然无论如何要再去趟小佛山，再去看一眼小佛山，去拍一些照片，也好了却自己压在心底的一桩心事。

最近，林三锡偶然翻读一位作家的游记散文集，内中有一篇《痛哉小佛山》，读了这篇散文林三锡才知道，小佛山的壁画因画有帝王、妃子、以及胡人等，在文革破四旧时被造反派用红漆、墨汁等涂得面目全非，后来因没人管理，任其荒败。近年，文物值钱了，有些文物贩子、文物盗贼就打起了小佛山壁画的主意，仅一两年功夫，小佛山壁画已荡然无存，仅空留一个洞窟而已……

林三锡读到此，气愤而伤心地猛一拍桌子，那玻璃台板也给他拍碎了，这一拍，林三锡想说的话还没说出，头向后一仰，带着无限遗憾，去了。去时，两只眼睛瞪得大大的。

林清晖合了几次也没能把父亲林三锡的眼睛合上。

裴迦素

　　裴迦素从小就觉得佛很亲切，她家的门前有两棵古银杏树，一雌一雄，每到初冬，金灿灿的黄叶落满一地，那棵雌银杏上，挂满了累累银杏果。读书之余，裴迦素常爱一个人静静地看着这参天大树的枝枝叶叶，感受着它倔犟的生命力。最使裴迦素感兴趣的，常有那些老头老太与中年妇女悄悄地到银杏树下烧一炷香，磕三个头，甚至喃喃自语说上一大通，不知是许愿，还是还愿，或者纯粹是倾诉。看着他们一脸的虔诚，裴迦素特感动。有时，说不清是出于好玩，还是出于一种什么心理，她也会放下书本，与那些大娘大婶们一起焚香祷告，磕头跪拜。

　　记得一位常来烧香的寿老太对裴迦素说："迦素呵，你是有慧根之人，与佛有缘，前世修来的。"

　　裴迦素似懂非懂，就去问她娘。她娘淡淡地说："也许吧。"再不肯多言。

　　后来，裴迦素从寿老太嘴里得知：裴迦素的父亲就是因为反对拆除红庙而得罪了当地领导，以致长期受压，郁郁而终的。知道了这些裴迦素才理解了父亲为什么坚持住在红庙老庙基的房子里，她甚至觉得自己这名字似乎也与佛有些什么关系，要不一个女孩子咋起这么古怪的名字。

　　裴迦素考大学时，正是金融类、经济类专业最吃香的时候，在老师的力劝下，她报了财大的会计专业。她想得蛮好，四年毕业后，在大都市的大企业当个白领丽人，成家后，当个贤妻良母，相夫教子，好好享受生活。然而，裴迦素万万没想到毕业后会碰到一连串的烦心事。说出来也许读者不信，这一连串的不顺心竟都与她的名字有关。裴迦素永远忘不了第一次去人才市场应聘的遭遇。那次她与一家大公司的人事主管谈得好好的，可后来公司方面莫名其妙变卦了，追问之下，才知公司总经理说："这大学生再好，也不能用。你们想想，她不但姓裴（赔），还要"迦素"（加输），我们公司赔得起，输得起吗？让她另择高枝吧。"

后来的遭遇，几乎是前面的翻版。裴迦素受此打击后，一时心灰意冷，悄没声儿地回到了家里，希冀调整一下自己的心态。

寿老太知道了裴迦素的不顺心后，特地送了一幅自书的对子给她。联曰"石压笋斜出，岸悬花倒生"。

裴迦素决意自己外出去闯世界。这一去就是三年，她跑到了西藏，并在那边办了软件公司。工作之余，她参禅拜佛，俨然成了密宗的弟子。

裴迦素回来后，去拜访了寿老太，并赠送了一片贝叶，上书"掬水月在手，弄花香满衣。"

寿老太欢喜不已，惊喜不已，她对裴迦素说："当刮目相看，你已悟道了。"

寿老太沉思片刻，援笔铺纸，写下了这样一段禅语："有形而最大者，莫过于天地；无形而最大者，莫过于太虚；包诸有无而最大者，莫过于自心。"

辞别寿老太，回到家中，裴迦素见她母亲买了八只螃蟹，说是要让三年未归的女儿尝尝家乡美味。

裴迦素说："好，我全数收下，谢谢妈！"这后，她竟拎了螃蟹出门，在屋后的小河边，独自一个人念起了《大悲咒》，念起了《心经》，似乎这一念，欲杀生的罪孽就消弭了，被杀者对有过杀戮之念的人的仇恨也消失了。裴迦素用河水轻轻地洒在那八只螃蟹身上，又柔柔地说了几句后，把那螃蟹一只一只放入了水中。裴迦素回到家后才发现母亲脸色很不好看。

母亲只说了这样一句"素儿，你知道，这螃蟹多少钱一斤吗？"

裴迦素拉母亲到门前，指指那两棵古银杏说："这树叫公孙树，栽种者能见到今天这繁茂之景吗？不能！但他却种公孙树，而不种月季花，这是信仰的力量啊……"

裴迦素母亲抱住了女儿说："素儿，你长大了，你父亲没给你白起这名字。"

三天后，裴迦素给母亲留了一叠钱，在古银杏树下焚了一炷香，拜了拜毅然上了路。又去西藏了。她发誓：只要有了积蓄，她一定回来，重建红庙，弘扬佛法，以慰父亲在天之灵。

第二辑 文人轶事

　　评论家誉之"文化意蕴小小说"，
不虚不缪。几则故事，几位人物，淋
漓尽致，栩栩如生地刻画了文坛众生
相。作家对文化人之了解，对文化人
的剖析，透过皮相，深入骨髓。文坛
轶事，古玩知识，烂熟于胸，行家口
吻，娓娓道来，如数家珍，读之增知
长识，得益匪浅。

茶 垢

那史老爹喝茶大半辈子，喝出了独家怪论："茶垢，茶之精华也！"

故而他那把紫砂茶壶是从不洗从不擦的。因常年在手里摩挲，壶身油腻腻而紫黑里透亮。揭开壶盖，但见壶壁发褐发赭，那厚厚的茶垢竟使壶内天地瘦了一大圈呢。

莫看此壶其貌不扬邋里邋遢，却是史老爹第一心爱之物。从不许他人碰一碰，更不要说让喝壶中之茶了。

据说此壶乃传之于史老爹祖上有位御笔亲点的状元之手。更有一说录此备考：即此壶较之一般茶壶有不可同日而语的两大特色。其一：任是大暑天气此壶所泡之茶，逾整日而原味，隔数夜而不馊；其二，这也是绝无仅有的——因茶垢厚实，若是茶叶断档，无妨，白开水冲下去，照样水色

如茶，其味不改。

史老爹曾不无炫耀地说过："如此丰厚之茶垢，非百年之积淀，焉能得之？！壶，千金可购；垢，万金难求。此壶堪称壶之粹，国之宝……"

史老爹喜欢端坐在那把老式黄花梨太师椅上，微眯着眼，轻轻地呷上一口，让那苦中蕴甘的液体滋润着口腔，然后顺着喉道慢慢地滑下去。他悠悠然品着，仿佛在体会着祖上所遗精华之韵味，简直到了物我两忘之境界。

去年夏天，史老爹在上海工作的小儿子带了放暑假的女儿清清回老家探望老人。

清清读二年级，长得天真可爱。史老爹一见这天使般的孙女，自是高兴不尽。大概他太喜欢这孙女了，竟破天荒地想让孙女喝一口紫砂壶中的茶。哪料到清清一见这脏兮兮的紫砂壶，直感恶心。她推开紫砂壶说："爷爷，你不讲卫生，我不喝。"

"你不喝我喝。"史老爹有滋有味地呷着品着。

第二天一早起来，史老爹照例又去拿紫砂壶泡茶。谁知不看犹可，一看刹那间两眼发定发直，腮帮上的肉颤抖不已，嘴巴张得大大的，如同傻了似的——原来那把紫砂壶竟被清洗得干干净净，里面的百年茶垢荡然无存。

僵立半晌后，史老爹突然发出撕心裂肺般的叫喊："还我茶垢！还我……"

随着这一声喊，史老爹血窜脑门，痰塞喉头，就此昏厥于地。

清清又惊又怕，委屈得直抹眼泪。

一阵忙乎后，清清父亲赶紧用紫砂壶泡了一壶茶，小心翼翼地捧到老人面前。

恍恍惚惚中回过气来的史老爹一见紫砂壶顿时如溺水者抓到了救命稻草，一把抢过紫砂壶，紧紧地贴在胸口。许久，他泪眼迷糊地呷了一口。哪晓得茶才入口，即刻乱吐不已。眼神一下子又黯然失色。手，无力地垂了下来，面如死灰似的。惟听得他声若游丝，喃喃地吐出："不是这味！不……是……这……味，不……是……这……味……"

菊 痴

菊花品种累千上百，黄白红紫，均有不胜枚举之品种。唯绿色菊花极为稀少罕见，而绿色品种中，又以"绿荷"为花朵最大，绿意最浓，一向被认为是菊之上上品。

大凡名贵品种都娇贵，"绿荷"也极难培植，只少数大公园才有此品种，因而其珍其贵显而易见。

据说私人有"绿荷"品种的不多见，但老菊头有。

说起老菊头这个人，可算一怪——他一辈子单身独居，仿宋代名士林逋"梅妻鹤子"，自谓"菊妻菊子"，爱菊爱到如醉如痴的地步。

他家屋里屋外全是菊。什么"帅旗"、"墨十八"、"绿刺"、"十丈珠帘"、"绿水长流"、"枫叶芦花"、"凤凰转翅"、"绿衣红裳"、"古铜钱"、"贵妃出浴"等等，简直就是一个小型菊展。

数百品种中，老菊头最宝贵的自然是"绿荷"。

也真有他的，那盆绿荷被他养得高不盈尺，枝不过三，棵壮叶大，底叶不焦，每枝一花，同时竟放；花绿如翡翠，花大似芙蓉。远观，花叶难辨，绿溢盆沿；细瞧，苍翠欲滴，绿意可掬——此乃老菊头命根子也。

据传闻：此绿荷品种出自清廷御花园，故老菊头一向以拥有御菊亲本、正宗绿荷而自傲。

老菊头最烦别人要他参加什么花卉协会，似乎一入会，绿荷名菊就难保了。

他脑子里只有菊花，别的，对不起，全不在他眼里。他每见报上登有菊展消息，必自费前往。一到菊展，必先寻觅有无绿荷品种展出。若有，他必赏看再三，临走必甩一句："非正宗绿荷！"

于是，洋洋得意之情难抑。回家后愈发对那棵绿荷爱护备至。

老菊头为了保存这棵正宗绿荷，可谓煞费苦心。这绿荷品种他每年只种一盆，绝不多种。他年年插枝，成活后选取一棵最壮实的保留，其余的连同老根一起毁掉。以免谬种流传，正宗不正。

老菊头的这盆绿荷犹如邮票中的孤票、古籍中的善本，使得许多菊花爱好者垂涎欲滴，好多人千方百计想得之，但任是软的硬的，一概碰壁碰钉子。

多少年来，他家的菊花只准看不准要，谁若不识相，开口向他要一盆，或想动脑筋分个根，剪一枝什么的，那他必不给你好脸色看，随你是什么人，一律如此。

秋天的时候，老菊头的侄女带着一英俊潇洒的青年来看望他。老菊头向来把侄女当亲女儿待的，见侄女有如此一表人才的男朋友自然欣慰万分，于是不免多看了几眼。这一多看，老菊头发现这青年很面熟，想了很久，他终于记起来了，这青年就是曾劝他加入县花卉协会最起劲的一位，对了，好像记得他是公园的什么技术员，想到此，老菊头立即警觉起来，连神经末梢也像长了眼睛似的，如防贼似的注意起了这青年的一举一动。

好呵，要手段要到我侄女身上来了。看来和我侄女谈朋友是醉翁之意不在酒，有了这想法后，老菊头对侄女也有了三分戒心。

有天半夜，老菊头被风声雨声惊醒，他放心不下那盆绿荷，披衣到天井里把绿荷搬进屋，不料因地湿，脚下一滑跌了一跤，老菊头怕跌坏绿荷，倒地时硬是护住了绿荷，故而跌得好重，痛得爬都爬不起来。过后，检查下来是尾骨骨折，需仆床静卧。

于是，照顾老菊头，照顾菊花的责任，义不容辞地落到了他侄女身上。

老菊头对侄女少有的热心生出了几分怀疑，他怕有意外，索性叫侄女把绿荷搬到他床前。

慢慢地，这盆绿荷不如先前精神了。

第二年春上，虽然蹿出了几个新芽，但嫩嫩的、弱弱的，他侄女几次提出搬到天井里照照阳光，老菊头终因放心不下，坚持不肯。等后来眼看这盆绿荷要活不成了，老菊头才无可奈何地同意搬到天井里。可他本能地感觉到侄女的那位男朋友也在天井里，急得大叫搬进来，慌慌地细数着那仅有的几根芽缺了没有。

终于，绿荷一缕芳魂去矣。老菊头倾注一生心血养之护之的所谓御菊亲本、正宗绿荷就此绝种。

画·人·价

陶少闲在娄城算个人物。

他是以画莲花为出名，其画室自题为"爱莲居"。

他古稀年纪，极少出门。每每兴之所至，挥毫画莲。画罢，笔一掷，将着胡子品上半天，似乎此画不是他画的。若有谈得来的在身边，就会谈兴大发。常常大讲什么齐白石的虾、徐悲鸿的马、黄胄的驴……言下之意，若画莲，则非他莫提，当今独步。还自称他画的莲花，画尽周敦颐老先生笔下的意境。

然而，他从未参加过什么级别的美协，也未参加过什么画展，更不要说发表、获奖。

他画得不少，留存的极少。往往过一段时间，他就把积下来的画稿翻出来一一过目，细细比较，仿佛在检查赝品，评判优劣。其结果，总有好几幅被他判处死刑，一炬焚之。

陶少闲老妻每每见他烧画，总要嘀咕几句，"好端端的画，一把火，罪过罪过。"他孙子更是不满。"要烧掉不如卖掉。放着钱不赚，真是死脑筋。"

陶少闲鼻子里泄出一声"哼"，甚是轻蔑的样子。

去年，省城有家《文化艺术报》的记者无意间在小城见到了一幅陶少闲的《墨莲图》，他见后赞不绝口，称之为"大家手笔，至臻境界"。记者特寻访而去。

陶少闲刚画罢一幅《残荷听雨图》，伫立图前，沉醉其中。记者见此图，眼都为之直了，连连说："神品神品！"

两人遂品茗长谈，不觉暮色已至。陶少闲难得遇到如此知音，当场在画上落款盖章，郑重相赠，并请雅正。

记者凭着他的眼力，已感到了陶少闲国画的潜在价值。环视四壁，他发现屋墙上还有一幅《小荷出水图》，更是寥寥几笔，墨韵天趣，极是惹人欢喜。可陶少闲已慷慨相赠，怎好意思再开口讨之。

踌躇再三，记者提出说想买下那幅《小荷出水图》。

陶少闲闻此，笑吟吟说："只怕你阮囊羞涩，阿堵物不够。"

记者一愣，犹豫半晌后说："我出二百。"

陶少闲摆摆手说："若论个卖字，非千儿八百断断乎不能出手。"

记者有些尴尬，匆匆告辞。

记者心里放不下那幅画，再次造访陶少闲寒舍。

陶少闲外出未归，只他孙子在家。他一听记者来意，立时来了劲，最后以五百元钱拍板成交。

陶少闲回来后，得知孙子自作主张卖了他的画，气得脸色刷白，腮颔之肉抖个不停。大骂孙子毁了他一生清贫之名，作践了他的人品，降低了他的画价身价。

老妻忙来劝慰，说：总比白送人强吧。

陶少闲闻老妻如是说，喟然长叹曰："我若想靠画赚钱，早可腰缠万贯，不过那岂不成了画匠。我的画，寻常百姓几人能买得起？五百，而今区区五百就定了我的价。我陶少闲还有何颜面画出淤泥而不染的莲花？"

从此，陶少闲闭门谢客，几乎不再与外界有什么联系，有人说他封笔不画了；有人说他日日作画，日日焚画。

孰真孰假，不得而知。但有一点可以肯定：记者走后，小城再也没听说谁求到过陶少闲的画。

误墨

娄城三老翰墨展上，少长咸集，群贤毕至。

开幕式上，应众人之求，三老联袂挥毫献艺。赵老不假思索泼墨画出水上水下几许荷叶，中有荷花含苞待放，煞是喜人；钱老成竹在胸，只寥寥几笔，三两游鱼跃然纸上，一条条栩栩如生；孙老略一凝神，一株岸边杨柳迎风摇曳，婀娜多姿。

孙老画罢，回头对赵老、钱老的高足说："来，添一笔，助助兴。"

不知是不敢在班门前弄斧，还是中国文人固有的君子之风，几位门生都互相谦让着，谁也不肯轻易落墨。这时，一位名不见经传的后生毛遂自荐说："我来献丑！"不待应允，他从从容容拿起斗笔，饱蘸浓墨，跃跃欲试。

三老都不认识这位不速之客，但对他的勇敢精神倒颇嘉许。市美协头头想阻止，三老见之，摇摇手，何必扫年轻人兴呢，且拭目以待吧。

或许众目睽睽之下，或许画面上已有荷有鱼有树，不好落笔，这位年轻人手执斗笔迟迟落笔不下。场上的气氛一时如凝住一般。突然，那饱蘸的浓墨滴了一滴下来，无情地落在画面上。"呀！"年轻人一声惊呼脱口而出。这轻轻的一声如冷水滴入沸油锅。

坏了坏了！一幅好好的画眼看就此毁了。且场面上，大煞风景！好几个人用愠怒的眼神瞅着这位不知天高地厚的年轻后生。

不期年轻人反倒镇定了，他审视误墨片刻，不慌不忙地在误墨上略作加工，好呵，那误墨竟化作一只半空振翅的翠鸟，简直补得天衣无缝，堪称大手笔。

画罢，年轻人轻轻地说："惭愧，惭愧！贻笑大方。"

赞叹声啧啧四起。三老也对年轻人刮目相看，谓之"后生可畏！"

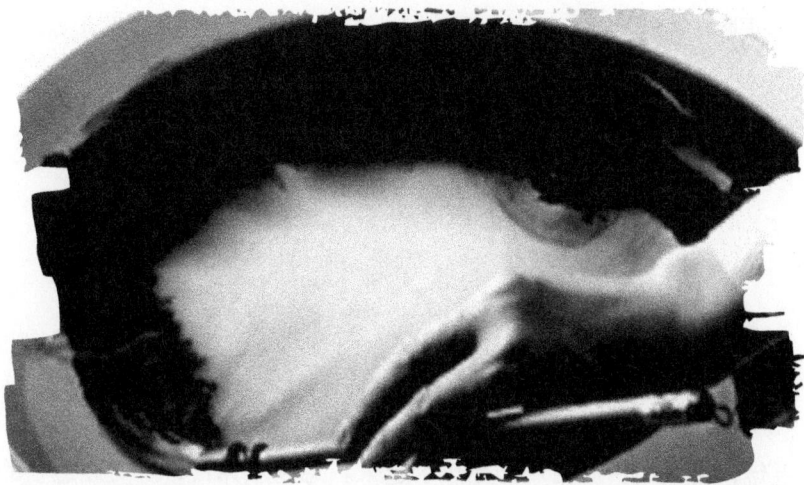

翌日，市报上赫然登出这位年轻人的照片，有篇报道对他大加赞扬，似乎他是翰墨展主角。

市美协头头很欣喜也很自责，欣喜的是发现了这样一位新秀，自责的是对这位新秀一无所知。他决定去登门拜访这位新秀。不巧，唯有一位耄耋老人在家，老人不言不语，进屋捧出一大叠满纸涂鸦的毛边纸、宣纸来。市美协头头翻着翻着，怀疑是否自己的眼睛出了毛病——他简直不能相信，所有的这一叠纸，几乎都画着翠鸟——从误墨中化出的翠鸟。

法 眼

近年，娄城的古玩市场开始热了起来。每到双休日，那文庙边上的古玩市场就摊连摊、人挤人了。

初秋的一天，来了一位外地口音的黑脸汉子。此人年纪约三十来岁，说城里人不像城里人，说乡下人不像乡下人，憨厚中带着点儿狡诈，精明中又透着几分死性，让人捉摸不透他。他摆出了宣德炉、墨盒、笔洗等几样古玩，开价都不算太高，很快就成交了，唯有一只斗彩莲花盖罐他开价8.8万，并咬死说一口价，不能还价，还价免谈。

齐三元是古玩市场上的大户，他认准了的东西，如落入了他人手中，他会几天几夜睡不着觉。

齐三元这几年在古玩市场上，药已吃过多次，还在不断付学费，不过，看得多了，也多少练出了点儿眼力，几年来，也确确实实收进了不少好货，让收藏界同行眼馋得很呢。

齐三元那天一瞄到那斗彩莲花盖罐，眼就一亮，凭他目前对瓷器的鉴别能力，他一看那造型，那图案，那色彩，应该是明成化年间的官窑产品，这可是好东西呀。如果说真是成化年间的官窑产品，8.8万元这价太便宜了。如此看来，这黑脸汉子是个嫩头，是个涩货。从他刚才出手的宣德炉、墨盒、笔洗等，其价位都只是半价到七八成价。齐三元估摸着，要么都是旧仿，要么真是不识货。要是碰上个不识货的，那合该我发财喽。

齐三元上前把那盖罐看了一下，底下"大明成化年制"六个字分两行竖排，字外有双圆圈套着，这可是标准的成化年间的落款。再看那莲花画得拙拙的、土土的，色彩有红有绿有蓝有黄，怎么看都有点儿俗，但齐三元知道，成化年间的斗彩瓷器就是这风格，与青花是不可同日而语的。齐三元掂着分量，用手指弹着听响，看了外面看里面，看了顶盖看罐底，又用手摩挲了一阵。反复看了一阵后，齐三元有点儿吃不准了，说是吧，似乎釉色太新了，用手摸没有那种润的感觉，说不是吧，又太像真的了。

齐三元拿8.8万元出来是绝对拿得出的，但毕竟也不是个小数目，不能再吃药了。他想到了娄城古玩鉴赏家楚诗儒，他可是法眼呐。齐三元一个电话打过去，楚诗儒倒也上路，一听是成化年间的瓷器，立马就打的赶了过来。

楚诗儒也不说话，先用手在罐内罐外顺时针转动摸了一遍，又逆时针转动摸了一遍，然后取出一只特制的放大镜，仔仔细细看了一遍。看罢，他说："瓷是好瓷，仿得很到位，必是高手所仿，能仿到这个程度，无论怎么说，也算是精品了，应该也值个一万两万的。但恕我直言，以我的手感而言，这罐的仿制时间不会超过十年。"楚诗儒怕齐三元不信，让他通过放大镜看，果然，那毛刺都还在呢。楚诗儒说："明成化距今五百多年。五百多年啊，一件瓷器历经五百多年，怎么说也火气全消了，手感绝不应该有任何毛刺感，仅此一点，就足以证明这是赝品！"

楚诗儒在娄城古玩界的权威性是从没人怀疑的，他此话一出，谁还会去买这件假货呢。

齐三元连声说："谢谢，谢谢，要不然我今天又要吃药了。"

黑脸汉子听楚诗儒这么一说，也蔫了，自言自语说："俺爹临终时告诉我，这是货真价实的成化瓷……"

他守着这盖罐整整一天，再没人来问津，眼见将收市了，黑脸汉子知道没戏唱了，咬咬牙降到了4.8万。

这时，有位拄拐杖的老者踱进古玩市场，他转了一圈后，来到了黑脸汉子摊前。他告诉黑脸汉子他是专收藏成化瓷的，所以价也不还，爽爽气气地付了4.8万现钞，开开心心地走了。

齐三元想，冲头总是有，连这古稀年纪的老资格也看走眼，包不准回去后要悔得吐血。他忍不住上前对老者说："老先生,这是赝品,你上当了。"

老者见齐三元一脸真诚，很热情地说："走，喝茶去，边喝边聊。"

老者自始至终没说他姓啥名甚，以前是吃什么饭的，但老者关于斗彩莲花盖罐的一番话，使齐三元吃惊得半天回不过神来。

老者说："看来你也是古玩行当的票友，让你长长见识。这个罐绝对是真品，但为什么会给人仿制的感觉呢，因为这是库货。"老者见齐三元一脸的惘然，知道他还不懂何为库货。就解释给他听。原来这盖罐是当时官窑烧制的，其中有一批瓷器被送到了报国寺，因为是皇帝的御赐，除了部分用掉，剩余部分就封存在了寺庙的地下室里，后来由于战乱的关系，地下室的秘密就鲜为人知了。一直到1966年"破四旧"，红卫兵扒庙时，才无意中发现了这地下室，结果就发现了好几箱没有拆封的瓷器，有瓷双耳三足香炉，僧帽壶、青花盆、碗，有斗彩瓶、罐等等，当时小将们乒乒乓乓一阵砸，这些价值连城的珍宝十毁八九。据说有人趁乱拿了几件回家。我是在收古董时无意中听当年参与过此事的红卫兵讲的，从此以后我一直在寻觅是否有库货遗存，没想到会在这儿发现，天意天意呀。

老者还说这只罐自1966年被从地下室取出后，从没用过，很可能放在箱子里，换句话说这罐五百多年来还第一次见阳光呢，所以依然像刚出窑的新货一样。

"如此说来，这铁定无疑是库货，是真家伙了？那该值多少？"齐三元问了个不该问的问题。

"好，看你也不是坏人，真人面前不说假话，这件瓷器按目前行情，一百万应该是值的。"老者说时掩饰不住满脸的神采。

应该让楚诗儒来听听，应该让楚诗儒与老者见见面，对对话。但老者说："免了免了。"

喝罢茶，老者飘然而去。

齐三元冲着老者的背影叹服道："法眼，真正的法眼！"

原发于《时代文学》2002年1期；

泰国《中华日报》2002年3月8日转载；

《小小说选刊》2002年6期选载；

获中国微型小说学会第二届全国微型小说（小小说）年度评奖一等奖。

收入中国作家协会创研部编选的《2002年中国短篇小说精选》，2003年1月版；

收入《2002中国年度最佳小小说》，2003年1月版；

收入《中国微型小说（小小说）排行榜》，2003年11月版；

收入《高考金榜作文与微型小说技巧》，2004年5月版；

收入《中国小小说300篇》，2009年2月版；

收入杨晓敏主编的《超人气现代名家小小说选》，2012年1月版；

收入凌焕新教授的《微型小说美学》，2011年3月版；

被新西兰《以文会友》先载。

药膳大师

在娄城餐饮界，有个不成文的规矩：凡饭店开张的，你不请市里的头儿脑儿可以，不请场面上露脸的那些款爷富婆可以，但假如你不请戚梦萧光临，不请他说几句好听的，那我敢打赌，你这饭店的生意必好不到哪儿去。

为何？

难道说这戚梦萧比市长还市长，比书记还书记？

嗨，你还真的说对了一半，戚梦萧在餐饮界的知名度牛着呢，外号"美食家"。据说其祖父是清朝皇宫里的御厨，其父亲曾是上海国际饭店特聘掌厨，他本人呢，虽不是啥名厨，却整理出版过一本《娄城历代名菜谱》，还被《美食家》杂志特聘为刊物顾问。连省电视台摄像人员也专程到娄城为他拍摄《娄城美食家》的专题片。

由于他有如此知名度，娄城的那些老饕们自然十分注意他的动向，如果他不肯捧场的饭店，他们自然也就极少光临。如果戚梦萧在哪个饭桌上哪个场合说了某某厨师，或某某菜味道不错，那必有不少人会慕名去尝一尝。影响最大的一招是戚梦萧闲来无事时还会写篇把千字文，或介绍一道传统名菜、或介绍一道特色名点，文中间或还会批评、表扬一两家饭店或起色了或滑坡了。这就使得戚梦萧的一言一行在一定程度上影响着娄城的餐饮界。因此，宾馆、饭店、酒家的老板谁不巴结他，只要他一到，"戚老，戚老""老法师""美食家"之称呼就不绝于耳，必上最好的菜，最靓的汤，让他品评，请他指点，唯恐怠慢了他，得罪了他。

却偏偏有不识相，不领行情的。这不，刚开张的大学士街的"王记药膳菜馆"，竟没有请戚梦萧。

据知内情人透露，开张前有人提议不请谁都可以，戚梦萧是非请不可的，谁知菜馆的总经理王一脉竟然大言不惭地说："酒香不怕巷子深。"似乎对戚梦萧不屑一顾。

"王记药膳菜馆"的反常举动引起了媒体的好奇，他们很想知道菜馆吸引顾客的绝招何在，就去采访了王一脉。

王一脉告知记者：四百多年前李时珍来娄城拜访其先祖王世贞时，请王世贞为《本草纲目》写序，这本《本草纲目》在王世贞处一放就放了十年，直到1590年王世贞临死前才看完了全书，写出了序言。其实有一个细节外人不知，王世贞请人抄录了其中的药膳部分，共有400多个食疗医方呢，这个食疗医方成了他们王家的传家宝。现在传到了他手里，他正是根据这些食疗医方才开这爿药膳菜馆的——哇，来头还不小呢，老记者们一个个顿时来了兴趣，要请王总经理详谈一下有关药膳知识。

谁知这一问问到了王一脉的脉上，他侃侃而谈起来，什么"虚者补之""实者泻之""寒者温之""热者清之"；什么"肺宜辛，心宜甘，脾宜苦，肝宜酸，肾宜咸"；什么"春不食肝，夏不食心，秋不食肺，冬不食肾"……一套一套的，听得见多识广的老记者们也一愣一愣的。王一脉趁热打铁，邀请老记者们吃一顿便饭，尝一尝他的手艺，免得被人说"天桥的把式——光说不练"。

老记者们已被他说得口水都要滴出来了，都说：你不请我们吃，我们也不走了。

王一脉叫手下端来了玉米须炖龟、姜汁拌海螺、泥鳅钻豆腐、百合鲤鱼、天冬炖鸡、陈皮扒鸭掌、杜仲腰花、荸荠狮子头、枸杞汁熏麻雀，素菜类有琥珀莲子、冬菇萝卜球、口蘑椒油小白菜、酿煎青椒、韭菜炒胡桃、葵花豆腐，还有竹荪芙蓉汤与茯苓烙饼小点心，最后上了芡实粉粥与山药粥各一盆。

吃得老记者们一个个都说："味道好极了！"

王一脉呢在边上介绍如何选料、用料、配料，如何掌握刀法、器具、火候，如何做到形、色、香、味俱全，还一口气说了要"不偏不倚，不过不离，不韧不糜，不老不嫩，不坚不滑，不燥不寒，不涩不腻，不咸不淡，不艳不暗，不大不小，"听得老记者们个个目瞪口呆，其中一个专跑饮食线的老记者由衷地说道：你王总才是真正的美食家，今天我们算是开了眼界，享了口福，饱了耳福。

第二天，市报上一篇《访药膳大师王一脉》的专访登了将近半版，还配发了照片。

电视台则播放了一则《别具一格的药膳菜》；电台则播了《真正的美食家王一脉访谈录》；网站则把"陈皮野兔肉""田七鸡杂炖鲫鱼""东坡童子甲鱼""绿豆汤西瓜盅""蟹黄鱼翅""当归枸杞鸡""壮阳乌龟汤"等多盆菜的照片也上了网。

这股宣传势头使得"王记药膳菜馆"一时名声大噪，食客盈门。

戚梦萧原本以为王记药膳菜馆早晚会请他的，但现在看来这种可能性很小很小，他有点儿坐不住了。他是个吃遍娄城皆上宾的美食家，现在如此美食品尝不到，他浑身难受。从另一方面讲，他也实在想去实地看一看、品一品，到底是名大于实呢，还是实大于名，可他又实在不好意思自己跑上门去吃。总算有人看出了道道，请了戚梦萧去品尝药膳菜。

戚梦萧去之前，特地翻了唐代孟洗的《食疗本草》、南唐陈士良的《食性本草》、明代汪颖的《食物本草》等，以防到时出洋相。

无论怎么说，戚梦萧乃老吃客了，嘴早吃得极刁极刁，但当他品尝了百花色肚、香酥飞龙、柳蒸羊羔、蝴蝶海参、卤猴头菌、燕窝人参羹等药膳菜后，一语不发。席散后，他突然大喊道："你们把老板叫出来！"

请客者蓦然一惊，怕戚梦萧说出些不得体的话来，忙说："戚老，你今天喝多了，走吧，走吧。"

哪能想到戚梦萧坚持不肯走，非要见王一脉不可。

王一脉见是戚梦萧，忙说："失敬失敬！"

戚梦萧也不客套，直截了当地说："虚头话不说了，拿笔墨来！"

笔墨拿上来后，戚梦萧略一凝神，提笔写下了"良厨犹如良医，诚药膳大师也"。落上款后，他笔一扔，头也不回地走了。

天下第一桩

　　在娄城收藏界，郑有樟是个怪人，他不藏字画不藏玉，不喜瓷器不喜陶，他只对那些似石非石，似木非木的硅化石感兴趣，他家里有一块不规则圆型的石台，其实是一段古柏的树干，只是因为在数千万年的演变中，树干的某些成分被硅酸盐所置换，才逐渐变硬，成了这种介于木与石之间的硅化石。那树的年轮清晰可辨，叩之有金石声，抚之有清凉感。即便是小件，也沉甸甸的，决无轻浮之感。

　　因为郑有樟的爱好奇特，娄城又不出硅化石，所以郑有樟在娄城收藏界露面不多，也谈不上有多少知名度。

　　一个偶然的机会，郑有樟从一个藏友嘴里得知。翰林弄的阮大头最近从安徽收到了一件好东西，号称"天下第一桩"。

　　郑有樟对树桩没啥兴趣，也没往心上去。

　　藏友见他如此，故意说道："宝贝呀，少说也有六七千年历史了，已半成化石了。"

　　这话像生了翅膀似的，一下飞进了郑有樟的耳朵。他一把攥住藏友之手说："走，去看看，马上就去。"

　　阮大头在娄城收藏界是另一个怪人，只要他看中的，砸锅卖铁他也会收下来，所以古玩市场上谐他姓叫他冤大头，后来真名反无人叫了，其实阮大头的学费早付够了，如今他精明着呢。

　　郑有樟一见那树桩，就惊呆了，天下竟有如此好东西。但见那树桩高1.8米，宽1.6米，因为上千年来被山泉湍流冲刷的缘故，那粗枝老根已被冲刷得百窍千灵，真可谓大洞套小洞，洞中有洞，有如天助般，借用了大自然这鬼斧神工的手艺，完成了一件透雕、深雕之作，真正是浑然天成，且在岁月变迁中，已有化石的性质了，但不像硅化石那样粗粝，可能是水流的作用，无论是大洞小洞，没一处不是温润滑溜，摸之手感极好。

郑有樟前看后看，左看右看，发现无论从哪个角度观之，都赏心悦目，更难得的是这香樟木桩香气扑鼻，且香得柔和、高雅，郑有樟凝视着这天下第一桩，不言不语，也不离去。

阮大头已看出了郑有樟的偏爱心思，不无得意地说："我收藏几十年，这是我最得意的一件藏品，今后就是我的镇宅之宝喽！"

郑有樟命中缺木，故在名字中以木弥补，取名有樟，偏偏自己藏品中有松硅化石、有桧硅化石、有银杏硅化石、有楠硅化石，就是没有樟硅化石。而今，这古桩化石出现在眼前，这不是缘又是什么？郑有樟下决心非把这天下第一桩搞到手不可。

他很诚意地对阮大头说："君子本不夺人之爱，但我郑有樟既然命中注定有樟，岂能错过。您老成全我，割爱吧。你开个价，我郑有樟保证不会让您吃亏。"

阮大头一听，笑笑说："想看，尽管看，想买，则免谈！再说就伤和气了。"

郑有樟就这样碰了个软钉子。

郑有樟不甘心，他实在太喜欢那天下第一桩了。以后的一段日子里，郑有樟吃饭想着这事，睡觉想着这事。想来想去被他想到了以物易物的主意。他打听到这阮大头搞收藏不在乎升值不升值，只在乎自己喜欢不喜欢。他突然想起前不久在浙江东阳见过一老艺人正在加工水浒人物根雕，印象中也是香樟木的，那108将栩栩如生，惟妙惟肖，据说已雕了好多年了。对，买下来，送给阮大头，他八成会喜欢的。

事不宜迟，郑有樟第二天就开了小车赶到浙江那老艺人家，花了大价钱把那根雕买了下来，并雇了车运回了娄城。

果然不出郑有樟所料，阮大头一眼就相中了这根雕作品，请郑有樟爽快出价。

郑有樟很坦率地说："明人不说暗话，我只想换你的树桩。"

阮大头没想到郑有樟来这一手，有点不快地说："肯卖，价钱好商量。不肯卖，你抬走吧。"

郑有樟也没想到阮大头如此固执，怏怏而回。

藏友见郑有樟愁眉苦脸的，知道他还惦着那天下第一桩。就给他出主意。

藏友甲说："阮大头的独生女今年26岁了，还没嫁人，干脆有樟兄娶了她算了，条件嘛，非天下第一桩做嫁妆不要……"

"缺德缺德，婚姻是儿戏啊。"郑有樟一票否决。

藏友乙说："派人冒充算命先生，凭三寸不烂之舌，说动他心甘情愿出手……"

"损、损、损，骗他老人家，于心何忍。"郑有樟依然不同意。

藏友丙说："那你干脆跪在阮大头面前，求他，不怕他铁石心肠。"

你们怎么尽是馊主意，郑有樟气死了。

郑有樟突然失踪了一段时间，后来，藏友们才知道，他去了安徽，去调查了解了这天下第一桩的来历，他还翻阅了当地的地方志，回来后写了篇《流传有序的天下第一桩》。据郑有樟考证，此树桩是南宋末年一次山洪暴发后冲下山来的，先为安徽一博古斋收进，后为画家闵双城收藏。元代时为贵族王孙铁木儿收藏；明代时，在安徽布政使及大收藏家华佰裘等多人手里收藏；清代时，在桐城露过面，后来就不知去向。郑有樟还收集了明代时有人吟咏此桩的诗文。

郑有樟把这篇考证文章打印后，交给阮大头斧正。

阮大头没想到郑有樟竟对这天下第一桩有如此感情，做如此有心人，很是感动，他拉住郑有樟说："来，我俩在天下第一桩前留个影。"

三天后，阮大头打电话给郑有樟说："啥话别说，你来把天下第一桩搬走吧。"

郑有樟去搬天下第一桩时，他特地沐浴焚香，极为虔诚，出屋进屋前，还点了鞭炮、放了高升呢。

当时人群中说啥的都有，有说"神经病"的，有说"作秀嘛"，有说"文人怪癖"的……

郑有樟一点儿不恼，他乐呵呵地说："我全当补药吃。"

原发《人民文学》2004 年增刊；
获中国微型小说学会主办的第三届全国微型小说（小小说）年度评选一等奖（2004 年度）；
获苏州市 2004 年度作家优秀创作奖；
获第二届小小说金麻雀奖获奖提名奖。

第五竹

第五竹是人名,复姓第五。《百家姓》排最末。

第五竹偏爱画竹,擅长画竹。他的"师竹斋"挂有自书的书法条幅"高节人相重,虚心世所知"。

他的庭院乃竹的世界,植有佛肚竹、湘妃竹、凤尾竹、方竹、紫竹等,或临窗一二株,或墙角三五竿,添雅涤俗,清韵满院。

第五竹闲来,每每伫立竹前,凝神观摩,竹韵竹魂竹情充溢于胸,烂熟于胸。

第五竹画竹,或嫩笋新篁,勃勃生机;或枯竹残叶,满纸萧飒。无法无格,全凭兴致。

圈内人私下里说:第五竹之竹,堪称独步。只是其诗不登大雅之堂,若能戒此积习,其画必身价百倍。相知相熟的,也曾当面提醒,但第五竹一笑了之,依然我行我素。

钱记者近年被经济这只看不见的手牵得东颠西跑,干起了文化捐客的第二职业。他来找第五竹说:"你的竹,当今画坛能望其项背的有几人?但你名实相符吗?说穿了,宣传没跟上,这事包我身上,我发动各报各刊、电台电视台来个全方位宣传——"

钱记者见第五竹没拉下脸下逐客令,知道说到了第五竹心坎上,胆气陡增,他请第五竹准备《风竹》《雨竹》《雪竹》《霜竹》《雾竹》《露竹》《晴竹》等十种图,说是准备分送新闻界朋友。

第五竹朗然一笑,抓过一支狼毫笔,一气涂抹,几株风中之竹尽传精神。

钱记者见之,甚喜,吟古诗赞曰:"举头忽看不是画,低耳静听疑有声——"

第五竹全然不理会钱记者说些啥，顾自在画上题了即席吟就的打油诗："竹本清高物，风吹又何妨，若为虚名诱，画竹如画钱。"

钱记者大失所望，说："这诗一题，这画怎么送人？这画价怎么能上得去？"

"画竹乃自评、自娱。谁言卖，谁言送？"第五竹顽童般开心而笑。

不久，钱记者又专程来拜访第五竹。一进门就拱手作揖说："恭喜恭喜！"

第五竹淡淡地说："一介布衣贫士，何喜之有？"

钱记者很知心的样子说："政协邬主席对你的画推崇备至，说像你这样的名流耆宿，应该安排个政协副主席。邬主席如此器重你，你可不要小家子呀，画几幅吧，改日我来取。"

翌日，钱记者再度来访。第五竹指指墙上的《病竹》，笑而不言，但见画面之竹枝枯叶残，一派萧杀。那一首题诗更使钱记者哭笑不得。诗云："竹本山野物，天地任率性。若作富贵养，病枝又病根。"

第三辑　假语村言

"假作真时真亦假，无为有处有还无。"优秀的小说家无非假假真真，真真假假。这一辑，荒诞的题材，魔幻的手法，虚构的人物，假设的场景，然，有艺术的真实，也有生活的真实，发人深省，回味无穷。

魔 椅

　　奇怪、奇怪，太令人奇怪了，或者说吃惊、吃惊，太令人吃惊了——B市海关关长已连倒了三任。第一任赵关长受贿罪，判了有期徒刑二十年；第二任钱关长走私罪判了死刑，已执行；第三任孙关长渎职罪，巨额财产不明被判了无期徒刑。

　　查三任赵关长、钱关长、孙关长个个都年轻有为，前途无量，且都有过光辉灿烂的过去。一个个都根正苗红，都属业务骨干、精英人物，怎么一到这位子上就烂了垮了呢？

　　为了查明真正的原因，以警示后来者，B市成立了以市政法委书记挂帅的调查办公室。

　　A调查员的调查报告上的结论是：坏就坏在女人手里，红颜祸水，千古使然，赵、钱、孙三任倒台的关长都与一个或数个女人有着不正当的关系。情人也好，二奶也罢，都是伸手要吃要穿，敢于狮子大开口的货，一掉进这所谓的温柔乡，那就难以自拔了，这洞是个欲望之洞、无底之洞、害人之洞、罪恶之洞，为了填这个洞，势必会走上捞钱的岐路、邪路，长此下去，岂能不变，岂能不倒。

　　B调查员的调查报告上的结论是：金钱是万恶之源。说到底，皆一个钱字在作怪作祟，金钱的诱惑力实在太大太强，诱惑得这一任任关长晕头转向，不辨东西，不辨香臭，成了钱的俘虏、钱的奴隶。眼睛里除了钱还是钱，铜钱眼里翻跟斗后，自然没了国法宪法，没了党章党纪，走歪路走黑路也就不可避免了。

　　C调查员的调查报告上的结论是：境外黑恶势力的渗透，腐蚀拉拢了原来清廉正气的几任关长，资本主义无孔不入啊，他们为了在政治上、经济上打开缺口，先从海关下手，先从关长下手，试图打开缺口，打开国门，因此千方百计，百计千方，用了美人计、金钱计，什么计什么计的，使一任任关长掉入他们设计的陷阱中，从而达到他们不可告人的目的。

另有 D 调查员、E 调查员等其他调查员的调查结果与 A、B、C 调查员的调查结果大同小异，或偏重这点，或偏重那点，或强调综合因素，并无新意。

唯 W 调查员的调查结论与所有的调查员都不同，他得出独家结论：千怪万怪，要怪就怪关长的位子，或者说那把椅子不好，与人没关系。换句话说，赵关长、钱关长、孙关长都是好的、棒的、优秀的，只因位子、椅子不好，才连累了他们。若换了李关长、周关长、吴关长、郑关长也照样会因位子因椅子的问题而出毛病，而烂掉垮掉！

——石破天惊！

一石激起千层浪——原来问题的根源在此，难怪一任接一任关长"前腐后继"，一一倒下。

B 市领导动用了警方的力量把海关关长的椅子严密看管起来，请了多所大学里的教授进行科学研究，试图从政治上、经济上、物理上、化学上、地理学上、历史学上、心理学、逻辑学、社会学上，多角度、多方位、多层次，宏观的、微观的，自上而下，自下而上地全方面来剖析这椅子的秘密，使有关方面有关领导真正了解这椅子的可怕之处危害之处，为什么任你什么好人好干部好领导，坐到这位子上就会变坏变贪变质。

据最最最绝秘的消息透露，教授们的研究已经出来，那研究报告厚达 444 页，但因涉及到一级保密，不能向外透露。

笔者能知道的就这些，也就只能写到这里了。读者诸君，抱歉了。

《皇帝的新衣》第二章

　　话说皇帝穿了那著名的新衣上街巡视，被一个不知天高地厚的小男孩那声喊搅局后，一肚皮的不快。他匆匆结束了原本极为浩大而隆重的巡视活动，气呼呼地回了皇宫。

　　一回皇宫，他拍桌子，摔东西，大发雷霆，吓得大臣与卫士一个个屏息敛神，轻易不敢发出一点声音，哪怕放个屁也不敢。直等到暴风骤雨过去，皇帝累得哧呼哧呼靠在龙椅宝座上大喘气的时候，几位资深大臣匍匐于地，敬请皇帝息怒。其中首席大臣启奏皇帝说："那可恶的小男孩罪当千刀万剐，因为他竟敢在大庭广众之下说假话，而且这假话涉及诽谤皇上，是可忍，孰不可忍！"

　　"对，凌迟处死那说谎的孩子！"众大臣齐声附和。

　　二号大臣痛心疾首地说："皇上，您一再告诫我们臣民要说真话，不说假话，要实事求是，不能弄虚作假，可那魔鬼化身的小男孩不但说假话，还发展到光天化日之下说假话，此风不可长，此风不刹，贻害无穷！"

　　三号大臣更是忧心忡忡地说："皇上，我们在小学课本里就读'狼来了，狼来了'的故事，知道说谎的孩子是要被狼吃掉的。假如这小男孩不受到惩罚，今后臣民群起学他仿他，那岂不国无宁日，世风日下。恳求皇上下旨，把说谎的小男孩喂狼，以儆效尤！"

　　"应该，太应该了，立即把说谎的小男孩喂狼，喂狼！"众大臣一致赞成。

　　皇上微眯着眼，听了几位股肱大臣如此这般一说，有点吃不准了，刚才街上的一幕竟变得模模糊糊。皇上竭力回想那小男孩的模样，印象中似乎是个挺可爱的孩子，难道他会是魔鬼化身？皇帝不想妄开杀戒，错杀无辜。皇帝说："此事要调查个水落石出，否则，杀了小男孩，臣民不服。"

听皇上这样一说，大臣们稍稍犹豫了片刻，"这样吧，皇上。我们进口一套美国最先进的测谎器，给小男孩测一测不就铁证如山了。"二号大臣说。

"不，小男孩是魔鬼化身，测谎器对他不一定管用，我建议测一测我们朝中的所有大臣，如果朝中大臣说的都是真话，不正好说明那小男孩说的是假话。更重要的是借此还可以一测众大臣对皇上是否忠心耿耿，岂不一举两得。"一号大臣显得更老谋深算。

妙，此建议甚妙！皇上一拍桌子同意了。

测试开始了，一号大臣挺身而出，第一个接受了测试。接着二号大臣、三号大臣，一个不漏，逐个接受了测试。内容几乎千篇一律，即对皇上的新衣的看法。大臣们一个个口吐莲花，几乎用尽了世上最华丽的辞藻，最美妙的比喻，赞美了皇帝的新衣，并一个个义愤填膺地声讨了小男孩无耻的谎话，都说不杀小男孩不足以平民愤。

测试结果很快就出来了，从数据分析，被测试者全部通过，没有一个人有说假话的半点嫌疑。

皇帝将信将疑，问从美国哈佛大学特邀来的威廉博士会不会仪器不准或失灵。威廉博士斩钉截铁地说："这种第三代测谎器是最科学最先进的测谎器，在美国及世界各地已测试过百万计的各民族各阶层的人，其准确率达到百分之99.999以上，连那些受过特殊训练的谍报人员也逃不过第三代测谎器的甄别。难道贵国的大臣比受过专门训练的情报人员更有抗测性？

皇帝想：我可以不相信这些大臣，但我没理由不相信科学呀。他刚想拍板把说谎的小男孩喂狼，转而一想，不测试就处以极刑，未免太不公平，还是测一测吧，如果小男孩说的真是假话，死也让他及他家属无话可说。

测试又开始了，皇帝突然觉得很害怕，因为测试下来的结果是什么，似乎都不是件好事——他实在很怕很怕再穿那件备受大臣们赞美的新衣。

唉，他长长地叹了口气，像等判决似地等待测试的最后结果。

发现第八大洲

秋高气爽，晴空万里。

天蓝得诱人，云白得可人。空气像是过滤过了，能见度出奇地好，连海水也似乎变得透明了。

在这样的天气里，驾着自己心爱的私人飞机，翱翔在蓝天白云之间，自由地飞呀飞呀，这是何等畅快的事啊。

罗伯特的心情从来没这么好过，然而，在飞临大西洋巴哈马群岛上空时，飞机突然出了什么故障，仪器似乎失灵了，飞机拉不上去。罗伯特的好心情一下子全没了，那紧张的心情随着机身一起下坠下坠。

不过，罗伯特到底是经风经雨的人，他很快就镇定下来了，开始了检查，开始了自救，他稳住飞机，让其慢慢地滑翔。在这滑翔的过程中，由于是超低空飞行，由于罗伯特特别注意海面与岛屿，无意中罗伯特发现清澈的海水底有着黑黝黝一片建筑群，对，一定是建筑群，十有八九是人工的，罗伯特奇怪了，在这荒芜的岛屿海底。怎么可能有人工建筑呢。难道我眼花了，难道产生幻觉了？没有啊，一切都是真实的。这么说这海底可能蕴藏着一个人类未知的别一世界，或者说蕴藏着一个人类未知之谜？

不，不去想这些，当务之急是走出困境。

罗伯特虔诚地向上帝祷告了一遍，然后，试图作最后一搏。奇迹出现了，飞机的仪器竟一一恢复了正常，机头拉起来了，罗伯特死里逃生。

罗伯特生还后，整整休息了三天，思考了三天。三天思考的结果：一、自己看到的应该是真的；二、巴哈马群岛附近的海底可能有着惊人的秘密；三、飞机仪器的失灵很可能与这海底建筑大有关系。

第四天起，罗伯特一头扎进了国家图书馆，检索查阅起了有关资料，奇怪的是有关巴哈马群岛的资料少得可怜，即便有些书籍偶尔涉及，但都与罗伯特要找的风马牛不相及。一个月、两个月、三个月，罗伯特在国家图书馆整整泡了半年多，还是收效甚微，他在考虑是不是要放弃。然而就在此时，柳暗花明又一村了，罗伯特无意间读到了关于大西洲的报道。有史学家推断：历史上曾有过一个叫大西洲的洲，应该是地球上的第八洲，但由于目前尚不知的原因，在一万多年前莫名其妙地消失了。史学家把大西洲定名为"亚特兰蒂斯"，这就是困惑史学家两千年的历史之谜。

罗伯特如获至宝，他开始了又一轮专题寻找，真是不查不知道，一查吓一跳。这大西洲曾是个高度文明的地方，它有着先进的通讯工具，有着冶炼高纯度金属的技术，并且有史学家认为人类的字母文字就是起源于大西洲，亚特兰蒂斯对人类的贡献是无与伦比的，遗憾的是，它突然消失了，无影无踪，无声无息，以致令人怀疑它存在的真实性。

罗伯特的兴奋是可想而知的，他决定不惜一切代价寻找消失的大西洲。

作为一个亿万富翁，资金是不成问题的，罗伯特通过种种努力，专门成立了一个巴哈马群岛海底考古队。罗伯特没有惊动媒体，一切都悄没声儿地进行着。

罗伯特的设备是世界顶尖的，潜水员、考古队员都是一流的专业人士。

海底的考古很快有了重大的发现，根据仪器的参数，初步探明大约在方圆16平方公里的海底，有着8座金字塔，还有着巨石阵，有花岗石的、有大理石的，且都基本保持完好。罗伯特决定与考古人员一起下海，实地看一看这神秘而诱人的水下金字塔，去探访一下传说中的亚特兰蒂斯。

哇，海底的金字塔堪称雄伟壮观，其中有一座甚至比胡夫大金字塔还高大巍峨呢。在金字塔上，罗伯特还发现了有图案的石头，据专业考古人员辨认后，认为是一万多年前的文字图案，有极大的史料价值，可惜镌刻在金字塔上取不下来。

突然，罗伯特发现了一大群似鱼非鱼，似人非人的生物向他们游来。一位考古人员惊叫起来："这莫不是传说中的人鱼吗？"

罗伯特想起来了，他曾读到过这样一篇文章，说人起源于海豚，其中一支走上了陆地成了今日的人类，一支依然生活在海底，进化为人鱼。只是，从没有谁真正见到过人鱼，关于人鱼，除了传说还是传说。难道说我罗伯特将成为世界上第一个与人鱼亲密接触的地球人？他能不激动，不兴奋吗？但他又不免紧张，因为他不知其性是凶残还是温顺，不知这群人鱼是欢迎还是进攻？他刚下令举枪以防万一，但转而一想，还是静观其变吧。

　　领头的两条人鱼似乎上了年纪，它摇动着尾巴，拍打着双鳍，嘴里发出类似牛叫的声音。罗伯特从它们的动作、声音中判断，是友好的表现，于是向人鱼群挥挥手，以示礼节。

　　人鱼在罗伯特一行周围跳起了舞，似乎在举行一种欢迎仪式。这后，那条领头的人鱼又带着罗伯特一行穿行于金字塔与巨石阵之间，就像导游领着来访者参观一样。一路上，罗伯特看到了一群又一群的人鱼，无不和睦相处，优哉游哉的样子。当他们看到罗伯特一行，无不兴奋、好奇地前来观看，大胆地还游过来，用尾巴在罗伯特身上轻轻拍两下，以示亲热。

　　最后，领头的人鱼把罗伯特带到一个祭坛似的地方，罗伯特看到了一块块长方形的石头，石头上镌刻着一行行奇奇怪怪的神秘文字。

　　正当罗伯特对这些石头文字大感兴趣，反复观摩时，一群又一群的人鱼从四面八方集合到了祭坛四周，它们排列有序，像默哀又像是祷告，最后一个个舞动起来，罗伯特突然感觉好像是在进行着一种宗教仪式。

　　罗伯特在取得了一块有文字的石头后，就与人鱼依依惜别，其中有一条双乳肥大的人鱼还大胆地上前吻了吻罗伯特呢。

　　罗伯特上岸后，即宣布考古到此结束，并拒绝向媒体发表任何文字，还再三要求所有参加考古的人员一一发誓：决不泄露大西洲的秘密。

　　他不无感慨地说：人鱼生活得那样平静、安宁，我们有什么理由去打扰它们，让它们继续安安静静地生活吧，这是一个尚未被污染的净土，是一个世外桃源式的领域，我真为它们高兴。

　　由于罗伯特的坚持，关于大西洲的秘密，至今鲜为人知。

诚信专卖店

　　诚信专卖店在这个岛国的出现，是造足了舆论，在许许多多岛民的盼望中开张的。

　　因为在此店开张前，诚信专卖店的钱老板通过电视台、电台、日报、晚报、网站，以及街头派送宣传资料等全方位宣传，使这样一个信息几乎家喻户晓，即12月28日那天前往参加诚信专卖店开张的任何一个人，不管是男人或女人，不管是老人或小孩，不管是当官的或平民，不管是大款或乞丐，都将发给一张诚信专卖店的贵宾卡，以后，凭此贵宾卡，如向诚信专卖店出售诚信，可按市价再加三成，反之，如向诚信专卖店购买诚信者可优惠30%，即便宜30%的价钱。

　　因为不是给现金或实物，故而想去领这张贵宾卡的人并不多。不过诚信专卖店的目的达到了，店尚未开张，岛民都知道了：将有一个奇特的商店要开张营业。

　　据说诚信专卖店开张那天还是挺热闹的，高官要员去了不少。钱老板果然很诚信，说到做到，给莅临的官们每人一张诚信专卖店的贵宾卡。凡踏进店门的，不管张三李四王二麻子，也一概赠送一张诚信专卖店的贵宾卡，也不管你要还是不要。

　　开张仪式结束后，诚信专卖店店堂里就冷冷清清了，因为店堂的柜台里空空如也，这看不见摸不着的诚信如何买卖呢。只有店门外瞧热闹的人，很少有进店谈生意的。

　　这样开张了三天，竟一笔生意也没有。但钱老板似乎并不着急，一副稳坐钓鱼台的样子。

　　直到第四天上午，来了一位外国打工仔，说被老板炒了鱿鱼，手头急

需用钱，想把自己的诚信卖给店里。钱老板说可以啊，但不知是买断，还是暂当？打工仔一看买断比暂当要多一倍的钱，就选择了买断。

钱老板用一种专门的仪器在打工仔身上一吸，就算是成交了，很爽快地付了钱。

哇，十万元钱呢。不出一滴汗，不流一滴血，不掉一两肉，轻轻松松就能换十万元钱，这种好买卖如今到哪儿去寻呀。一传十，十传百，从第五天开始，来诚信专卖店出售诚信的人越来越多，甚至排起了长队。有位那天诚信专卖店开张之日领到贵宾卡的无业游民果然比别人多拿到三成，卖了十三万元钱呢。不少人懊悔莫及，都说诚信专卖店确确实实诚信。大伙儿对此店愈发相信了。

在不到半年的时间里，诚信专卖店几乎收购了百分之三十岛民的诚信。

这后，这个岛国几乎无诚信而言，尔虞我诈、勾心斗角之事司空见惯，连父子之间、母女之间、夫妻之间、朋友之间、同学之间、恋人之间、上下级之间，都极少极少有诚，有信，都是你骗我来我骗你，以致弄得刑事案件不断，治安极其混乱。其他国家的人再也不敢与这个岛国的人打交道，做生意了，岛国的经济状况一落千丈。

　　为了挽救岛国，岛国的最高当局出台了几条紧急措施，例如凡已出售诚信者，一律不得担任公职，已担任的，一经查实，立即开除；政府鼓励赎回诚信，凡有诚信者，将优先考虑安排工作……

　　这后，来诚信专卖店购买诚信的人多了起来。暂当的还算好，钱老板只加三成就肯让其赎走；但买断的，则对不起，价钱非翻番不可，要就要，不要拉倒。

　　有些岛民愤怒了，责问钱老板怎么开诚信专卖店，却没有诚信？钱老板说：我是做诚信买卖的，靠买卖诚信赢利的，对不起，我不是诚信老板。此时，岛民们才知道自己上当了。从此，那些没有诚信的岛民成了三等公民，他们发现没有了诚信，简直就成了行尸走肉，他们懊悔啊。他们恨死了钱老板，也恨死了自己。只是后悔药很苦很苦。

最优计划

——发生在公元 2500 年的故事。公元 2500 年，整个世界，动物在减少，植物在减少，唯人类在无休止地增长，地球上人满为患。有识之士都在大声疾呼：要立即制止人口的无序膨胀！

各国政府也为此忧心忡忡。经过无数轮紧急磋商，最后公选 W 国的公正博士出任"裁减人口，拯救人类"委员会首席总监。

公正博士走马上任后，组织了一个精悍的工作班子，启用了最先进的计算机，制定出了最科学的绝密计划，其中核心的核心秘密是在全世界范围内进行一次全民体格普查。每个人的普查数据都将输入电脑储存。普查的项目很多很细，诸如智商、外貌、体质、年龄、遗传基因、个人特长、病患记录、有无犯罪记录等等、等等，每一项都由电脑分析后自动打分，凡总分不满六十分者，则属淘汰之列。所谓淘汰，说白了就是由机器人组成的执法队将其从地球上清除。根据计划，仅保留三分之一人种精华。

这个拯救人类的行动，一经宣布，付之行动，立即在世界范围内引起了轩然大波，因为机器人执法队对所有的人都一视同仁，不管是达官显要，还是大款富婆，机器人执法队只认指令不认人。

公正博士办公室的电话尽管是保密的，仍彻夜不息，他成了许许多多有权有势，有钱有路，有本事有手段的人的追踪目标。说情的、行贿的、要挟的、恐吓的，软的硬的，各式各样，无非一个目的：要公正博士手下留情，放过某某某、某某某、某某某——公正博士铁了心，决心即使上帝来说情，也"我自岿然不动"。

然而，公正博士很快发现自己陷入了众叛亲离，四面楚歌的境地——手下有些助手或经不住"糖衣炮弹""肉弹"的进攻，或因不甘心亲人被淘汰，竟瞒着公正博士，偷偷修改了对机器人执法队下达的指令。公正博士决不姑息，决不手软，一发现手下有舞弊行为，则先行淘汰。品行不端者，岂能算人种精华。智商愈高，危害愈烈。公正博士挥泪斩马谡。

情绪坏透了的公正博士回到家，丈母娘劈头盖脸一顿臭骂，骂他狼心狗肺，竟连小舅子也不放过。妻子更是哭哭啼啼，说宝贝儿子只 59 分，也属淘汰之列，难道身为首席总监，连自己的亲骨肉也不能救吗？难道一分之差也不能通融通融吗？至少可以变通变通吧？

公正博士一夜未眠，痛苦万状，思想斗争结果，公正博士决心公正到底，即使牺牲儿子也在所不惜。公正博士因将面临丧子之痛，心情极为恶劣，无处排遣。正好情人玛丽来电话约他，公正博士破例休息半天，准备去散散心，玛丽不愧是超级尤物，在玛丽的温柔下，公正博士所有的烦恼全抛到了爪哇国。正在销魂之际，玛丽柔柔地说道：她母亲也属淘汰之列，望能网开一面——

公正博士顿时从温柔乡里醒来，但经不住玛丽的情攻，在挡不住的诱惑下，终于松了口。

虽然此事公正博士十二万分保密，但真如中国老话说的"没有不透风的墙"，不久，即有人探知了这足以致公正博士于死地的秘密，有人以此为要挟，要公正博士以此为例，否则，要捅给新闻界，要让公正博士身败名裂，前功尽弃。公正博士再也公正不下去了，他感到有一种难以抗拒的力量无形中扼住了他的脖子。

机器人执法队依然不折不扣地执行着指令，只是指令有了偏差——那些被电脑判处为淘汰的人，不少依然活得好好的，而原本该保留的人种精华却面临着一场浩劫。

那些保留下来的所谓人种精华，众口一词颂扬公正博士有公正精神，开始公正博士羞愧万分，甚至想一死以谢天下，但所到处，几乎全是颂扬声，慢慢地，公正博士麻木了，习以为常了，心安理得了。

补记：后世史家评曰：计划堪称最优，然执法可说最劣。呜呼，长叹息，长叹息！

长生不老药

寿无疆一生的愿望就是寻觅、研制长生不老药。

他查阅过历代典籍，确认世有彭祖，活到 800 多岁，虽未达长生不老之境界，但也算有名有姓有史可查的长寿之人吧。他认为：那彭祖必吃过什么长寿延年药丸，只是史书未确切记载，徒留遗憾而已。

他甚至说过：秦始皇乃一代帝皇，横扫六合何雄哉！如此伟大，岂会无知到明知世无长生不老药，而派徐福等人去蓬莱三岛寻访长生不老药。鉴于这两点，寿无疆固执地认为：长生不老药肯定是存在的，问题是要看谁有缘，谁方能找到。

后来，他又换了思路，既然找到极难，自己动手、丰衣足食总可以吧，他决定自行研制。

寿无疆先是发扬板凳要坐十年冷的精神，去查阅古今中外能查到的所有长生不老药方子，一一抄录。

譬如他在《荒唐言》一书中见到有一则方子："救世堂一品鹤顶红一分、回春堂砒霜五钱、长白山千年野山参一根、天山绝顶千年雪莲一朵、南极亿年寒冰一块、北极万年积雪一盆、头胎童子尿一壶、原始森林野生铁树花粉一包、猴采白茶一罐……

高温猛火烧七七四十九天，再文火慢熬七七四十九天，熬成黄豆大一粒药丸，戒色、清肠三日后，于立春日子时服下，必有奇效。"

寿无疆抱着不可全信，不可不信之态度，先广为搜罗，多多益善，再去伪存真，去粗存精地筛选。

哪想到，方子越多，他寿无疆反而弄得箩里挑花，挑得眼花。面对成千上万的所谓历代长生不老药方，他已无从判断无从选择了。

　　那天迷迷糊糊中，他梦见自己来到了黄帝陵，见到了那棵相传黄帝手植柏，竟已 5000 多年。

　　如一道灵光闪过脑际，对，既然要研制长生不老药，那药材、药引，都必需是寿命最长的。

　　寿无疆查阅资料后，圈定了刺果松、红杉、红桧、美国巨杉、日本柳杉、桧柏等十多种超过五千年的长寿树，他准备高价搜觅，然后提取其长寿基因，最后研制长生不老药。

　　计划制定后，寿无疆开始周游世界，爬山涉水寻觅起了这些长寿之树，真正是功夫不负有心人，他真的见到了一棵又一棵 5000 年以上的古树。有一次还亲眼见到了一棵 8000 年以上的刺果松，只是你出再多的钱都无法说动当地人砍伐此树，哪怕砍一枝条，挖一块树皮也难以办到。

　　寿无疆许以长生不老药研制成后，必赠送卖树者，然没人理他，没人睬他。

　　无奈的寿无疆只能退而求其次，在树下扫落叶，拾断枝，以便提取长寿基因。

　　日复一日，年复一年，寿无疆翻山越岭，总算收集齐了他计划书上的那些长寿树的枝呀叶呀，开始了提炼、熬制，可一次又一次失败。

　　为什么失败呢？

　　是缺了十万大山中的长生不老青春泉水？还是少了原始森林里巨蟒守护的赤色灵芝？寿无疆苦苦思索着。

　　他突然想起了缺少药引子——这药引子该是千年的王八呢，还是万年的鳖？他还想到了水中国宝"桃花水母"，想到了古籍中偶然提到的千年不死，万年不腐的"太岁"……

　　为了长生不老药，寿无疆豁出去了，夜以继日地守在老君炉旁，加柴旺火，熬呀炼呀。弄得自己吃没好好吃，睡没好好睡，人不人，鬼不鬼的。这种生活终于搞垮了他的身体，寿无疆的体质每况愈下。

　　坚持、坚持，快炼成了，一旦炼成，服下后就万寿无疆了，这个信念支撑着他。

　　然而，一切都有个限度的，就在寿无疆认为"瞎子磨刀——快了"的时候，他意识到自己挺不下去了，他知道自己已等不到长生不老药炼成了。回首往事，他一生全泡在了研制长生不老药上。为了这药，他没结婚娶妻，没生儿育女，甚至没好好享受过生活。此时的他，悔啊。悔恨无比的他终

于意识到长生不老药误了他，误了他一生，他拼尽余力，把所有资料扔进
炉膛，眼见一生心血在熊熊烈火中化为灰烬，他怪笑一声，长叹一声，溘
然而逝。

新"守株待兔"

　　宋家村地处偏僻，经济向来落后，如何改变面貌呢，村领导那个急啊真叫是急，可除了急掉几根头发，别无良策。后来，他们听说县城的几个文人成立了金点子公司，于是就发动村民逮了几只野兔，由村支书亲自出马，前往县城讨教发家致富的金点子。金点子公司真所谓金点子大大的有，经理一听他们来自宋家村，一看那几只肥硕的野兔，脑子一转，点子来了。他说：中国有个成语叫"守株待兔"，几乎家喻户晓，妇孺皆知，据写书的韩非子说：此事发生在宋国，而你们那儿正好是宋家村，何不来个移花接木，找段老树桩，竖个"守株待兔处"石碑，到时候再请人写几篇游记散文，说是新发现寻觅了两千多年方才寻找到的守株待兔处，这种软广告其效果肯定不要太好呃。

　　有人提醒经理：《韩非子·五蠹》里说的是宋国，他们是宋家村，古时不属宋国，可说是风马牛不相及——

　　"迂！迂！！"

　　经理正在兴头上，马上打住了手下的话头。他说：你能考证出韩非子撰写的这则故事是真实的？是虚构的？我可以断定没人能考证出。既然如此，是宋国还是宋家村又有什么关系。关键是要有个名头，借了名头好做事。倘若哪个古宋国的县市要争回守株待兔处原址权利，那好，打官司我们奉陪到底，这可是千金买不到的广告效应。他有他的根据，我也会有我的理由。放一百个心，这类官司包赢不输的，因为从生意角度讲，赢是赢，输亦是赢——

　　经理兴头上来了，思路大开。他建议在"守株待兔"石碑附近建一养兔场，标明此乃正宗宋家村兔子，生意肯定兴隆。还可聘请一两位杂技团的驯兽师，专门训练一批兔子，让兔子当场表演撞树桩的精彩节目，让今

人一饱眼福，票价定得高点又何妨呢？这当场撞死的兔子可以当场拍卖，说不定这又是一笔可观的收入——

经理一时点子接踵而来，他还设想搞投注，比如每次放出十只兔子，1至10编好号，观众可买彩票下注，看哪只兔子会撞树柱，这更是一本万利，包赢不赔的生意。

宋家村的村支书被金点子公司经理描绘的灿烂前景鼓舞得万分激动起来。他当即拍板，准备一回去就成立宋家村"守株待兔"经济发展筹委会，并决定聘请金点子公司经理为顾问。

经理满口答应。

经理在送村支书出门时，悄悄语之：今天的咨询可说是无偿的免费的。这样吧，我顾问的劳务费就算你们村将来的那个经济发展委员会20%的干股吧。

村支书头一下发懵，昏头昏脑竟重重地撞在了行道树上。行人把他送进医院时，只听得他反反复复地说着："守株待兔处，守株待兔处……"

第四辑　荒诞文本

　　文本是荒诞的，故事是虚构的，人物是子虚乌有的，感受却似曾相识。因为一切的一切都非作家闭门造车，窝在书斋里凭空臆想的，而是根植于社会，取材于现实。作家敏锐的洞察力，神奇的想象力，体现在字里行间。作家用夸张、变形、借喻、象征等等现代派的手法，给读者讲述了多个看似荒诞不经的故事，而掩卷三思，有触动，有共鸣，有反思，有启迪。

留影服上的眼影

　　梦依娜对自己在世界竞美大赛中名落孙山，愤愤不平，耿耿于怀。她断定，那些评委不是老眼昏花，就是被重金贿赂了，再不就是这些评委对何为超级时代之美，恐怕自己都知之少而又少。

　　梦依娜不服。

　　梦依娜不甘心。

　　梦依娜决心要评委对她刮目相看。

　　梦依娜高价悬赏一种发明，这种发明叫留眼服。凡穿了这种衣服的女性，只要异性的眼光在上面停留30秒以上，那眼之影就留在了衣服上，并且可以通过电脑来计算衣服上眼之影的总量。

　　在高额奖金的刺激下，不少科学家、准科学家、未来科学家都投入了这项伟大的发明，几经失败、几经推倒，多次试验、多次改进，终于成功地试制出了一种名为异性青睐留眼服。

　　梦依娜穿上这留眼服，去超市逛了一圈，回来用电脑一计算，乖乖，共有了333个眼影留在了这件特殊的衣服上。

　　常言道"没有比较没有鉴别"。梦依娜雇用了一位年轻小姐，邀请她同去出席一个大型生日派对。回来用电脑一计算，梦依娜衣服上的眼影要比那位小姐多了一倍以上。梦依娜请人出面发起了第二届世界竞美大赛。这次规定：进入复赛的小姐，必须以衣服上眼影的多少决出名次。

　　梦依娜志在必得。

　　梦依娜信心十足。

　　梦依娜精心打扮后，十二分自信地走上了舞台，她不断用飞吻抛下观众席，可说是气氛空前。

最激动人心的时刻终于到来了，评委会宣读了三等奖获得者名单。

没有梦依娜名字。

梦依娜认为应该没有她名字。

评委会又宣读了二等奖获得者名单。

依然没有梦依娜名字。

梦依娜认为仍应该没有她名字。

最后，评委会主席密尔根拿了一只封好的大信封走上主席台，他将宣布唯一的一等奖获得者的名单。

梦依娜已作好了冲上去拥抱密尔根的准备。她知道，非她莫属。然而，还是没有梦依娜的名字，梦依娜怀疑是否自己的耳朵出了毛病。

"不可能！不可能！！绝对不可能！！！"梦依娜坚决要求公布各自衣服上眼影的数字，以正视听。

密尔根告诉她：你衣服上眼影数确比别人多，只是你来看一下电脑上的眼影比较图就明白了。

在这次一等奖获得者衣服上取下的眼影图，一只只无邪无欲，欣赏于美、激动于美。而在梦依娜衣服上采下的眼影，一只只充着血，充着欲望，有的简直如发情的公牛，连梦依娜自己也看得目瞪口呆，看得胆战心惊。

梦依娜终于清醒了许多。

猫家族内部新闻

猫爷近来愤愤不平，它气愤于人们常拿猫家族来开涮。

你看看，一会儿报上登幅漫画，什么"猫受贿于鼠"；一会儿杂志上刊一篇杂文，说什么"猫怯于鼠"……

你想想，长此以往，猫家族还有什么脸面在江湖上走动，昔日之威，岂不让摇笔杆子的糟蹋殆尽？！

不成，要反击！

不，反击太火药味，如今不时兴了。对，要改变舆论导向，加强宣传猫的力度。

说干就干，雷厉风行，猫爷召开了第一百零八次猫族联席会议，中心议题：如何改变形象？

讨论出奇地热烈。

猫A说要改变包装，如今喜欢猫的大款富婆有的是，傍一个，让她出点血赞助个六位数七位数，咱里里外外来个全新包装，看那些爬格子的小文人还敢小瞧咱九十年代之"时猫"……

猫B说如此包装那还叫猫，别人还认得出我们是猫，还会不会承认我们是猫？形象是外在的，就像商标，"猫王"等于是咱的名牌商标，怎么能随随便便改变呢，改变了就失去了优势。咱要改变的是内在，譬如我们以前"喵呜喵呜"叫，我们现在改狗叫改鸡啼。狗嘛，除了"汪汪汪"，还是"汪汪汪"，吓唬吓唬小偷而已；鸡嘛，无非破晓司晨，公鸡报晓这点小事不信学不来。狗会的我们也会，公鸡会的我们也会，看谁还敢低看了咱猫族？

猫C说此言差矣，咱猫族学狗叫学鸡啼岂不是也成了鸡鸣狗盗之徒，万万不行！咱猫怎么能去向狗学呢，我们要与之竞争。猫抓鼠，不稀奇，没有新闻价值，不好宣传。狗抓鼠，就有新闻价值，就好宣传，懂吗？以前狗逮耗子属多管闲事，如今世道变了，如今这叫特异功能。特异功能是社会热点，越特越好，越异越灵，假若我们也开发出些什么特异功能，还愁新闻媒体不争相来宣传我们，谁还敢说我们仅仅是"三脚猫"……

猫爷颔首点头说：有道理呀有道理，大家动动脑子，咱猫家族有何特异功能可开发？

猫 D 说：常说猫有九条命，咱去干替身演员，又能过过上银幕上荧屏的瘾，又可大大宣传一番，何乐而不为？

猫 E 说好是好，只是替身演员多数是幕后英雄，谁肯花笔墨来宣传默默无闻的替身演员，那些扒分的笔杆子哪个不盯住那些星，恨不得扒下那些星的衣服扒出些秘闻来也扒出些金票来。不如咱也培养几个猫影星之类的……

会议开了三天三夜，发言者依然争先恐后，可谓各抒己见，畅所欲言。

最后，猫爷一锤定音。新闻要有由头，由头就是咱们这次第一百零八次联席会，咱发"一 O 八宣言"；新闻要有轰动效应，咱这"一 O 八宣言"向世人宣告：猫家族从此不逮鱼不吃鱼，改为专逮乌龟王八横爬将军，专吃生猛海鲜。如今饭局上不是流行"鸡鸭鱼肉赶下台，乌龟王八请上台"吗？好，看咱猫家族露一手，让世人刮目相看，看你宣传不宣传？看宣传了轰动不轰动？

"哗——"掌声雷动。

"猫爷英明！""猫爷万岁！"台下乱哄哄一片。

突然猫 F 冷不丁冒出这样一句："以前骂谁臭谁，总说，狗屎、鼠辈、牛皮、马屁，如今怎么都说是猫腻，这算什么意思，咱这样干，算不算猫腻？"

一时，大家你瞅我，我瞅你，大眼瞪小眼，没有一个回答得出。热闹的会场就如此泼了一桶冷水。

正宗嫡传伯乐第九十九代孙开设相马信息总公司的轶闻

　　鞭炮如机枪齐鸣，高升竞相爆响于晴空，大红灯笼高高挂，彩旗迎风猎猎，各式轿车蜂拥而至，各行各业的头面人物四面八方前来祝贺。祝贺"正宗嫡传伯乐第九十九代孙相马信息总公司"开张志喜。各路记者钻天打洞各有各的绝招，以期采访到有轰动效应的独家新闻。闪光灯闪得人眼花缭乱，闪出了第二天各报头版上的新闻照片：干瘦如柴的正宗伯乐嫡传第九十九代孙手执祖传手抄本《相马经》向各界致意的照片。

　　"相貌取人，误也。别看他长得人不人，鬼不鬼，却乃猪八戒喝磨刀水——内秀（锈）。"有人感叹道。

　　"正宗嫡传伯乐第九十九代孙的出山，将把野鸡伯乐、大兴伯乐一扫而光，快哉快哉！"有人由衷地高兴。

　　"伯乐重生，伯乐再世，国之幸也，人才之幸也！"有人额手庆幸。

　　赞誉鹊起，舆论一边倒。艳阳高照，喜气弥漫。

　　公司开张第一天，开门大吉，不一会就门庭若市。熙熙攘攘的来客大约可分为这样几类：

　　一、自荐；

　　二、夫荐妻，妻荐夫；

　　三、父母荐子女的；

　　四、长辈荐孙辈的；

　　五、同学荐；

六、朋友荐；

七、师生荐；

八、情人荐；

九、亲戚荐；

就是极少有同行荐、领导荐、子女荐父母、小辈荐长辈的。不知何故？

一星期下来，正宗嫡传伯乐第九十九代孙已累得筋疲力尽，憔悴得要吐血的样子。说句不雅的话，他连大小便的自由都失去了，即便蹲五分钟茅坑，也有两位数的客户恭候在旁，可说须臾不离左右。

客户的要求出奇的一致，无非是要求给所荐对象一份盖有正宗嫡传伯乐第九十九代孙签名、相马总公司盖章的人才鉴定书。

来客一个个如吃了萤火虫——心里透底明——有了这份鉴定书，就是正宗人才、就是千里马、就是国宝，犹如登了龙门，身价百倍千倍，前程顿时灿灿一片，辉煌耀目。

据反馈信息告知：凡是已拿到正宗嫡传伯乐第九十九代孙签名、相马总公司盖章鉴定书的人，几乎无不在三天之内被起用，被委以重任。或平步青云，破格连升三级四级的；或高级职称踏破铁鞋无觅处，得来全不费功夫；或一夜间成名作家，遍地玫瑰花向他（她）微笑……

如此奇效，古来罕见。一而再，再而三的轰动效应，冲击波震荡社会的每一旮旮旯旯。

一时间，大才、中才、小才、小小才、真才、假才、半吊子才、冒牌才，各式人物都被卷进了这鉴定热，上上下下，沸沸扬扬，热热闹闹，全冲着那份沉甸甸的鉴定书而来。

正宗嫡传伯乐第九十九代孙一看这铺天盖地而来的架势，自感已无招架之力，三十六计，走为上策。然而，且慢，正宗嫡传伯乐第九十九代孙已是新闻聚焦人物，千千万万双眼睛都盯着他，看他往哪里跑？

幸好镖局，不，叫保安公司应运而生，于是乎，速速请来七七四十九名全副武装的保安人员三班制为其二十四小时昼夜值班保驾。

人怕出名猪怕壮。保安人员能保护其生命，却挡不住各式本事的来访者。俗话说"八仙过海，各显神通"。泱泱大国，人才毕竟有的是。看看，连最最严肃最最冷血最最铁面无私的保安人员也奈何他们不得。正宗嫡传伯乐第九十九代孙弄不清楚这些客户是通过什么途径什么方法前来的，只知道都是些不能不见，非见不可，有背景、有来头的重要、重要、重重要的客户。

来的客户"各村有各村的高招"，或笑或哭或撒娇或哀求或牵强附会攀亲戚或图穷匕首相威胁，至于送茅台送五粮液，送中华门送万宝路，送家电送金银器送字画送古玩，送外币送美人，等等、等等，无奇不有。

送来的东西以几何级增长着，有的已开始霉了烂了臭了坏了，害得整个公司从上到下、从下到上光整理、清理这些礼品就累得直不起腰来。正宗嫡传伯乐第九十九代孙只得通知手下高挂免战牌。公告：自即日起暂停营业，请各式人才稍安毋躁。"辨才须待七年时"；"天生你才必有用！"

然而，要停下来已大难——不知从何日起，社会上已流传一条不成文的规定：以后用人，若无正宗嫡传伯乐第九十九代孙的签名、相马总公司盖章的人才鉴定书，任是奇才、天才、超级人才，一概不信，一概不用。

如果谁持有正宗嫡传伯乐第九十九代孙的签名、相马总公司盖章的人才鉴定书，不是人才也是人才，不用也得用，此处不用他处用。你不信他是千里马？是旷世奇才？看来你是不相信伯乐。你不相信正宗嫡传伯乐第九十九代孙的慧眼鉴定，还相信谁呢？！除了说明你狂妄、目中无人，还能说明什么呢？要么是水平贼臭，本是庸才、蠢才，大大的不称职。

不久，一批持有鉴定证书的人才陆陆续续被派进了相马信息总公司，有任副总经理的，有任办公室主任的，有任信息处处长的，到后来，光副总经理就二十多个——据说发现并鉴定人才的公司本身就应该是人才最集中最荟萃最人才济济的地方。

忽一日，正宗嫡传伯乐第九十九代孙以总经理身份隆重召开记者招待会，向新闻界郑重宣布：自即日起辞去总经理职务。理由是自己并非是正宗嫡传伯乐第九十九代孙，只是个历史的玩笑而已。因此，以前自己签名、盖章的所谓人才鉴定书一律无效！

据说，在千夫所指，口诛笔伐中，正宗嫡传伯乐第九十九代孙不多久就呜呼哀哉，魂归九泉。但由此而引起的混乱，持续了很长很长时间。

独领风骚在酒场

人是会变的！

怎么，你不信？

你瞧瞧这位夫子周，谁不知道他乃书呆子、老夫子。不会喝酒不会抽烟不会麻将不会跳舞，不会……总而言之，除了死读书，读死书，他几乎无甚爱好，或者干脆说连爱好也没有。

有个成语谓"谈虎色变"，夫子周呢，谈酒色变。记得有一次，他与主任一起陪省局来的领导酒宴。来者个个久经沙场，可说人人海量。主任斗酒不敌，情急之下，推出夫子周挡一阵。

夫子周大出意外，连连推却，但身在酒场，由不得你洁身自好，为了解救主任于危难之中，夫子周无可奈何破了酒戒，放下饮料，端起酒杯，甚是悲壮状，良久，很将军很英雄地一饮而尽……

石破天惊这一回后，夫子周再也见不得酒了。那次他直吐了个胃底朝天，滴滴胃酸，全都呕尽，真的是苦不堪言。从此，他视酒为敌敌畏。

或许是这次酒场上舍命保驾有功，或许是夫子周多年来没有功劳有苦劳没有苦劳有疲劳，总而言之，言而总之，他从秘书提升到了办公室副主任。说起来副主任并不是什么大官，但这角色陪客陪宴机会特多。大宴三六九，小宴天天有。这、这不是要夫子周的命吗？

然而，世间许多文章都在"然而"后面——古语谓"士三日不见，当刮目相看"。现在你们再看看这位夫子周，在酒场上竟独领风骚，喝酒之豪爽有如楚霸王再世、鲁智深重现。谁也无法相信，所有的挑战几乎都发自他瘦小的身躯与干瘪的嘴唇。"干干干！"一个高潮又一个高潮，一杯又一杯六十度大曲，夫子周如同喝白开水，令所有同席者瞠目结舌，甘拜下风。

变化如此之大，太奇太怪太令人难以置信。定有隐情定有秘密，我决心明察暗访，搞个水落石出。

功夫不负有心人，蛛丝马迹露出来了。我发现一个令人生疑的现象，每每酒兴正浓时，夫子周要掏出一种药丸，说是防心脏病的。瞧瞧，心脏本不好，然而为友谊为感情为关系照样杯杯一口闷，舍命陪君子啊，能不令人动容吗？面对如此赤诚相待的酒友，你还有什么不能答应，还有什么不能相信？

夫子周难得吃一两次心脏病药，我决不会犯疑，只是他每每如法炮制，必有他的理由，兴许谜底就在此。

我的猜测竟然被我证实——原来夫子周因性命交关而逼出了一种独家发明，他悄悄研制了一种解酒的药丸，取名为"化酒健身丸"。

据说一丸下肚，效果立现。确切地讲，一粒药丸能在数分钟内化解一两左右六十度的白酒。更妙的是，此药丸的功效在于能无形中把喝下的酒精蒸发了，从汗毛孔中悄然散发而去，而边上的人则对不起，往往被熏醉。据讲比自己喝酒还容易醉，比自己喝醉还难受，还不容易醒。

有了这秘密武器，夫子周自然"艺高人胆大"，在酒场上自然可"稳

坐钓鱼台，任凭风浪起"。任你会劝酒会灌酒会罚酒，他夫子周照样面不改色心不跳。藉此药丸，他可力战群雄不怯场，打遍天下无敌手。

没有不透风的墙，夫子周的机密终于泄露了出去。寻根追源很可能是我在枕边首先漏出去的。我对不起他，不，是我帮了他——夫子周因此发了，大发而特发了——求药的人络绎不绝。自然，没有人会空手而来，即便是那些官大一级压死人的头头脑脑也无不破例向夫子周说起了好话送起了礼。

开始是三天两头晚上有人来，悄悄地敲门；后来，几乎天天晚上有来访者；再后来，白天也开始应接不暇。

各种各样吃的用的，已使夫子周能开食品店开百货店了。他甚为害怕，推说已没有此药，推说此药已用完，但没用，一个个软磨硬缠，不拿到药丸不罢休。谁能绝情地谢绝送礼，把送礼者统统拒之门外呢。为此，夫子周终日头晕，似乎终日酒醉样。

胆子是吓出来的。夫子周干脆申请了专利，开了"酒后治疗总公司"，自任董事长兼总经理。

据说为起这个公司名称，夫子周煞费苦心，曾征求了不少专家、学者、权威的意见，最后才拍板定名的。为什么是酒后不是酒前，为什么是治疗公司而不是技术指导公司或吃酒信息公司，这里就大有奥妙大有文章，正因为是"酒后"，所以加个"治疗"，正因为"治疗"，就可归入治病救人，实行革命的人道主义的范畴，就属社会福利事业，就可享受免税待遇。更要紧的是既是治疗，就需药物，既是药物，就可享受公费，就可由"阿公"来报销出账。这一来，能不门庭若市，兴旺发达吗？！

公司开张不久，广告尚未做，全国各地各单位各企业来订货催货运货的，没日没夜，蜂拥而至，忙得夫子周一班人马恨不得生出三头六臂来。这些不细述，反正夫子周名利双收了。

我嘛，当了个副总经理，主管生产。眼见原料供不应求，我只好下令减少一半，一半用代用品。可需求日长夜大。夫子周供货合同一份份签出去。我咬咬牙、狠狠心、跺跺脚，闭闭眼，关照手下将正宗原料减至三分之一，再减至四分之一……

夫子周再三向用户申明：原料不足，来不及生产，实在来不及，请谅解请谅解！——没用，全没用，没人听此解释，也没人相信此解释。

要货！要货！！要货！！！

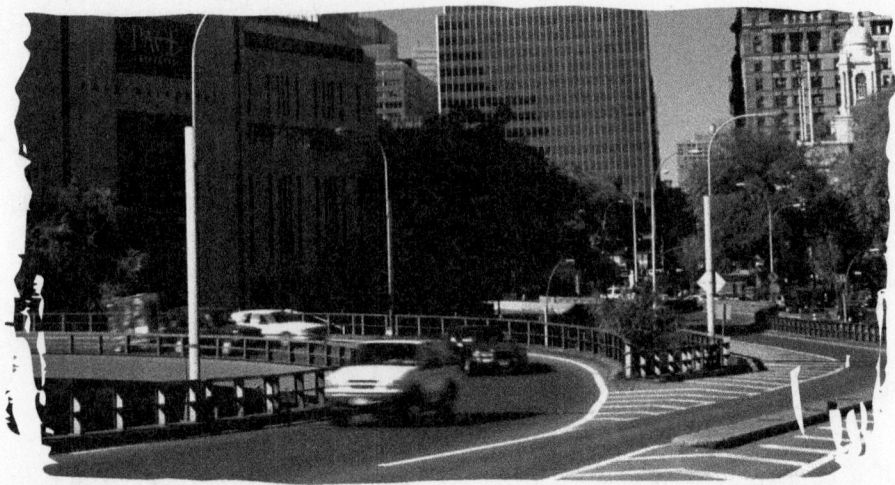

火急！火急！！十万火急！！！

我别无选择，只能代用品、代用品、代用品。

终于代出了毛病。

据说有一位政界要人过于相信夫子周的化酒健身丸，结果当场醉死在一次重要的酒宴上。

一出人命，又是大官，事情就算闹大了。

国家级的多部门组成的联合调查组很快下来实地调查，收集证据。最终的结果不言而喻的——卖假药，得逮捕、判刑！

夫子周是公司法人代表，是罪魁祸首。他自知法网难逃，一个人喝闷酒，谁也不敢劝。也许醉乎乎的他自知过量了，摸摸索索翻找出"化酒健身丸"吃下。这回，夫子周自食苦果，没能化解过量酒精，醉酒而死，应了一句老话"瓦罐难免井边碎"。

我给夫子周写了悼词，悼词很难写，真的很难写。

寻找真话基因

　　鲍姆博士看着一份最新的调查报告，忧心忡忡。因为根据这份全球调查报告称：在过去的半个世纪中，假话基因像流行性感冒似的普遍发病，其传染率甚至超过了感冒病毒，更可怕的是真话基因日渐萎缩，开始还可与假话基因抗争，后来，其抵抗力起来越弱，以致一败再败，如今简直销声匿迹，难觅其身影了。

　　鲍姆博士是联合国首席基因研究权威，他知道一旦真话基因真的绝种的话，假话基因的裂变、繁殖再也压不住，到那时，假话基因就有可能成为人类的第一瘟疫，后果不堪设想。

　　当务之急是要寻找出一种有强大生命力的真话基因，通过复壮、强化培育，使其大规模裂变、繁殖，然后制成真话基因疫苗，由联合国提供赞助，在世界范围内每人一针，免费注射，以克制假话基因无敌手的局面。

　　鲍姆的报告引起了联合国高层的充分注意，很快通过了决议案，成立了一个以鲍姆博士为首席顾问的研制小组，并招募了数百名义工，分赴世界各洲各国各地去采集可能遗存的真话基因。

　　现代化的通讯工具每分每秒都可与全世界任何一个角落联网，保持联系。反馈信息很快汇总而来：

　　亚洲，未找到真话基因；

　　欧洲，未找到真话基因；

　　美洲，未找到真话基因；

　　非洲，未找到真话基因；

　　大洋洲，未找到真话基因；

　　拉丁美洲，未找到真话基因。

鲍姆博士一下瘫坐在了沙发上。最最担心的事终于发生了，这可如何是好，这将是人类最可怕的悲剧。

鲍姆博士与手下的高参们紧急磋商后，把目光投向了那些深山老林或雪域高原，千百年来，不是一直有野人的传说吗，或许真有野人也说不定，假如真能找到野人，保不定就能提取到真话基因。这一丝希望又鼓舞起了研制小组成员最后的期盼。

然而，动用了卫星，动用了最先进的仪器，依然是没有，没有，还是没有。

难道各国流传已久的雪人、毛人、大脚怪等等只是不负责任的道听途说，不合生存规律的虚构假说？

当全世界的高山雪原，原始森林都像梳子似地梳过一遍后，大家都失望了，连一向万分自信的鲍姆博士也有点动摇；产生了打退堂鼓的念头。失望笼罩下的鲍姆博士做了个梦，梦见在大西洋海底生活着一群类人鱼……

鲍姆一下惊叫了起来，也许这是上帝的指示。这后，搜寻的重点移到了海底，就在科研经费即将告罄的关键时刻，传来了意想不到的好消息：在大西洋海底真的寻找到了类人鱼的生活基地。鲍姆博士惊奇地发现这些类人鱼似人非人，似鱼非鱼，但却有着跟人类一样的DNA，经个体研究，类人鱼可能是人类的一个支流，因此他们的身体里还完整地保持着真话基因。

鲍姆博士为这个发现欣喜不已，研制小组夜以继日地加班加点，经过无数个不眠之夜，终于试制出了真话基因疫苗，经临床试验，这是对付假话基因最有力的杀手锏。

联合国批下了巨额经费，建立了庞大的生产基地……

鲍姆博士摸着已全秃的头顶，喃喃地说："人类有救了，人类有救了！"

翁　局

　　翁局长大名翁有为，但这名字在不少场合似乎不派用场，局里局外都叫他翁局长，近来简化或者说尊称为"翁局"。

　　翁局已调过二位数的部门，属万金油干部，虽无多少政绩，亦无什么大错，他的"有为"之道是抓两头，一头笔杆子，一头方向盘。有了过硬的秘书，有了听话的驾驶员，他这个局长就算有了手有了脚。

　　有人背后称他为"混局"，此话传到他耳里，他不气也不火，笑笑说："谁人背后无人说呢，当头的如果背后无人说，那就怪了"。大有笑骂由人笑骂，好官我自为之的气度。有时淡淡一句："混局，你来混混看。这么好混，都当局长了"。

　　想想这话不假，上下左右，方方面面都要摆平，这容易吗？！

　　翁局算是混出了名，人缘越混越好。据他私下给老婆透露：其重要一条是注意"共同致富"。凡逮着名堂，他总设饭局，总遍请有关领导，有关兄弟单位平起平坐者，且总不让来者空手，一条原则"高兴而来，满意而归"。

　　"来而不往非礼也"。兄弟单位自然也总不忘他这位大名鼎鼎的翁局。

　　为应付这些宴请，翁局疲于奔命。但联络感情，增进友谊是大事，吃得再累喝得再苦，他翁局舍命陪君子，从来是宁伤身体不伤感情的。这点上，他声誉之好，没人能比。

　　多年下来，翁局的肚皮越吃越大。如果他戴个女人假发套，侧面看去，比孕妇还要孕妇。

　　发福的将军肚成了他一个沉重的负担，翁局越发离不开小车。小车几乎成了他的脚，他的脚几乎就是小车。有一天，他突然发现下了车竟挪不动步。司机吃惊地发现翁局的腿已萎缩了，那腿呢？不见了，那脚呢，比三寸金莲还小。那将军肚几乎塌到了地面上。司机费了牛鼻子老劲，才把翁局扶进了电梯，才算上了楼。那天好像是一个什么公司开张的新闻发布会，签名的人竟排着队，秩序出奇地好，原来签名后每人可领一份礼品。翁局那退化了的小脚支撑不住那硕大的肚皮，只想早早轮到他签名，偏那些签名者好像书法比赛似的，蘸墨、运笔，都十二分认真，唯恐名签小了，失了身份，字写糟了失了面子。

翁局等得极不耐烦，想加塞，而他的将军肚体积太大，加不进塞。一急之下，他的手骤然间变长，他那越伸越长的手，越过排在他前头的一个又一个签名者，一下伸到了最前面，他抢过笔，"唰唰唰"龙飞凤舞签好名，老实不客气地抓过礼品。哇，真管用！从此后，翁局发现了自己的又一特异功能，好不沾沾自喜。

那天，当东道主盛情邀请他说几句话时，翁局突然发现脑子里一片空白。他急唤秘书，幸好秘书是出名的快手，三下两下就拟了一个简短的发言，使翁局得以应付过去。

这后，翁局觉得自己的脑子日趋混混沌沌，他不放心，去做了彻底的检查，医生诊断结果为脑萎缩。但他的脑萎缩与通常病人的病理性脑萎缩有所不同，乃用进废退而致。

翁局是最近一次宴席上喝出麻烦的。那天，他照例又设饭局，宴请一位老朋友，两人酒逢知己千杯少，直喝得不辨东南西北方罢休。不料，那天喝醉后就此一醉不醒，经有关专家鉴定乃基因突变后产生的新人种，极有研究价值，医院想解剖研究。

然而由于家属要价太高，解剖工作迟迟未能进行。据说如果能及时顺利解剖的话，将来写成论文，说不定能获诺贝尔医学奖呢。

第五辑　浮世图绘

　　大千世界，芸芸众生，普普通通，平平常常，往往是最真实的，也最易司空见惯而无动于衷。一个高明的作家就是要在平常中发现不平常，在普通中提炼不普通。作家截取了几位底层百姓的生活横断面，写出了他们的喜怒哀乐，悲欢离合，就像写邻家，就像写同事，读之，或会心一笑，或为之一颤……

秘　密

退潮了，咆哮的大海收敛了它狂暴的脾气，悄悄地退了下去。长长的海滩被冲刷得光溜溜的，所有的脚印，所有昨天的痕迹全抹去了，只偶尔留下大海的某些馈赠以及某些遗弃。

几个渔家孩子在海滩上戏耍着。突然，他们闹嚷嚷起来。

海妹子凭她的第六感官，意识到孩子们得到了大海的馈赠。

哦，是一只造型古怪而别致的紫色玻璃瓶，玻璃很厚实，看不清里面有什么东西。

海妹子记不得在哪本杂志上读到过漂流瓶的故事。这瓶里装着什么呢——爱神？魔鬼？或者纯粹是一个大海的玩笑。

玻璃瓶盖得严严紧紧的，还用胶布封着，显然是有意如此的，也许正因为如此，倒愈发添了几分神秘感。

海妹子掏出口袋里的零钱，换下了这个装着问号的瓶子。

她怀着一种莫可名状的心情，匆匆回到了自己的小屋，小屋的门关了很长时间。

一个消息在渔村在海边暗暗地传播着：海妹子得到了一件宝贝！

有人来找海妹子，说希望见一见那稀罕物。

海妹子沉默不理。她认为瓶内的秘密是属于她的，属于一个十八岁的渔家少女。

于是，消息升级秘密升级宝贝升级——海妹子骗取了孩子们的宝贝！好些人这样说。

一说瓶内有一张巨额支票，是一外国佬海上遇难前抛下的。

一说瓶内有张百万英镑，是一个英国贵族青年海为媒的爱情聘礼。

一说瓶内有……

终于，惊动了渔村有头有脸的人物。他们把海妹子找了去，思想工作做得又仔细又认真。

"一定要交？"

"一定要交！"

海妹子厌烦了他们的车轮大战，在他们的陪同下，很不情愿地取来了漂流瓶。

喔唷！多美的瓶子！这样的瓶子理该装着宝贝呀。

啥，还没打开过？见着的人都傻眼了。

哦哦，宝贝还在里面，在里面呢！

打开！打开‼打开‼！

人们迫不及待。

人们期待着一饱眼福。

瓶子打开了，里面是一张粉红色的硬纸片，上面写着几行外文。

"快说，快说，是什么意思？"

海妹子摇摇头，她识不得这洋文。但这漂流瓶以及瓶内的东西给她带来过丰富的联想，带来过少女的憧憬。

海妹子原本是不舍得打开的，不舍得秘密过早曝光，她要慢慢享受这份大海的馈赠。

好不这容易请来了一个识得洋字码的中学生，当他艰难地译出来后，仿佛一瓢冷水浇在了人们头上。

海妹子也用极失望极哀怨的目光看着这识洋文的中学生，悻悻地说："还不如不译出来好。"

谁会料到原来是这几个字呢。

算了，不说也罢。

此一时彼一时

　　塌方发生得很突然,就那么几分钟,阿胡子班长、大马、阿三头、阿温他们四个被堵在了采煤工作面。世界仿佛与他们隔绝了,在生命的最后时刻,上帝仅仅给了他们那可怜的十几个平方米的空间。吃的,没有;喝的,没有;空气,也越来越稀薄。

　　大马像绝望中的云豹,用铁铲发疯般挖着塌落下来的石块与煤屑。

　　"停下!快躺下,都给我躺下!谁再乱动乱嚷,我揍扁他的脑壳!"阿胡子班长一声断喝,大家乖乖地躺在了煤屑堆上。

　　四人中,阿胡子班长年龄最大,井下工龄最长,自然经验也最足。此时此境,不听他的听谁的。阿胡子班长要大家尽量少消耗体力,等待救援。四条汉子横七竖八躺着,谁也不出声。矿灯已被阿胡子下令关了,里面一片漆黑。除了彼此能听到别人的呼吸声、叹息声与辗转反侧声外,一切的声响都隔绝了。这简直是个让人发疯的空间。只听阿三头带着哭腔说:"没戏唱了。八是发,四是死。咱四个,等死吧。"

　　死神似乎在逼近,至少感觉上是这样。阿胡子意识到如果这样下去,即使不饿死渴死,也会先精神崩溃,憋出毛病来。他故作满不在乎地说道:"咱几个愁个屁急个屌,上面那些当官的才真急真愁哩。放心,只当在此面壁修炼几日,早晚会救我们出去的。来,说说心里话,假如大难不死,活着出去后最想干的事儿是什么?"

　　这话题把沉闷压抑的空气撕开了个口子。

　　大马来了劲。他说:"矿灯房的阿菊,真太他妈的有女人味,大奶子大屁股,胖乎乎的,叫什么来着,性感,对,性感。凭什么办公室的'眼镜'搂着她跳舞。我要向'眼镜'挑战,追不到阿菊我他妈的不姓马!"大马好似忘了是堵在井下，情绪高高的，想入非非，享受着精神上的胜利。

阿三头为了结婚风光排场，从牙缝里抠了又抠，省了又省，馋得他一想起吃就口水直流，他咂咂嘴说，早知小命玩完存什么屌毛钱。我要是留着这吃饭的嘴巴出去，非把银行的钱全提出来不可，吃遍大饭店大宾馆，粤菜、川菜、湘菜、苏菜，统统尝个鲜，吃个遍。再美美地吃它几顿西餐，什么肯德基、汉堡包、热狗冷狗的，外国佬吃的洋菜洋点也品品味，咱当回美食家。钱，钱算什么？结婚搞虚排场有什么意思，哪有吃实惠……"

阿胡子听着听着突然冒出这样一句话："早知这样，吵什么吵。想想真傻，兄弟俩为几间破房子闹到打官司，真犯不着，生不带来，死不带去，争到了又怎么样呢。"阿胡子很悔的口气。

常言道"人之将死，其言也善"。没想到冷锅里爆出个热栗子。一向温吞水般的阿温说出了石破天惊的话。"忍忍忍，忍到阎王殿啦。结婚以来忍到现在，没过上一天舒心日子。要是这回死里逃生，上井第一件事：离婚！反正死都死过一回了，还顾那面子干啥。佛争一炷香，人争一口气，我也是男子汉大丈夫嘛。"

阿温是出名的"气管炎"（妻管严），在矿工中像他这样怕老婆的几乎找不出第二个。谁也没想到身处险境的他会说出这番轰轰烈烈的心里话来。

这样七扯八扯，竟忘了时间的消逝，直到声音渐渐低下去低下去。

当阿胡子班长他们四人先后醒来时，发现已躺在了矿医院病床上。不久，四人康复出院。一切又都恢复了老样子——大马还是原来的大马；阿三头依旧早先那个样；阿温呢仍是先前那副窝囊相。没有人再提起井下的那些话，仿佛彼此都忘了一般。唯有阿胡子班长悄没声儿地去法院撤了诉。

夫妻双双把家还

古庙镇娄浜村是个交通不便的乡下角落，是个被人遗忘的角落。早先日本人把四周县城都占了，也未惊扰这个弹丸之地的死角落。

娄浜村的村民自古田里刨食吃，浜里舀水喝，安贫乐土，心静如水。

娄浜村历史上既无什么大书特书的事件，也无可歌可泣的人物。据上了年纪的老人说：甚至连个秀才也未出过。

这无波无澜平平淡淡的历史终于因周家阿四而出现新的一页。

阿四从小就迷书本，田里活做不大像。村里教训孩子总拿阿四做靶子。"死坏，还不想田里去，怎么，想学阿四，抱着书本当饭吃？吃西北风去！"

阿四大概把这种话一概当作补药吃了，依然到处觅书看，依然田里生活笨手笨脚。

阿四的书竟然没有白读，阿四竟然轻而易举考取了北京的人民大学。乖乖！娄浜村破天荒头一遭出了大学生！考取的还是天子脚下的大学，惊得整个娄城好一阵没缓过神来。

好啊好啊，咱娄浜村亦是个藏龙卧虎的地方。村民们为出了阿四这样一个大学生而自傲万分。

更大的吃惊还在后头呢。

阿四毕业后竟然被留在了北京，留在了国务院工作。据说那些中央大首长阿四三天两头能见到，并且还要与高鼻子蓝眼睛打交道呢。

村民们议论阿四时，都自然而然换了一种口吻。

阿四工作后，只有信不见人回。有人说阿四忙，忙得生三头六臂也对付不过来；有说阿四这工作保密的，不能随随便便跑到乡下来。但村民们从心底盼阿四回来一趟，好一睹阿四的丰采，好向阿四表示表示早先的歉

74

意以及今日的敬意，好听听阿四的京城见闻，长长见识，开开眼界……

阿四终于夫妻双双把家还，说是旅行结婚。消息灵通人士还透露：阿四娘子是某将军的千金。阿四到村里那天，是县太爷的小轿车送来的，这份荣耀，娄浜村开天辟地谁人有过？

阿四在村人的眼睛里，十二分地高大起来。大家以能与阿四聊上几句为最大荣耀。

阿四到村里的头一天晚上，满村人几乎都挤到了阿四家的院子里。一直闹猛到下半夜才逐渐散去。

娄浜村向来有听新房的旧俗。有几个年轻后生等人一散，躲在了后窗下，想听听阿四这种有头有脸的大学生与城里来的千金小姐在新床上说些啥私房话。

阿四夫妇早累得精疲力尽，只想早点上床休息。

人刚散，阿四就赶快找脚盆倒了热水，端到床前，对新娘子说："乡下没浴室，将就点洗一洗，来，快点洗……"

啥，啥？阿四一个大男人，给小娘子倒洗脚水？

听房的后生惊呆了，继而像发现新大陆似的兴奋异常。

"哈哈哈，北京工作的阿四，堂堂大学生，还不如我们乡下捏锄头柄的，还要给小娘子倒汏屁股水……"

阿四高大的形象一落千丈。

昨天还一村弥漫的敬畏、仰慕，就此如台风刮过，刮得无影无踪。阿四热顿时降温。

阿四的这件轶事，成了娄浜村村民饭后茶余的传统余兴节目。时不时有人提起这话题。"怎么，想学阿四，给小娘子倒汏屁股水？"

戏谑的笑声中村民们有了另外一种满足，觉得大学生阿四北京工作的阿四也不过如此。

当然，在娄浜村以外，村民们像有什么默契似的，从不提这事，半个字不提。在娄浜村外，大学生阿四北京工作的阿四仍是娄浜村村民的骄傲，为娄浜村增光露脸呢。

过过儿时之瘾

姬艮旺是抗战时随父母去美国的，这一去就是五十多年，再也没回过故乡，如今年岁大了，思乡的念头竟日重一日，他决心在有生之年无论如何回去一次，去看看故乡的那石拱桥还在不在，那老房子还在不在，那老榉树还在不在？……

小孙女露茜听说爷爷要去中国，吵着也要去。自从她在美国的唐人街民俗博物馆见到了花桥、石磨、马桶等，她奇怪得不得了，非要亲眼看一看不可，否则，难以相信。

姬艮旺在家乡已没有什么近亲了，只有几门表亲。

开始姬艮旺不想惊动亲戚，他在娄东大酒家住下后，准备带孙女露茜随便走走看看，走到哪儿看到哪儿。印象中，木拖鞋、蒲扇、火油灯、马桶等家家都有的，小儿立桶、浴盆、老式躺椅、柴灶也是半数人家有的，石磨少些，但十家中总有一家有吧。还有像爆炒米花的、弹棉花的、钉碗补锅子的、削刀磨剪子的，是稍转几条弄堂就能撞见的。

姬艮旺叫了辆出租，说："去武陵桥。"武陵桥是娄城的中心地区，姬艮旺自认为熟门熟路。

到了那儿方知，老街早在老城区改造中拆了个一干二净，儿时印象中的旧貌已荡然无存了。大所失望的姬艮旺不信邪，在住宅区寻觅了起来。转了半天，脚也跑得酸了，汗已湿了衬衣，可要想看的一样也没看到。

姬艮旺怕问马桶被人说，就问有没有石磨，说想买一个，但问来问去都没有了。有热心人介绍说："去乡下看看，或许还能觅到。"

转了一整天竟一无所获。姬艮旺只好决定去乡下找他的远亲。或许乡下变化小些慢些，能见到点儿时的东西也未可知。

乡下远亲见来了个美国表叔，很是当回事情，特地去买了可口可乐、蓝带啤酒来招待姬艮旺。

姬艮旺已瞧见那茶缸里有现成泡好的佩兰茶，这可是他儿时常喝的。推开可口可乐说："来碗佩兰茶，回家乡来就是来尝家乡风味的。"

露茜喝了一口佩兰茶后，说："这是世界上最奇妙最解渴的饮料，胜过可口可乐十倍百倍。你们为什么不开发这种饮料呢？"她建议爷爷投资搞一条生产佩兰茶的软包装流水线，必赚钱。

姬艮旺不由心动。

乡里听说姬艮旺要投资办厂，劲头来了，关照要高规格接待好。

但姬艮旺谢绝了一切宴请，提出了几个令接待者哭笑不得的条件：1. 要踏一踏水车；2. 放一放水牛；3. 推一推石磨；4. 穿一穿蓑衣，戴一戴草帽；5. 要带一双木拖鞋与草鞋回去；6. 挑回野菜；7. 捉回知了；8. 钓一趟鱼；9. 吃回井里的冰西瓜；10. 看看弹棉花、钉碗补锅子等匠人的手艺活……

这可难倒了接待者。

幸好，水牛还有一头，乡里借用半天。蓑衣也总算找到一件，连同草帽、草鞋等，让姬艮旺过了回放牛瘾。

乡里觉得，这十多个条件中，最好解决的是钓鱼，因为常有市里头头脑脑来钓鱼。这有现成的鱼塘，现成的钓具。麻烦的是钉碗补锅子、铁匠、箍桶匠等早几年就不见了，弹棉花、修棕绷的倒偶尔能见到，只是一时三刻上哪儿去找。

巧的是，姬艮旺远亲家院子里有一口井，用网兜把西瓜冰在井里，拉上来吃时好爽口，露茜说：口感比冰箱里的西瓜好多了。

最让露茜难忘的是她竟然也捕捉到了一只知了。

姬艮旺不要旁人帮忙，他自己动手做了只纱布网兜，绑在竹竿上，与孙女露茜去了院子后的竹园捕知了。那棵高大的朴树上有好几只知了尽情亮嗓呢。姬艮旺童心勃发，虽手脚不便，还是给他逮住了两只，乐得他像十几岁的顽童。

姬艮旺这次家乡之行最开心的事是临走那天，乡里终于找到了一扇石磨。姬艮旺用这扇石磨与露茜一起磨了黄豆粉、磨了糯米粉。黄豆做了豆浆，糯米粉做了汤圆，吃着自己磨的做的，久违了的手制豆浆与糯米汤圆，

姬艮旺激动得流下了泪水。

这次故乡之行，虽然有诸多遗憾，但毕竟大慰平生，姬艮旺决定回去后就派人来洽谈投资的事。

罪　人

这是入夏以来最热的一个星期天。

夏令时七点已暑气逼人。稍动一动，汗就从每一个毛孔争着往外钻，仿佛也想出来凉快凉快。

去市里的汽车上乘客们已挤得前胸贴后背了，司机还磨磨蹭蹭不开车，恨不得把车上所有的空间都挤满塞足才肯启动车子。

孙东去晚了，挤在车门口，上不上，下不下，真活受罪。车下有位胖胖的女乘客还在往车上挤。

孙东受不了里外肉墙的夹击，冲着司机说："关好门开车了，你看看，超员多少了，再上人，出了事故不得了。你承包开车，心也不能太黑——"

司机一听这话，冷冷一笑，朝乘客挥挥手，像赶掉讨嫌的苍蝇似地说道："下去、下去，都下去。超员了，这位师傅说的，要出事故的，不开了！"

说着车钥匙一拔，下了车悠悠然倚车吸烟。

这鬼地方，去市里就这一趟车，不挤这车还能跑去不成。司机心里透明透明，这叫给点颜色你们看看。

挤得臭汗一身的乘客有骂司机的，有劝司机的，更多的乘客则指责孙东，说他害得大家都走不成了。

那拼命往车上挤的胖女人一边挤一边对着孙东说："怕挤回家歇着，有本事有票子去乘屁股后冒烟的，那才气派哩。"

孙东没想到自己的一片好心反遭埋怨，反遭抢白，心里甭提有多窝气，一气之下他下了车。

一种稳操胜券的神色在司机脸上浮现着，孙东有一种被嘲弄的心绪，他没好气地对司机说："你昧心钱尽管赚，这车不出事才真见鬼呢。"

第二天，孙东从报纸上知道，这辆车在途中出了事故，一头扎下河去，因严重超员，挤得如沙丁鱼罐头似的乘客逃不出来，一车人不死即伤，酿成一次特大交通事故。

第三天，市报记者找到孙东采访，孙东如实讲了自己所知道的全部情况。

第四天，市报上登了《幸存者如是说》。

第五天，孙东接到好几个匿名电话，口气极不友好。

第六天，孙东接到一叠信，都是指责他的，甚至有骂他的。

最使读者及死伤者家属反感的是孙东的"不幸而言中"。不祥的谶语出自孙东之口，而他安然无恙。他的口好毒，这是巫婆似的咒语，不找他找谁——悲伤过度的人们陷入了一种荒唐的思维定势。

总而言之，孙东成了罪人，成了这次特大交通事故的千夫所指的罪人———因为司机死了，售票员死了，乘客大都死了，而他，幸免了——这样的现实本来就有人难以接受。而他，还如是说如是讲。仿佛别人都傻到家了，都自己往死里送，而唯有你孙东精明，唯有你孙东有神佑。你孙东既然知道要出交通事故，为什么不坚决阻止司机开车，为什么你自己独自溜了跑了？

孙东的生活从此不得安宁，孙东的内心从此不得安宁。

慢慢地，他自己也认为自己是罪人了。孙东的心像刀扎针刺，他难过得恨不能替代了那些人去死。他甚至在日记中写道："那天，我悔不该下车！"

拖　鞋

阿浓外号"拖鞋"。

说起这"拖鞋"的外号，还有段来历呢。

阿浓人缘好，朋友多。新房装潢、布置，全是小兄弟帮忙。阿浓结婚那天，来的人一大帮一大帮的，用上海话说：新房里挤得蟹也爬不进一只。

新婚翌日，阿浓妻子小洁买回了六双拖鞋，放在门口，她向阿浓约法三章：从即日起所有进房者一律换拖鞋方能入内……

阿浓颇为难，他不少朋友大大咧咧，随便惯的。这，叫他如何向朋友讲呢。但他太爱小洁，不愿让小洁扫兴，不愿破坏那种温馨甜蜜的新婚气氛。他照办了。

阿浓的朋友很知趣，一见门口那一溜拖鞋，都识相地脱鞋换鞋，无须阿浓关照打招呼。不过有几个相熟的有时会半真半假来几句，诸如："阿浓，拿吸尘器来吸一吸，让我身上清爽得彻底点。""阿浓，你家准备评三星级呵？""阿浓，我脱出来脚臭，来点法国香水喷喷"……

阿浓只好这只耳朵进，那只耳朵出，或者干脆当补药吃。

有几次，阿浓朋友来，一见那齐齐整整摆着的拖鞋，连忙收住那本欲跨进门的脚，立在门口匆匆说几句就"拜拜"了。

阿浓觉得很对不起朋友。一头是朋友，一头是小洁，阿浓好为难。

来阿浓家的朋友渐渐少了，阿浓内心好似欠了朋友什么似的。

有次，小洁出差不在家，阿浓邀了几个朋友来家小聚，似乎意在弥补什么。朋友们一出现在门口，阿浓就说："算了算了，不换拖鞋了。"

朋友们一愣，随即明白过来。大家因此很随便，尽兴而散，留下狼藉一片的房间。

等朋友走后，阿浓又是扫又是拖，还用了吸尘器，折腾了好一阵，才把所有的痕迹清扫干净。

干净真好！阿浓想。

谁知小洁回来后还是发现了有人未换拖鞋进来。阿浓自然大做检讨。

自这后，凡有朋友来，阿浓总是先打招呼："帮帮忙，换一换拖鞋。""不好意思""对不起"……

也不知是那个最先叫的，见阿浓过来，喊了声："'拖鞋'来了。"自此以后，"拖鞋"这个外号竟叫开了，叫他阿浓的倒少了。

阿浓怀念没有拖鞋的日子，阿浓也很欣赏有了拖鞋的家。

阿浓几次想与小洁谈谈拖鞋的问题，但小洁柔柔一吻，即把阿浓所有的话都化解了。罢了罢了，其实小洁并不错，小洁也是为了这个家呀。只是——叫阿浓说什么好呢，他好几次望着门口的拖鞋发愣。

第六辑　光怪陆离

　　世界很奇妙，社会很复杂，生活的千奇百怪，光怪陆离，有时远远超过作家的想象空间与虚构能力。这一辑的作品，作家所讲述的故事，透露了大容量的信息，什么是美？什么是丑？什么是硬？什么是软？什么是真？什么是假？读者自可反复咀嚼、品味。

杀 手

杀手秋在黑道上颇有点知名度，他以从不失手著称。

初春的一个夜晚，在独立广场的长椅上，一位自称叫玛丽的女郎把一个纸袋交给了杀手秋。杀手秋拉开纸袋扫了一眼，见一叠百元美钞，几张照片，一张名片。杀手秋面无表情地说了句："成交！"起身欲走。

"慢。"那女郎突然说："你怎么不问问为什么要你去杀这个喻万夫的。"

"不必了，我只是个杀手。我只知拿人钱财，替人消灾，从不问为什么，知道得太多，我或许下不了手，对一个职业杀手来说有害无益。"

"好样的，果然没看错。"女郎飘然而去前留下了这样一句话："只要做得干净利索，事成之后，你的账户上还会多出一笔奖金。"

杀手秋接受任何一次卖买都胸有成竹。他根据女郎提供的照片，反复把照片看了一整天，等他认为已把喻万夫的形象刻骨铭心于脑海深处，就毫不犹豫把一叠照片一一化为灰烬，当然连同那张名片，这样，除了那叠美金外，任何痕迹也没有了。

杀手秋第二步开始跟踪、踩点，以便确定动手的时间、地点。

第一天，喻万夫泡了一天图书馆，似乎在查找什么资料；第二天上午他参加了一个慈善活动，下午参加了拍卖活动；第三天逛了老半天书店，这后就关在屋里敲打电脑，像是在撰写什么要紧文章。

杀手秋吃不准这个喻万夫是干什么的，只有一个感觉，此人不像坏人，不像该杀之人。但这种念头在杀手秋脑中只一闪而过。他知道，感情用事是杀手之大忌。该杀不该杀不是杀手该问的。杀手秋只追求最后的结果干得漂不漂亮。

根据三天的跟踪，杀手秋觉得这是个没有多少防备的人，杀他就像捏

死一只蚂蚁一样，只需扣一扣扳机，顷刻之间即可送他上西天。只是像他这样似乎没有黑社会背景的人，莫名其妙被人枪杀，目标太大，容易引起人们猜疑。对，制造一起车祸。车祸每天都在发生，只要时间、地点选择得好，谁又会怀疑一个死于车轮下的冤魂究竟是怎么死的呢。

杀手秋骑了辆本田摩托车，跟踪着喻万夫的车子。他有把握，只要喻万夫下车，他从后一窜而过，保证把喻万夫撞得当场毙命。摩托车速度快，三转两窜就可逃之夭夭。

也是喻万夫命该绝了，杀手秋准备动手的那天，喻万夫的车开到了郊外。半道上，喻万夫的车突然停了下来，他人从车上走了下来，天赐良机，天赐良机啊。杀手秋只要猛地发动油门，向前猛冲一下，那纸袋中的一大叠美元就从此归了自己，说不定账户上还会奇迹般地多出五位数或六位数。

正当杀手秋准备加大油门，实施计划时，杀手秋突然瞧见公路上躺着一个受伤的女孩，看来肇事者早溜之大吉了。杀手秋万万没有想到喻万夫下车竟是把那满头是血的女孩抱上了车。

杀手秋由此想起了自己的宝贝独生女儿，自己的女儿也是在车祸中受的伤，医生说只因肇事者没有及时把受伤者送进医院，耽误了最佳抢救时间，才造成了植物人的悲惨后果。为了医治病床上的女儿，杀手秋面对无底洞似的医疗费，不得已走上了职业杀手的不归路。

要是，要是当时也有一个像喻万夫这样的好心人，毅然伸出援手，把女儿送入医院抢救，也许自己的女儿不至于变成植物人，自己也不至于沦落到做杀手的地步呀。

杀手秋第一次失手了。他没能踩下油门，撞向喻万夫。他跟在喻万夫的车后，一直陪他驶向医院。正这时，杀手秋的手机响了。玛丽女郎说：老板对你很有意见，怎么一点动静没有？是下不了手，还是没这个能耐动手？……

杀手秋深知，杀手如果失手将是杀手最大的耻辱。

终于，喻万夫的车在国际红十字医院门口停了下来，他抱着那受伤的姑娘，一路小跑向急救大楼冲去。

杀手秋知道不能再等了，素来冷静著称的他，此时脑子里乱成一团。突然间，他猛踩油门，疯了一般撞向喻万夫的车子，随着"嘭"的一声巨响，医院门口燃起了冲天的火焰。汽车与摩托车被烧成一堆废铜烂铁。

事后当地报纸报道：现场发现一具烧焦的尸体，身份不明，警方猜测是醉后驾车所致……

寿　礼

闻老板是我一面之交的朋友，只知道他在扬州搞房地产搞得很红火，是个重量级大款。

闻老板虽是生意场上的人，但对文化人一向尊重有加。有人说他是附庸风雅。我想附庸风雅总比自甘恶俗要好吧。

八月份的时候，他打了个电话给我：说 8 月 8 日乃他生日，准备热闹一下，邀请过去玩两天，并说已包了扬州大酒家，还特地关照我，有文化圈内的朋友尽管喊来，十个八个绝没问题，一切费用全由他包了。

我因与他不算熟，就推托说："谢谢你的美意，只是我近来较忙，不一定有空。"

他一听我这口气，有点不快地说："凌兄，你是不是看不起我这生意人，嫌我有铜臭。说心里话，我是真心真意想交结你们这帮文化人，圆我儿时的一个梦。"

我听他说得很诚恳，就说那我尽量来。

"带你朋友来，多来几个也无妨！"他再三关照。

第二天晚上，正好有个文友间的饭局，席间我说起了这事。赵记者马上说："去，为什么不去，他代表先进生产力，我们代表先进文化，文化人不了解不接触民营企业家，怎么搞得好创作……"

被赵记者一鼓动，决定这一桌十个人一起去，去实地看看新兴民营企业家的生活，不也蛮有意思吗？

8 号那天，我们借了辆面包车，直驶扬州。

一进扬州饭店才知道，原来是闻老板的五十寿宴，庆贺气氛极是浓烈。

我们一行人一进门就有礼仪小姐把我们引到签到处。这时，我才发现，签到本边上还有专人在登记寿礼。我这人眼睛不大，但视力不错，我悄悄扫了一眼，乖乖，打底 1000 元呢。

坏了，我与朋友们毫无思想准备，原本大家是带着来玩两天的心情，桂花八月下扬州，全然没考虑到参加闻老板五十大寿宴会是要带寿礼的。那一刹那，我与我朋友别说有多尴尬。

大家都看着我，仿佛我把这一帮文友给骗了给坑了。古语云"急中生智"，一急之下，我突然想起了"秀才人情一张纸"的老话来，于是走上前去，提笔在礼单上写了"文章一篇"。

赵记者见此，心领神会，紧随其后，写了"报道一篇"。

同来的十个文友就此乐了，钱诗人写了"贺诗一首"；孙书法家写了"六尺宣寿字"一幅；李作家写了"八字寿联，即席吟诵"；周摄影家写了"为寿翁拍特写照一张"；吴篆刻家写了"治印一方"……最绝的是小小说作家阿王，写了"千字小小说一篇，少于千字用小品文补"。他还解释说：闻老板一看便知我的小小说千字千元，这表明我们的寿礼也不低于他生意场上的朋友。

我们十个人笑成一团。

正好此时闻老板出来，见我带了几位文化人来欢喜不已，一看那礼单上的那所谓礼品，更是喜上眉梢，连连说："有意思，有意思。好，好！比金钱珍贵，比金钱珍贵啊。谢了，谢了，谢谢各位的厚礼。"

看得出闻老板说的是真心话。

我抹了抹头上的汗，心里在说："下不为例。"

美的诱惑

在娄城摄影界，司无邪确实是个最有能量的人。别人拉不来的赞助，他能拉来；别人拍不到的题材，他能拍到；别人不知道的信息，他总有渠道获得；别人参加不了的活动，他总能七托八托地找到关系，正儿八经地参加。

这不，自然美人体大赛又邀请他了。整个娄城，一百多位摄协会员，仅他一人收到邀请，据说就算省摄影家协会也只收到几份邀请信。不少摄影家千方百计想挤进这次大赛，可门儿都没有。

原来，这所谓的自然美其实就是裸体，有内部消息传出来：主办者重金聘请了八位妙龄少女，届时全裸亮相，让精选、特邀的这上百位摄影家从多侧面多角度全方位拍摄，让摄影家们一次看个够，一次拍个够。

这可不是有个摄影家头衔就能去的，也不是花得起钱就能去的。

司无邪在众人羡慕的眼光下，带足了器材，全副武装地应邀而去。

司无邪回来后，个别喜欢摄影的发烧友开玩笑说："司老师这回艳福不浅，大饱眼福，比之家里的老婆，就像九天仙女比之老母猪……"

司无邪很认真很严肃地说："亵渎亵渎！"

大概被问得多了，司无邪决定为全体摄协会员作一次讲座。

司无邪告诉大家，这是一次真正的艺术活动，所有摄影人员，管你资格再老，名头再大，后台再硬，都不能零距离接触女模特，必须严守规定，在红线以外拍摄，谁超过红线，将被逐出场外，谁触摸女模特，将视作流氓行为，永远逐出摄影界。

司无邪完全沉浸在那个美好的回忆中，他说：那真的是叫美，除了美，没有别的，性别已不存在，那些少女模特真是绝了，无论从哪个角度看，

都美得让人心醉，美得让人礼拜。

司无邪还利用多媒体，放了十多幅那次大赛上的得奖作品，那曲线、那造型、那神情、那气质，简直无与伦比。

有人传纸条上去，要求看司无邪的作品，司无邪只好老老实实说，本来他准备了一幅《思无邪》参赛，无奈高手云集，名家辈出，他名落孙山，他还自嘲说：虽败犹荣，因为败在一等一的高手手里，他心服口服。

不久，有人从互联网上下载了一张获美国 2003 年年度新闻摄影大奖的照片《美的诱惑》，那位获奖者抢拍了自然美人体大赛上的一个镜头，只见一个摄影师看着一位裸体少女，看得呆了，竟忘了手里的摄影机了。关键是那人物的神情、惊愕，不，不全是，那是一种惊得目瞪口呆的表情。尽管是侧影，但人们还是一眼认出了这不就是司无邪吗？

司无邪万万没想到自己也成了别人的摄影对象，更没想到会上互联网。据说他想告对方侵犯肖像权，只是不知他到底有没有这勇气告，更不知他能不能告赢。

洋媳妇

时间：1937 年

在娄城，黄家算是个名门望族。翻翻族谱，黄氏一族历史上出过不少有功名的祖先呢。只是到了黄石坚这一代，黄氏一族已不那么景气了。

黄石坚是黄氏一族中读书最多的一个，族人把中兴的希望寄托在了他的身上。谁料到，这年夏天，黄石坚竟自说自话携了个黄头发蓝眼睛高鼻梁的外国妞回到了娄城，说这位玛丽娅是他的未婚妻。

荒唐，荒唐，简直是天大的荒唐！

放着本乡本土贤惠温顺的大家闺秀不娶，去弄个非我族类的洋妞为媳妇，这算哪码子事。

黄家的长辈就如统一了口径似的，个个反对，人人说不。

更令黄家长辈不能容忍的是黄石坚竟与那洋妞手挽手公然走在娄城大街上，这成何体统，成何体统啊！

是可忍，孰不可忍的事还在后头呢。那洋妞先是穿着袒胸露背的衣服与短只及膝的裙子上街，后来索性穿着三点式的泳衣泳裤在水清水碧的盐铁塘作美人鱼式戏水，引得岸边不少人驻足观望，成为娄城一大新闻。黄家长辈觉得这实在是有伤风化，把黄家的脸都丢尽了。最后商议出一个意见：要么黄石坚即日起就把洋媳妇送走，从此一刀两断；要么逐出黄氏一族，从此了无瓜葛。

黄石坚据理力争，指出长辈们的守旧，指出长辈们的缺少民主精神……

这一来，更触怒了黄家长辈，一致把黄石坚视为黄家的叛逆。

黄石坚愤而带着玛丽娅离娄城而去，据说去了玛丽娅的家乡。

黄家长辈把黄石坚的行为看做是黄家的耻辱，达成了默契，从此再不

提起黄石坚，也不允许谁去打听他的下落，让他自生自灭，从黄家族谱上永远消失，了无痕迹。

时间：1996 年

黄石坚悄悄地回到了娄城，寻到了侨办说想回乡定居。

按规定外籍华人回乡定居，家乡必须有亲属方行，侨办热情地为之寻找。

黄家子孙听说黄石坚从美国回来，欣喜莫名，极隆重地把他接了回去。

黄石坚说想归宗认祖。

黄家子孙说：你从来都是我们黄氏家族的骄傲。当年那些老糊涂们的话，谁当他们真。

黄石坚这几十年在海外也积蓄了几个钱，回娄城后造了幢小楼，他准备安度晚年，颐养天年。

黄石坚太太平平日子过了没多久，麻烦事就找到他头上了。

先是一侄孙女要去美国读书，请他找人担保。这边一个未办妥，那边又来了两个，黄石坚一个也不认识，只知都是黄家子孙。留学总是好事，黄石坚也就尽量想方设法去办。一时间，黄石坚几乎成了黄氏族人出国留学的总代理。他弄不懂，怎么读了点书，不想如何报效国家，怎么都光想往外国跑。当年自己出洋是迫不得已呀，这不，热土难舍，又回来了。

黄石坚毕竟八十开外的人，自从老妻玛丽娅病故后，他的身子骨也一天不如一天了。原想回国好好静养的，哪晓得回来后烦心事更多。

近来更烦人。黄家子孙中有两位二十来岁的大姑娘，结伴跑来找黄石坚，要他老人家做月老牵牵线，想嫁个高鼻子蓝眼睛，去做洋人的媳妇。

黄石坚气不打一处来，好好地在国内过日子不蛮好，却偏要嫁洋人，你以为当洋人媳妇这么好当。不行，这事不行。你们父母知道不知道，知道了不骂死你们才怪呢。

两个姑娘说："你国外住了几十年怎么反不如我们思想解放？"

碰了钉子的姑娘不甘心，回家把父母、亲公亲婆都叫了来，一起来当说客，说服黄石坚看在一笔写不出两个黄字，让她们嫁到美国去吧……

黄石坚疑是自己听错，他不知道该如何回答这些黄氏子孙。

老话说"六十年风水轮流转"，难道六十年后，反倒是我的思想跟不上形势了？黄石坚默默地问着自己。

遇　险

　　弇山朝北的半山腰有个山洞，这是邢大胆与阿诚小时候玩耍时偶然发现的，当时发现了就发现了，两人谁也没细想什么，由于洞太黑太深，就没往里去。

　　一晃十多年过去了，邢大胆与阿诚都成人了。邢大胆有次看电视时看到海外有个牧羊少年无意中发现一个山洞，结果发现了贝叶经等价值连城的宝贝。这触发了邢大胆的记忆，他想起了弇山的那个山洞，说不定那里也有什么珍宝藏着呢。要是被我发现，岂不发大财了，我邢大胆的名声岂不更大了。

　　邢大胆知道阿诚肚皮里有点墨水，做事也细心，再说这洞当年是与阿诚一起发现的，于是他邀阿诚结伴同去探险。

　　阿诚果然心细，他不但带了把斧子，还带了几只烙饼与一壶水。

　　两人举着火把，向洞中挺进，开始是一洞直行，再进去发现此洞比想像中的要大得多，用作家的语言，乃洞中有洞，洞中套洞。幸好阿诚是个细心之人，他用斧子一路做了些记号。

　　邢大胆与阿诚仿佛进入了一个洞窟陈列室，越往里走，这景色越美，那钟乳石千奇百怪，似兽非兽，似人非人，小的如拳，大的如象，高者如塔，多者如林，令人眼花缭乱，美不胜收。两人越看越欢喜，阿诚说：这些奇奇怪怪，各式各样的石头就是金银财宝呀，假如开发出来，每位游客十元钱一张票，肯定有人来，一天来了一百个人，就有一千元收入，这可是源头活水呀。阿诚与邢大胆越讲越开心，不知不觉来到了一处有泉水的地方，邢大胆一看不太宽，就纵身跳了过去，哪知地潮湿极滑，邢大胆一滑摔了一跤，那脚踝子扭了，竟不能走了，再要跨回这道泉水沟更是不可能。阿诚试了半天也没办法把邢大胆背过泉水沟，如果这样等下去，显然不是个办法。邢大胆对阿诚说："还是你一个人先摸出去叫人吧。"阿诚开始不肯舍下邢大胆一个人走，但想想除此以外，别无他法，只好恋恋不舍地先走，阿诚为防万一，把烙饼与一壶水以及斧子都留给了邢大胆，自己只带了火把向洞口摸去。

或许是记号留得太少了，或许是走岔了一个洞口，阿诚转来转去，竟无法找到他进洞时做的记号，也找不到来时的路。他只能凭运气在洞中转悠着，试图找到那斧子砍出的记号。

再说阿诚走后，邢大胆一个人开始感到了孤寂，那"嘀答、嘀答"的滴水声，一声声都像在敲击他的心房，他觉得时间冻结住了，他感到了山洞里特有的寒气，一种莫名其妙的恐惧感开始袭上他的心来。至此，邢大胆才发现自己这外号实在有点徒有虚名，他只希望阿诚快快带人来救他出去。

等阿诚好不容易寻找到记号，摸出洞口，已是第三天早晨，一见到洞外的阳光，阿诚竟晕倒在洞口的地上。也是阿诚命大造化大，巧不巧有位采药的发现了阿诚。

等阿诚醒来，带领村民进洞找到邢大胆，已是第四天下午了。等找到邢大胆，但见他斜躺在洞壁，一把斧子仍握在手中，把他身边的钟乳石砍得斧痕处处，而邢大胆已没气了。

有人说邢大胆是饿死的，但那些烙饼应该够他维持这几天的，而且事实上还有两个烙饼没吃呢。最后经医生鉴定，邢大胆是恐惧而死，绝望而死的。

史仁祖

　　史仁祖的名字原本没几个人知道，多数人只知道他是娄城中学一位普通教师，见面喊他一声"史老师"，如此而已。

　　娄城老百姓真正了解他，或者说对他刮目相看，是去年年初省报"首届杂文比赛"揭晓后，唯一获特等奖的就是史仁祖。省报的编辑很地道，特意在史仁祖名字前加了"娄城"字样。

　　娄城百姓就此震惊了一回。开始，好些人还疑疑惑惑，难道大名鼎鼎的杂文家史仁祖真是娄城人？

　　这史仁祖本事大着呢，翻翻报纸，三天两头能见到史仁祖的杂文、杂感、随感、小评论等。有时从中央级报纸，到省报到市报，竟然都登载着史仁祖的言论稿。所言论的都是普通百姓关心的热点问题，或呼吁弘扬社会正气，或抨击、揭露不正之风，几乎篇篇引起读者共鸣。曾有人打听过"史仁祖"为何许人也？有人说史仁祖是笔名，是上面派下来的写作小组，共四个人，史仁祖这笔名就是"四人写作组"的简写，谐音。还有人引经据典，说"文革"中"四人帮"手下有个写作班子共 11 个人，取笔名"石一歌"。娄城百姓以前一直是很相信这种传说的。不期省报为娄城百姓揭了谜底。娄城人脸上生出了几分光彩，觉得这位史仁祖老师不简单真是不简单。

　　自从娄城百姓视史仁祖为娄城骄傲后，来找史老师的不少，有的主动提供写作素村，有的来拜师讨教，有的来请求帮助打官司——

　　总而言之，娄城百姓中有不少人把史老师看作了他们的代言人，凡事希望史老师能为他们出出面。在市"两代会"大会前，有人提议应该补选史老师为人大代表。不少教师还写了联名信，校方也很支持这事，把大伙儿的意见汇报了上去。校方带回的消息挺鼓舞人的，说上面领导很重视来

自基层的呼声，研究后再答复大家。但研究来研究去，也就没了下文。

打听下来，据说有位领导讲：教师的本职工作是教学嘛，就算写，为什么不多写些诗歌呀散文的，怎么老写些挑刺的杂文。

这一说，也就一票否决了大伙儿的意见。好在史仁祖并不知道这些曲曲拐拐，也不在乎某些领导对他的看法，教学之余只管写他的言论稿，其观点越来越鲜明、犀利，其文笔越来越老辣、洗练，读者对他的言论稿越来越欢迎，娄城百姓选他为人大代表的呼声也越来越高。

一天，史仁祖去家访时，被一辆急驶而来的摩托车撞倒，幸好及时送进医院，方保无生命之虞，却严重脑震荡，脑海中常常一片空白，加之手臂粉碎性骨折，再也无法拿起他心爱的笔了。

这年开春，史仁祖终于被有关方面增补为市政协委员，市报还专门报道了中学教师、杂文作家史仁祖补选为娄城政协委员的消息。

遗憾的是，这以后，再无人读到过署名"史仁祖"的言论稿了。

一个传言的传播过程

"江月红要离婚了！"

——是吗是吗?

——可惜可惜!

——好啊好啊!

——有意思有意思。

反响之强烈，比王菲绯闻更甚，传播之快，也大大出人意外，没几天，这传言就几乎传遍了S市的大街小巷，弄得快家喻户晓了。

江月红何许人，为什么她的离婚有如此新闻效应? ——说出来也不奇怪，她本身就是个媒体曝光率最高的人，她是S市的新闻主持人，她一年365天至少300天以上要与S市的广大观众在荧屏上见面。S市的老百姓已听惯了她那悦耳的声音，她那姣好的面容也深深地印在了每一个观众的心里。

她江月红要离婚，这太不可思议了。

离婚总是有原因的，江月红为什么要离婚呢? 人们议论纷纷，猜测着，推断着，排摸着线索，寻找着可能性。

江月红的先生是市机关的一名公务员，有着旱涝保收的铁饭碗；论长相，说不上美男人，但打个80分还绰绰有余吧。事业不算辉煌，总还有点吹牛的资本吧——这么好的男人不要，这里面可大有文章了。

俗说话"三个臭皮匠，顶个诸葛亮"，议呀排呀，分析出了三种可能性：

一、江月红的先生不是真正的男人；

二、嫌她男人没出息，不般配；

三、第三者插足。

有人说，现在"伟哥"登陆了，有助男人一展雄风，第一条可以否认。也有人说，第二条最多是个起因。最后一致裁定：江月红十有八九有了外遇。

只是这外遇会是谁呢？

大家搜遍脑子的角角落落，非要找出些蛛丝马迹出来。

议了半天，终于达成一个共识：

A. 这个第三者如果不是很有钱，就是很有名或者很有权；

B. 这个第三者应该就在S市；

C. 这个第三者走出去要和她般配。

那这个人是谁呢？

张三？——不可能，此人太俗；

李四？——也不可能，此人太油；

王五？——更不可能，此人太花；

赵六？——还是不可能，此人太老。

……

排来排去，提出了一个又一个，可否定了一个又一个，扫兴！

突然，有人提：会不会是孔斯文？

啊呀呀，先前怎么会没想到他。对对对，就是他了，孔斯文最有可能了，这简直是一定了。

孔斯文目前是市书法协会的副主席兼秘书长，其书法作品入选过全国书展，S市的多家企业招牌出自他手笔。说他是青年才俊，没有任何水分。去年他开了个"翰墨斋书画苑"，专营名家书画，据说生意不错，成了文化人常去雅聚的地方。市报、市电台电视台多次报道过，怪不得江月红在播报有关孔斯文的消息时特别声情并茂。

有人回顾：曾在街上见江月红停着自行车与停着摩托车的孔斯文在讲话——这不是证据是什么？

有江月红同事想起这样一件事：江月红有次BP机响了，但竟没回。一定是见办公室有人，不好意思当场回。

这个细节激发了另一位同事的记忆力，他说曾有一封信，那信封上的字龙飞凤舞，漂亮极了，不是孔斯文的，还会是谁呢？

至此，江月红离婚是因了青年书法家孔斯文，孔斯文乃第三者也就成了铁定不移的案子。

不久这消息就以几何级速度在S市的大街小巷传开了。

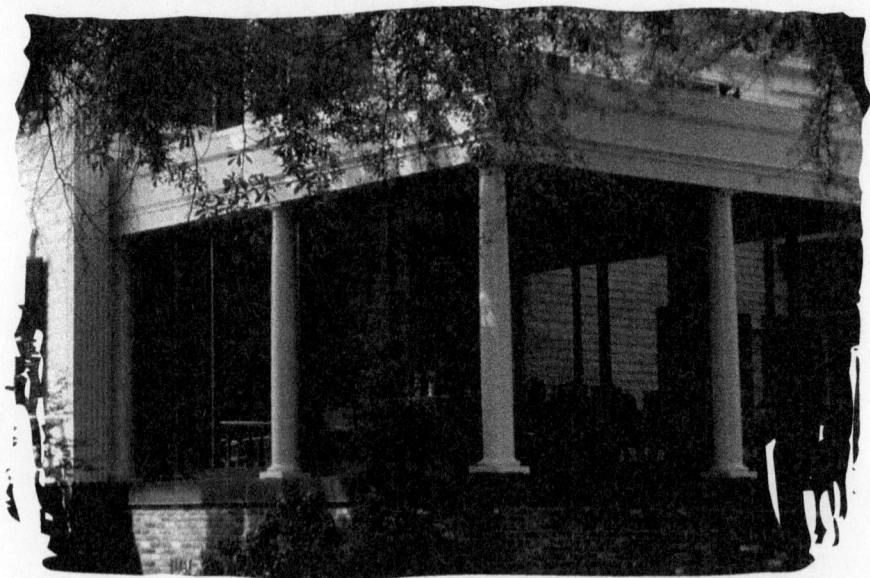

　　有次，孔斯文与几个朋友小聚，其中有位喝多了，要孔斯文交代如何勾上了江月红，使她离婚的？

　　孔斯文惊得目瞪口呆。

　　他说："江月红的第三者是我，是我孔斯文？" 他摸着朋友的额头说："你到底是发烧说胡话，还是喝多了讲醉话？"

　　朋友说：我讲的是满大街都知道的事实罢了，恐怕全世界就你不知道。

　　孔斯文忘了斯文，一拍桌子说："我要起诉！"

　　可起诉谁呢？——是同桌的朋友，还是满大街都知道的路人？

　　很少喝酒的孔斯文端起酒杯一口气干了个杯底朝天。嘴里自言自语道："我成了第三者？我成了第三者！……"

第七辑　杂树生花

　　花花世界，各色人等，自封的大师，落难的教授，读书的学生，耍猴的艺人，作家精心编排故事，讲得一波三折，其实，作家更在乎的是题外之旨，言外之意，所谓小故事，大道理，所谓故事背后有故事，让读者读后,有所思,有所想,有所感,有所悟。

大师的秘诀

放眼当今文坛，专写武侠小说的有梁羽生、金庸、古龙、温瑞安等诸位大师宗师；专写言情小说的有琼瑶、亦舒等等名家高手，至于一流之下，二流三流写手更是举不胜举。然而，兼写武侠与言情，集侠骨与柔情于一身，且两个领域各有建树，能自称一流不脸红的又有几人呢？

细觅之，高宽鼎大概堪称代表人物，属武侠言情双丰收的佼佼者。据说其自步入文坛以来，已发表武侠小说18部，被评论界誉之为"侠不失情，情中有侠"。不久前，有一篇评论干脆称他的书为武侠言情小说，冠于他"武侠言情小说大师"称号。

树大招风，风必折之。自高宽鼎名列大师之位后，流言渐起，谤言四传。

高宽鼎不作任何解释，这使得小道消息越发有了市场。

突然，爆出一条新闻：高宽鼎将宣布金盆洗手，从此告别文坛。为答谢多年来读者对其厚爱，决定毫无保留当众公开其写作秘诀。

高宽鼎发布的此消息经过舆论传媒披露后，使不少读者大感兴趣，尤其是文学青年更是逢人即打听：高宽鼎大师何时何地公布其写作秘诀？然而，没人知晓。

又过几日，海报满城。大意是因要求一睹大师丰采，亲聆教诲之人太多，难以接待。为让大师的真正崇拜者、热爱者，粉丝中的粉丝，高迷中的高迷，能不错失良机，不造成遗憾，决定听课者须携带高宽鼎大师的全套著作，以表明身份，权作进门之凭证……

这一招果然灵验。不几日，竟把各新华书店、各书摊署名为"高宽鼎"的所有书籍一扫而光。

大师讲课那天，但见男男女女、老老少少，或捧或拎，无不携书而至，成为少有之景观。

千盼万盼中，大师终于出场。

——喂喂喂，是否搞错了？这么个其貌不扬的干瘪老头竟就是名震文坛的高宽鼎大师？

见者无不目瞪口呆，大失所望。

就凭他这熊样，能身怀绝技，武功超群？就凭他这窝囊相，能有催人泪下的爱情？

笑话！笑话！！天大的笑话！！！

大师终于开口了。

——诸位，请记住中国有句老话"海不可斗量，人不可貌相。"

——诸位，先告诉你们一个小秘密：不懂武功的人才能虚构出最迷人、诱人、惑人的绝世武功；没有爱情的人才能想像出最动人、感人、催人泪下的旷世情爱。

李白未去过蜀道，却写出了脍炙人口、名传遐迩的《蜀道难》；范仲淹未登临过岳阳楼，却写出了千古传诵的散文名篇《岳阳楼记》，何也？一言以蔽之：想象力！

"哗——"掌声四起。

掌声潮水般过后，大师又侃侃而谈："古人曰'文无定法'，斯言极是。然，无定法不等于无规律。规律往往隐于事物之后，就看你能否找出来。据讲国外有个工程师去检查一台机器的故障，他只看一看，听一听，在机器上划一线，工人按他划的线，马上找出了机器的毛病，修好了机器。老板觉得这么容易查出毛病，却花了这么多钱，太冤。工程师微微一笑后说："划这一条线，值一块钱；知道这条线划这里，值一万元。"

——诸位，肉归大碗，言归正传，下面我要告知听上去似乎一钱不值的写作秘诀。

高宽鼎大师把他的创作秘诀用板书形式写在了黑板上。

一．言情小说写作法：

A．一英俊青年邂逅一妙龄靓女，一见钟情。或是男方或是女方有一方不同意（原因可有种种）——此为第一波折。

B．两人生死相许，终于感动上帝，反对者勉强同意这桩婚事，正光明灿烂时，男方或女方突然发生意外（或车祸或破产或官司或绑架）——此为第二波折。

C．经种种磨难，总算柳暗花明，阴影消散。正当两人欲永结秦晋之好时，不料节外生枝，冒出了或男方或女方的前恋人或前夫、前妻之类的人物，于是好事被搅——此为第三波折。

大师自评：所谓一波三折，乃言情小说之基本规律，波折即变化，如何变化，其实万变不离其宗，即眼看要成了，又不成了；眼看没希望了，又生出新希望。如此成，不成；不成，又成，一折又一折。名堂任你想，花头任你玩，想象力越丰富，篇幅就拉得越长。当然，要适可而止。因为要考虑读者的阅读耐心。最后，可来一个中国式传统的大团圆结局（即有情人终成眷属），或西方式的悲剧结尾（即此恨绵绵无绝期）。

只听得台下"唰唰唰"一片笔记声，不敢有其他杂响，连咳嗽、放屁都压到了最小分贝。

二．武侠小说写作法：

A．主线——制造出一个贯穿全书的中心道具（或武术秘籍或秘藏财宝或千古名剑名刀之类），然后围绕争夺这东西展开武抢智夺，开始可以二龙抢珠，双方争夺；发展下去变三国鼎立，各不相让；再演化下去，成四大家族，勾心斗角；如果还嫌不热闹，还嫌篇幅不长，还可以来个五虎争斗，六亲不认，七雄争霸，八仙过海，九死一生。请牢记：务必山外有山，天外有天，一个比一个武功高强。你有你的法门，我有我的绝招。武术之道相生相克，相克相生。在演义过程中，人物设计要好人坏人各半，且坏人变好人。好人变坏人。云谲波诡，扑朔迷离。

B．副线——恩怨。家族的恩怨，门派的仇恨，或杀父之仇要报，或灭师之敌要除，或夺妻之恨要雪；或师恩欲报，或友情难舍，总之，恩中有怨，怨中有恩，相辅相成，割不断，理还乱。通常上代有生死之仇，后辈却男欢女爱。演绎家族仇恨，门派分歧，力求情节之中有情节，悬念之后有悬念，曲曲拐拐，错综复杂。

C．副副线——爱情，永恒的题材。不一定三角四角恋爱，但一般遵循这样一条规律方可出戏：即你爱他，他不爱你；你不爱他，他偏爱你。这样，情节就有味有趣有意思有看头了，就能抓住读者的阅读兴趣，就能叩动读者的心扉。

D．结局——因所谓秘籍、财宝、名剑、宝刀等等本子虚乌有，所以结末，多数一无所有。所谓收获，大抵或彻底悟道，或遁入空门，或爱情之果……所谓失之东隅，收之桑榆也。

掌声如雷如潮。

此后，高宽鼎大师从文坛销声匿迹。

此后不久，自称"小高宽鼎"、"高宽鼎第二"、"高宽鼎嫡传门生"、"高宽鼎真传弟子"、"正宗高宽鼎学生"等等、等等写的各类新武侠小说、新言情小说、新新武侠言情小说充斥于大大小小的书摊。

文坛似乎越发兴盛了起来。

猎人萧

当猎人萧从睡梦中惊醒，慌乱中准备抵抗时，大势已去矣。

昨天，部落的头领把鹿儿姑娘赐给了猎人萧，鹿儿姑娘是他心目中的神，得到鹿儿姑娘是他梦寐以求的，他高兴得几乎发疯。头领为成全他，夜来为他与鹿儿姑娘举行了婚礼。婚礼上，猎人萧开怀畅饮，直至醉倒在蒙古包里。

这一晚，整个部落有一半人醉成一滩泥。

谁知三星歪斜时，耶律斡带领手下偷袭了猎人萧的部落。

杂乱的马蹄声、刀枪的撞击声，以及男女老少的惨叫声，把猎人萧从甜美的爱情梦中拽回来，他隐隐意识到大事不好，可眼皮依然沉得难以撑开，他才摸到弓箭，就糊里糊涂当了俘虏。

满脸杀气的耶律斡命手下把猎人萧部落的成人男性全部处死，女人则分给了他的众兄弟。

猎人萧见自己的新婚妻子鹿儿姑娘被耶律斡一把搂在怀里，愤怒得眼角都裂开、渗血了，他拼着全身力气喊道："耶律斡，你敢动鹿儿姑娘一根汗毛，我做鬼也不会放过你！"

正是这一声喊，引起了耶律斡的注意。他手下告诉他：此人就是大名鼎鼎的猎人萧。

耶律斡早就听说猎人萧驯鹰有一手绝活，而他最喜欢那种桀骜不驯的猎鹰，认为他手下的驯鹰师驯出的猎鹰总不能使他满意。

耶律斡推开了挣扎着的鹿儿，对猎人萧说："你要救这姑娘可以，你必须为我驯一只最好的猎鹰。"

"呸！梦想。"猎人萧一口回绝。

"好，犟得好！来人呐。"随着耶律斡一声喊，几位彪形大汉来到帐前。耶律斡冷笑一声说："这姑娘赏给你们几个了，拿去消受消受吧。"

几位五大三粗的卫士见如此标致的娘儿让他们受用，一个个如饿虎扑食般扑向了鹿儿姑娘，鹿儿姑娘发出了凄厉的叫声……

"我答应为你驯鹰！我——答——应——你——！"猎人萧带着哭声声嘶力竭地喊着。

一丝得意掠过耶律斡的嘴角。

猎人萧提出必须放手让他一个人驯鹰，以免干扰。耶律斡想有鹿儿姑娘做人质，不怕他不就范，终于答应了。

猎人萧果然有一手，很快用特制的"图热沙勒"捕到了一只硕大的猎鹰。猎鹰瞪着仇视的眼神，似乎随时准备扑击。

猎人萧见得多了，任你多野性的鹰他也有办法制服。猎人萧把逮住的猎鹰装入一笼子内，然后把那笼子挂在一悬空的横木上，来回晃那笼子。就这样一直晃了好几天，把那只原来满眼凶光的猎鹰直晃得五脏六腑像倒海翻江似地难受，晃得它眼也花了，头也昏了，晃得它力气也没有了，凶相也没有了。它只求快快饶了它。经过这几天的熬鹰，那只猎鹰已野性大收，老实了不知多少倍。

猎人萧见第一步达到了目的，就把猎鹰从笼子里放了出来。他在手腕上带上了玉臂鞲，然后架着这鹰往人多的地方转。再凶猛的鹰其实骨子里也是怕人的，更何况晃了它几天，把它的胆也晃小了，开始它见了人特别害怕，眼也不敢睁开，但慢慢习惯了，也就不怕人了。

猎人萧见这只猎鹰已不再对人有恐惧感了。就开始了第三阶段训练。他把兔肉、羊肉之类抛向空中，让猎鹰飞起来自己啄食，吃完了即把鹰叫回来。叫回来了，再抛一块肉，再叫猎鹰飞起来吃，如此反反复复地训练。几天后，猎鹰就适应了这种吃法。到这时，猎人萧又把剪去一截翅膀的活的沙鸡或鸽子放飞，再把猎鹰放出去捕捉。因沙鸡与鸽子被剪了翅膀的羽毛，自然飞不远，猎鹰很快就能逮住它的猎物。等训练到不剪翅膀的鸽子放飞后，猎鹰也能轻而易举地逮住，并且能马上带着猎物飞回来，这猎鹰就算训得差不多了。

猎人萧架着驯服的猎鹰，准备与耶律斡一手交鹰，一手交人。

耶律斡见那威武壮实的猎鹰，欢喜不已，他守信用地命人把鹿儿姑娘的镣铐松了。猎人萧见鹿儿姑娘已憔悴得不成人样，心痛得不得了。被松

了镣铐的鹿儿姑娘对猎人萧说："你竟然为仇人驯鹰，你能苟活于世，我却无颜面活在这个世上。"说罢，一头撞向粗大的栓马桩上……

猎人萧想拉已来不及了，他猛扑向鹿儿姑娘的尸体，失声痛哭起来。突然，他用手指放嘴里，一声长啸响遏行云。那猎鹰闻口哨声猛地振动翅膀向蓝天飞去，不一会，又箭一般射下，直扑耶律斡而来。耶律斡猝不及防，竟被猎鹰一下抓瞎了双眼。混乱中的猎人萧夺过一卫士的剑，欲刺杀耶律斡，但终因寡不敌众，身中耶律斡卫士数剑，满身是血，轰然倒地，临死前的猎人萧，拼尽最后一点力气，向鹿儿姑娘的尸体爬去、爬去……

那猎鹰在空中盘旋了好几圈后，才向草原深处飞去飞去。

道　具

剧作家钟守一沉寂数年后，终于重新出山。当年钟守一曾因写多幕话剧《彩云归》而红极一时，故而他这次"重出江湖"，新闻界朋友颇感兴趣。他新作尚未问世，他本人已在报纸上亮了相，电视上露了脸，颇有点春风得意的样子。

当地文化部门准备在元宵佳节搞台晚会，苦于无压台戏。局长想起钟守一，遂当场拍板：压台戏交给钟守一，多幕剧、独幕剧由他自便。

钟守一在"姜还是老的辣"，"老将出马，一个顶俩"的捧场鼓励话下，应承了下来。

题材他很快想好了，剧名《舞台上下》，写主角与配角之间的关系，喜剧形式，大家乐一乐。

待到要动笔，钟守一发现尚未找到合适的贯穿全剧的道具，他苦苦思索而不得，几度提笔又放下。节前应酬太多，一拖再拖，到元旦只写了个开头，眼看春节转眼就到，元宵节跟着也到，他不免有些着急，他苦坐家中，面对稿纸，脑中一片空白。正在这时，电话铃响了，又是请他出席饭局，说某大作家这次回家乡来过年，非得钟守一这样有知名度的剧作家作陪，才不致降了档次。

饭前，先是小客厅见见面，互相聊聊，人齐了，又一起集体合影。集体照拍好后，有人拉作家合影，有人拖钟守一合影。钟守一知道，人家是把他当个人物，才一茬茬与他合影的，尽管嘴里说："免了免了"。心里还是有几分快慰的。

突然。有个靓女站到钟守一边上，笑嘻嘻说："钟老师，借你当道具用一下，拍张照留念。"

钟守一闻之一愣，表情有些尴尬，这尴尬的表情因"咔嚓"一声而定格。

他顿悟，道具有了。

传话游戏

工会组织的传活游戏马上要开始了。

活动规则如下：三十多人分两排坐定，需在规定的时间内，由两排排头的第一个人把同样内容的话，一个挨一个传下去（要咬耳朵悄悄地传，先传到为胜）。

我问了一下内容，原话是：小芳与大方谈恋爱，小芳的爸爸没意见，大方的妈妈不同意。

"开始！"——只见一个个嘴咬耳朵，耳朵凑嘴，仿佛电影里的叠加的蒙太奇镜头。

"停！"——甲组正好传到最后一人，传话结果是：小芳的妈妈不同意与大方的爸爸谈恋爱。

乙组传到最后第二位，答案是：小芳与爸爸谈恋爱，大方的妈妈没意见。

主持人宣布原话内容后，众人哄堂大笑，好几个几乎笑岔了气。我也大笑，大笑之余，我陷入了深思。

红玫瑰

千不该万不该，那天我不该去宁一海家。

千不该万不该，那天我不该带红玫瑰去。

我去南方开笔会回来，正是小城飞花的日子。回来后听说文友宁一海病倒了。

我与一海兄是脚碰脚的朋友。他写诗，我写小说，算是同道。

一海兄天生的诗人气质，他妻更是海派。

我决定去看望他。空着两只手去不像。我刚从南方回来，理应带些南方特产。但一海兄的脾性我知道。若带糕点水果，他会一字讥之：土！若带香烟老酒，他一字评之：俗！

或许是受了些南方新潮文化的熏陶吧，我去花店买了一束鲜花，这该不土不俗吧。真奇怪，那天只卖红玫瑰。蓝梦花屋的那位小姐还朝我一笑，那一笑近乎神秘。

晚饭后，我手持红玫瑰叩响了一海兄家的门。

开门的是一海兄妻子蓝清芬。她那天的打扮清丽脱俗，那种成熟美，别有韵致。彼此很熟，自然不必客套。蓝清芬甚为惊讶地说："没想到你会送花来。"

我一时心血来潮，学一海兄很诗人的样子行了个英国绅士礼把红玫瑰举到蓝清芬面前，我还故作潇洒地说："怎么样，够浪漫吧？"

蓝清芬好像很意外，接过了我的花，情不自禁闻了闻。那会，她脸色绯红，像红玫瑰一样，楚楚动人。

我不是柳下惠坐怀不乱的角色，但向来严肃有余。可能来的路上我潜意识里就有让一海轻松一下的思想，故而那天我一反平时的严肃相。

蓝清芬见我如此，很感慨地说："没想到你比诗人还诗人。"

是吗是吗，人家叫我老夫子的，看来得平反昭雪，我好开心。

"一海兄贵体无恙吧？"我的关切文绉绉的。

蓝清芬瞥我一眼说："他出差了，你又不是不知道，明知故问。你们男人啊——"

这"啊"字的内涵太丰富了。不过上天作证，一海兄出差我真的不知道。

这么说一海兄贵体康复了。看来我这束红玫瑰是正月十五贴对子——晚啦！不过，无妨。给蓝清芬留一份芳馨，不也很友情吗？

"红玫瑰送你了，喜欢吗？"我说。

"一海不在家，你——"蓝清芬欲言又止。这时，我才真正察觉到蓝清芬神情有些慌乱，那神态与平素有些异样。是我唐突了她？抑或她……

我慌慌起身，匆匆告辞。蓝清芬怔在那儿。

街市上，但见夜色如水，霓虹灯如梦如幻，那拐角处的黑天鹅酒吧门口，一块广告牌上醒目地写着："黑天鹅提醒您，今天是情人节！"

喔哟，今天是二月十四日，西方的情人节。如今西风东渐，中国人也洋起来了。

我想起了那束红玫瑰，想到了蓝清芬那尴尬的表情——天哪，她一定是误会我了。

要是宁海兄知道了，不知他会怎样想？

至今，我再没去过一海家。去了，怎么讲呢，讲得清吗？

我不知道。

让儿子独立一回

儿子真是争气,以全县高考总分第三名的好成绩被上海财经大学录取。

史工程师比当年自己考取大学要高兴得多,满脸的阳光,满脸的春色。

望子成龙,是中国人的传统。这些年来,儿子他妈真是费尽了心血。真可谓儿子读一年级,她也读一年级,年年这样陪着读陪着复习。

如今儿子是如愿以偿考取了大学,他妈却病倒了。

病床上的她念念不忘的是儿子开学在即,自己将不能亲自送儿子去大学,这叫她如何放心得下?她坚持叫丈夫无论如何要把儿子送到大学,安顿好了才回来。

史工程师更放心不下妻子,与妻子商量说:"让儿子独立一回吧?"

"不行!没娶媳妇总是孩子。哪能让儿子一个人去大学。再说这孩子你也知道,他能行吗?"

妻子的担心不是没有一点道理的。儿子长这么大了,没买过一回菜,没烧过一顿饭,没洗过一件衣,没拖过一次地,就连床也都是他妈铺的。自小到现在,从未单独出过一回门,就像鸡雏似的从未离开过母鸡翅膀的保护。而现在,猛一下就叫儿子一个人去经风雨见世面,她一百个放心不下。

史工程师开导妻说:儿子是去上海读大学,又不是去非洲探险去神农架考察野人,不会有什么事的。想当年,我十七八岁时不去长征大串联吗,家里谁跟我去了?你在儿子年纪时,不是报名去了黄海边的建设兵团,你爹妈送你到了海边?没有吧。常言道,到啥山,砍啥柴。让儿子独立一回有好处……

几乎是磨破了嘴皮子,好说歹说,妻才十分勉强十分不愿意地不再持反对票,但她拖了一句:"就是我同意,儿子也不会同意的,人家父母都送,他父母不送，多没面子……"

简直是出乎意外，儿子很平静地说："早该让我独立了。"

儿子去大学前一天，史工程师关照了又关照，诸如碰到意外情况立即找警察，安顿好后，先打电话回来，再写封详细的信……

儿子去了三天，没有电话，儿子去了七天，依然没有音信。史工程师夫妇急了。妻子要史工程师无论如何亲自去一趟学校。

正当史工程师准备去上海时，儿子的信来了。夫妇俩不啻接到福音书，迫不及待地打开。不料随信纸带出的是一叠发票，共有：

娄城至上海中巴车票一张

上海出租车票一张

大三元酒家餐费发票一张

新华书店购书发票一张

另附纸一份，上注明：

付搬运费、服务费、冷饮费若干

买饭菜票若干……

乖乖，不连学杂费，光这些额外开支，就一千多。

看了儿子信才知道，儿子这回过了下独立的瘾。他去上海时，不坐公共汽车乘中巴；到了上海后，打的去学校；到了学校后，花钱请人搬行李，乃至挂蚊帐铺床他都未自己动手。为了搞好关系，他买了一箱冰淇淋，凡那天在他宿舍的，不管是同学教师，还是同学的父母、朋友，一概由他请了。第三天，他又请同宿舍的到大三元酒家聚了聚……

史工程师看了信和发票，愣在那里，不知说什么才好。他妻子看了，一颗十五个吊桶打水——七上八下般的心总算放了下来。她很欣慰地说："我这儿子，是做大事的料！"

史工程师没有接嘴，他大概正在为如何给儿子回信而伤脑筋呢。

再年轻一次

　　对妻子的死，陶也明并不感到突然，他已欲哭无泪。

　　妻患的是癌，查出已是晚期了。

　　他木然而坐，不言不语。昔日的那种遇事不慌不乱，指挥若定的气度不知跑到哪儿去了，憔悴得仿佛变了一个人。

　　幸好矿办公室副主任黄杏红出面张罗他妻子的后事，大小事情安排得滴水不漏，真难为了她。

　　这女人工作能力真强。陶也明暗自想道。他没说谢，但他心里深深地感激黄杏红，尽管黄杏红揽手这事是代表组织出面的。

　　妻子死后，陶也明的生活平静了，平静得寡淡寡淡。妻子住院时，他要上医院探望，要托人弄药，要设法弄些适合病人吃的食品，要接待以探望他妻子名义而上门上病房的各种各样的人……现在，至少这摊子事没了。有时平静并不是好事，近来，他感到有一种不太妙的预感，到底是什么，他还未捕捉住。

　　只是过了好几个月后，才通过曲里拐弯的渠道，传到了他的耳朵里。传闻是可怕的——说他忘了年岁，竟然动起了黄杏红的脑筋。当然，也有说是黄杏红在诱惑他。

　　黄杏红是老处女，三十好几了。有人说："姓黄的为什么迟迟不结婚，原来谜底在这儿。说不定两人早有私情了……"不知是谁最先传的，反正越传越离谱。

　　陶也明跌坐在沙发上，他万万没想到会有这种流言。检点平日言行，与黄杏红除了工作上的接触外，并无什么出格的呀。尽管自己对她的印象一直不错。再说，自己五十五了，整整相差了十几岁，怎么可能呢。

真真委屈了黄杏红，她毕竟是个女同志。不知她是否知道那些沸沸扬扬的传说？陶也明心里很不是个味，心里觉得一百个愧对黄杏红。

辟谣？——不，这太蠢了。人们会说这是耍"此地无银三百两"的把戏。

把黄杏红调离办公室，隔断接触？——更不行！他为自己突然有这种想法而惭愧而内疚，黄杏红工作干得好好的，你有什么理由调离她？

黄杏红来找陶也明了。她默默地站在矿长办公桌前，眼神里似乎有一种哀怨。

陶也明知道她必有要事找他。他想问，又不敢问。只无声无言地看着黄杏红。眼前的这位办公室副主任，已过了女人的黄金年龄，不过那种丰满那种成熟那种气质那种风度，又似乎比少女更具魅力。

黄杏红终于掏出了一份东西，郑重地放在了陶也明面前，是一份请调报告。

请调的理由简单又简单——"我呆不下去了！"

为什么呆不下去，她没说——这还用说吗？

"我知道你很委屈。我很想帮助你……如果你一定要走……不过，也许你的决定是对的。人言确实可畏啊！"陶也明长长地叹了口气。

突然，黄杏红哭了起来，仿佛一肚子的委屈要倾倒出来。陶也明有点不知所措了。他笨手笨脚地掏了块手帕走过去想劝她不要哭。正这时，有人推门进来。当他回转身，推门者已无影无踪了，也不知是谁。

陶也明为此有了块心病。

果然，又一阵风刮遍科室，这回言之凿凿，说是陶也明在办公室调戏黄杏红，黄杏红哭得眼都肿了。

矿纪委书记悄悄地找黄杏红了解情况。

黄杏红吃惊、愤怒。郁积在心头的那股气猛地冲泻而出："陶矿长死了爱人就不能再恋爱再结婚吗？难道我连谈恋爱嫁人的自由也没有了？就算我们两个谈上了，要结婚了，又有什么不可以的呢……"

"噢，好事好事！我们等着吃糖呢。你消消火。你这一说，事情不就清楚了。"纪委书记马上转了口。

有几个先得到风声的科室闻风而动，凑起了分子，准备在矿长大喜日子送礼呢。

陶也明烦躁得直想摔东西。这是怎么回事呀？

他知道自己不是那种柳下惠坐怀不乱的角色。自从黄杏红这形象被舆论与自己牵扯到一块后，这形象终于闯进了他的心底他的生活。

黄杏红叩开了陶也明家的门。陶也明很吃惊她的来到，把她请进屋却不敢开口。

两人相对而坐，相对而视。终于，黄杏红红着脸说："我反复想了好久了，我们结婚吧。"

陶也明感到有一股青春的血在脉管里奔涌，但他冷静得很快，"我老了，你还年轻——"

"再年轻一次嘛！"

再年轻一次！多大的诱惑啊！

陶也明决定了：再年轻一次！

霎那间，他觉得自己有了使不完的力量，青春仿佛重新回到了他身上。

相依为命

　　小农是个不幸的孩子，小农的不幸，他本人是无法选择的——他上一年级的时候，父亲被铐走了，据说罪名是反对文化大革命。小农不清楚父亲为什么要反对文化大革命，也不清楚父亲是如何反对文化大革命的。他只朦胧知道，反对文化大革命是一个大得吓人的罪名，是可以判刑，可以枪毙的罪名。

　　父亲被抓上车时，他冲着小农喊了一句："小农，读好书！"这话，深深地深深地烙在了小农的脑海里。父亲被抓不久，母亲为了划清界限，写了厚厚一叠揭发信，并宣布与小农的父亲离婚。

　　母亲改嫁后，小农就与奶奶一起过了，两人相依为命。

　　奶奶七十岁了，岁月在她的脸上刻下了一道又一道痕迹，看上去比她实际年龄要老得多。

　　奶奶非常爱小农，常把小农搂在怀里，搂着搂着，眼泪就淌下了。有一次还淌在小农嘴角，小农感到有一种咸咸的涩涩的味道。

　　奶奶不止一次地对小农说："你爸爸是好人，只是读书读多了。"之后，就是长长地叹息。

　　小农始终弄不明白，奶奶嘴里的"读书读多了"是啥意思。不过，父亲关照他的"读好书"，他是听懂听进了。

　　小农想父亲，可父亲判了刑，见不着。

　　小农想母亲，可奶奶说小农的母亲是个坏女人，不值得想。

　　小农见不到父亲，母亲又不能来看他，这世界上最亲的亲人就是奶奶了，可奶奶的退休金才十九元钱，两个人过日子是够紧的，不说一个钱掰成两个用，至少花一分钱都得算了又算，除了油盐柴米醋外，其余的开支都只能牙缝里省下来。

小农见同学有书包，他不眼热；小农见同学有铅笔盒子，他也不眼热。他只想有一本《新华字典》。他想了很长时间了，但他没敢在奶奶面前说。他知道，要省一元钱买《新华字典》，太难为奶奶了。

记得有一次课本上读到"香蕉"两个字，小农问奶奶吃过香蕉没有？奶奶啧啧嘴说："像我们家怎么吃得起香蕉，这辈子恐怕是没闲钱买香蕉吃了。"小农注意到奶奶说这话时那嘴一动一动的，就像在品着香蕉的滋味，小农虽然也未吃过香蕉，但他发誓：等有了钱，一定买一串香蕉给奶奶尝尝。

只是钱在哪里呢？

要知道，那年月，想额外赚十元八元多难呐，就是一元两元也不好赚。

奶奶偷偷养了只小母鸡，奶奶盼星星盼月亮地盼小母鸡快快下蛋，在奶奶眼里，母鸡屁股就是个小银行。

终于，积满了三十个鸡蛋，奶奶不声不响提着去了菜市场。她算过了，一只鸡蛋五分钱，三十个鸡蛋一元五毛钱，可以给小农买那本他想了很久很久的《新华字典》了，小农睡梦中的梦话，奶奶一直记着呢。

奶奶刚到菜场，人还没有立定，戴红袖章的就上来了，说奶奶贩卖鸡蛋是投机倒把，是走资本主义道路……

奶奶文化不高，可那些大道理她懂，她不敢争辩，只是"呜呜呜"地哭。她不是哭鸡蛋，是哭小农的《新华字典》又买不成了，哭自己没用，连买一本《新华字典》的钱也拿不出。

小农原打算每个星期天到野外去挖野荠菜，采摘杞头，拿到菜市场上去换些小钱，攒够了就给奶奶买串香蕉。但奶奶在菜市场的遭遇，吓得小农也不敢冒险了。他知道自己父亲在吃官司，如果自己犯点事被红袖章逮住，罪加一等不说，可能还会连累奶奶，小农实在不愿奶奶再为他多操心了。

也是天不绝人，赚钱的机会竟然送上门来了。附近的食堂想请人剥毛豆，奶奶问也没问剥一斤多少钱就把活揽下了。剥毛豆不算重活，可长时间坐着也累人，腰酸背痛的，指甲就更痛了。小农很自觉，功课一做完就帮着剥。这活虽单调，但奶奶想着小农的《新华字典》有了着落，小农想着可以让奶奶尝尝一辈子没吃过的香蕉，也就不觉累，不觉腰酸背痛，不觉指甲痛了。

一个月下来，竟然拿到了十一元钱。十一元钱对小农家来说不算是个

小数目，奶奶与小农惊喜得想哭又想笑。

第二天，奶奶想去买《新华字典》时，来了一份电报，说小农的爸爸病危……

奶奶当场就晕了过去，医生说是中风。

小农把钱寄给了爸爸，他猜想，病危中的爸爸可能比他们更需要钱。

奶奶的病，一天重似一天，弥留之际，奶奶努力想说啥，可说不上来，小农哪里知道，奶奶还挂念着他的《新华字典》。奶奶终于走了，她没吃到香蕉就走了，这成了小农一生中最大的遗憾。以后，每当祭奠奶奶时，小农总不忘买一串又大又黄的香蕉供在奶奶的灵前。

飞机上下

红灯、红灯、还是红灯！

真是急死人！飞机还有一小时左右就要起飞了，按规定起飞前一小时就不让登机了，你说能不急人吗？

等阿定气喘吁吁冲进飞机场时，离停止换登机牌只剩下五六分钟了。他心急火燎地换好登机牌后，才发现保险未买，虽然阿定是第一次乘飞机，但关于保险他还是多少知道一点的。假如登机前买一张十元钱的保险，万一出事，可赔好几万呢。买，还是不买？阿定犹豫着。

不买不买，保险赔款再多，万一飞机真出事了，一家伙报销了，到时自己一分钱也用不上，买了又有何用！何况妻子已几次提出要离婚。难道我死了，一大笔保险金留给她，好让他再投入别的男人的怀抱？不行，不行，不买！

但阿定又一想，离婚管离婚，女儿总是自己的。真有一大笔保险金，留给女儿将来做嫁妆不也蛮好嘛。想到此，他又想去买，不就是十元钱吗，实在是毛毛雨。

阿定想想真好笑，自己好好的，难得乘趟飞机，却满脑子尽是出事呀，死呀，保险金呀，太不吉利了，不想，不想这些晦气的事。

阿定七想八想的，脑子里混混沌沌的，呀，来不及了，再不上飞机要停止登机了。阿定只好朝买保险的窗口望了最后一眼，匆匆登机。

波音737飞机似乎已有些陈旧，不过驾驶员看来很老练，飞机飞得很平稳。吃过早餐，喝过饮料后，阿定开始昏昏欲睡。突然，飞机像害了疟疾似地打起抖来，且越来越厉害。人被晃来晃去，行李架上不时有大包小包震落下来，砸得人脑袋生痛生痛，怎么回事，怎么回事呀？乘客无不惊惶失措，连空姐的脸色也变了。这时，传来播音小姐紧急通知："飞机遇到了强气流，现在颠簸，请各位旅客系上你的安全带，不要随便走动……"

"完了，完了，今天八成是完了。"悠忽间，阿定睡意全无，紧张得已听得到自己一颗心在怦怦直跳。常言道"是祸躲不过，是灾逃不了"。我阿定怎么这样不走运，第一次乘飞机就摊上这种倒霉的事。乘轮船能往海里跳，乘汽车还能往窗外逃，可这飞机，只有听天由命，只有等死。早知这样，乘什么飞机。早知这样，上飞机前紧赶慢赶，赶什么魂，竟然赶来送死，阿定悔得血吐得出，懊悔万分中他又想起了那未买的保险。阿定大骂自己混账、笨蛋、十足的傻瓜，竟然没花那十元钱买保险。要是买了即便死，至少还有几万块保险金。倘若以后有机会乘飞机，这保险非买不可，龟孙子不买！……

飞机剧烈颠簸一阵后，慢慢趋于平稳了。播音小姐欣喜地告诉大家：飞机已冲出气流，请各位旅客放心！

所有的乘客都长长地舒了一口气，尽管还有人惊魂未定。

下飞机了。

此时，阿定那颗刚才差点跳出胸腔的心算是放了回去，他的心情像飞机场的阳光一样灿烂起来。"bye，bye，飞机！bye，bye，保险！"他甚至觉得自己要比那些买保险的旅客精明得多呢。

猴　哀

金毛猴一身金毛，无一杂色，在阳光下，那毛色锃亮锃亮，它形态魁梧，动作敏捷，那屁股红得灿灿耀目，金毛猴的形象确乎威风凛凛。它已成为猴王的有力竞争者。

猴王老了，只是它的威势还在，一时还没有谁敢向它贸然挑战，它知道金毛猴早晚会向它挑战，所以它一直防着金毛猴一脚，它怎能甘心自己的那几位美艳动人的嫔妃成为金毛猴宠幸的妃子呢。

它知道金毛猴唯一不如它的是阅世尚浅，由于森林的大片被砍伐，猴子们觅食的领地越来越小，已饿了整整一天的猴群，在猴王的带领下四处寻找着可以果腹的东西。

"找到了，找到了！"有一只小猴子突然高兴地大叫起来，原来前面大树底下有只大铁笼，笼子中有一只美丽的雌猴正在独个儿享受香蕉呢。它见来了一群猴子，快活地招呼大家去享受。

与猎人打过无数次交道的猴王凭着直觉感到了隐隐的杀机，它知道机会来了。

猴王故意以过来人身份说："天下哪有这样的好事，不可轻举妄动。"

笼子中的猴子不但自己大嚼大咽，还甩出一两只香蕉来，引得饿了一天的猴群愈发饥肠咕咕直叫，谁也不肯离开。

按猴子的惯例，这时候必须有一只猴子挺身而出，身先士卒去冒一冒这个险。

猴王算定了，金毛猴是不会放过这树立形象的机会。

果然，被猴王猜中了，金毛猴觉得我不冒险谁冒，总不能让群猴面对美食而饿肚子吧，它以迅雷不及掩耳之势冲进笼子，抓一串香蕉就退了出

来，结果平安无事，金毛猴再次进了笼子的时候，有一只胆大的猴子也跟了进来，谁知刚去，那原来在笼中的猴子把绳子一拉，笼门突然落下关死了——就这样，金毛猴与另一只叫阿胆的猴被逮了。

金毛猴看到笼外的猴王嘴角掠过一丝冷笑。

至此，金毛猴才发现中计上当了，不但中了猎人的计，还受了自己族类的骗。

金毛猴与阿胆被捕猴人卖给了耍猴人，耍猴人开始了驯猴，耍猴人先是把金毛猴与阿胆活活饿了三天，饿得它俩肚子前胸贴背，有气无力后，耍猴人一手拿鞭子，一手拿香蕉，开始驯猴，他命令"蹲下！"若不照着做就抽两鞭子，若照着做，就给一只香蕉，开始阿胆跟着金毛猴抗命不从，结果被抽得猴毛四飞，阿胆抗不住打，又受不住香蕉的诱惑，屈服了，成了只乖猴子，金毛猴则被打得遍体伤痕，阿胆对金毛猴说："认命吧，跟着耍猴人过吧，要不，不被打死也准饿死。"

金毛猴想想也是，便假意顺从。

金毛猴确是只聪明的猴子，它学得快，学得像，还会动脑筋创作一些小噱头来博观众一笑，比如耍猴人命它与阿胆"不准动，举起手来！"它不但举起手，还装出发抖的样子，引起观众大笑，它常常未等耍猴人"砰"

一枪就先躺在地上装死，让观众忍俊不禁。

耍猴人开始喜欢上了金毛猴，把它看作了生财的好伙伴，耍猴人放松了对金毛猴的看管。

金毛猴瞅准一机会，叫阿胆与它一起逃走，谁知阿胆说啥也不肯逃跑，他说与其回到森林中忍饥挨饿，不如这样过过也蛮好，至少吃喝不愁了。金毛猴见阿胆不愿回森林，只好只身潜逃。

经过千辛万苦，金毛猴终于回到了原来的森林，只是它十分憔悴，十分疲惫。

金毛猴激动得热泪盈眶，它想对着森林大喊："我终于逃回来了！"

突然，它听到一声喊："金毛猴是奸细！它早被驯猴人驯服了，成了饵子，大家要警惕！"随着猴王这一声喊，群猴如惊弓之鸟般离开了金毛猴。

金毛猴再怎么苦苦解释，可没有猴子相信，一只也没有。

从此，金毛猴成了一只孤独的猴子，过着到处流浪的离群生活。

请请请，您请

郑厚德是作家，正儿八经的作家，20世纪90年代中期就已经是中国作协会员了。

他自己也没想到，作协领导会安排他去挂职，一挂就挂了娄城市的市长助理。自从他到任上班后，几乎所有的人都对他改了称呼，再不叫他"郑作家""郑大作家"或"郑老师"了，异口同声喊他郑市长，从没有一个喊他郑助理的。

这也罢了，不习惯归不习惯，毕竟不影响别人啥，他也就默认了，如果逢人就说不要叫我市长，我是市长助理，或者说还是喊我郑作家、郑老师吧。那别人一定认为他矫情、作秀，反会被人议论。

不过，当了这市长助理后，还真有几件事让郑厚德不习惯的，譬如上下汽车，不管是大车小车，总有人对他说："郑市长，您请，您先请！"他不上车或不下车，别人就不好意思甚至不敢上车、下车。

还有上电梯也是这样，一到电梯门口，哪怕电梯门开着，其他人也不进，非等郑厚德先进不可，还一个劲说："请请请，您先请！"

有一次，因为请请请，结果电梯门关了，开了上去，只好再等。偏后来又来了一帮人，他们不认识你郑市长贾市长，只管往电梯里冲，弄得等了好一会儿才上楼。

郑厚德说过好几回了，谁先谁后没关系的，何必弄得这样等级分明，大家都不自在呢，可郑厚德说了也白说，大家还是按他们的一套做，这无形的规矩真大，要改也难。

那天，郑厚德与部委办局的一把手下乡镇去现场办公，乘的是一辆考斯特面包车，上车时照例又是："请请请，您先请。"郑厚德知道推让也是白推让，就第一个上了车，上车后，他对大家说："我给大家讲个小故事。"这些部委办局的领导一听郑厚德要给大家讲故事，一个个来了兴趣，作出洗耳恭听状。

郑厚德绘声绘色地说开了：常言道十月怀胎，一朝分娩。但在英国，有位妇女怀孕一年了，还没生下孩子，到医院检查，一切正常，而且医生还说是双胞胎，两胎儿的心率与胎位都正常，孕妇与孕妇家属也就稍稍放了点儿心，静候着孕妇的产前征兆，如阵痛、宫缩等，可这一等又是一年，还是没有任何临产征兆。这就奇怪了，这不符合十月怀胎的规律啊，会不会死胎了。可一检查，医生坚持说胎儿双双正常，绝无异样，孕妇不放心，又转了几个医院检查，结果所有医生的结论都一样：胎儿正常。就是所有的医生都搞不懂为什么怀胎两年了，还生不下来，这简直就是医学界罕见的特例了。后来，经反复研究，在征得家属的同意后，决定实施剖腹产手续，可能因为此事经媒体报道后，已引起方方面面的关注与兴趣，英国皇家电视台决定现场直播剖腹产的过程，让英国百姓一睹在母亲子宫里整整生活了两年的一对双胞胎到底是啥样儿。

剖腹产很顺利，谁也没想到剖腹产的结果让所有的人都大吃一惊，那位主持剖腹产的妇产科医生更是惊得目瞪口呆，因为剖腹后，但见一对双胞胎都穿着燕尾服，极有绅士风度地说："请请请，您先请。"谁也不肯先出来。

喔，原来这样。就因为兄弟俩你请我请地一请就请了两年，要不然，都两岁的孩子了。

郑厚德说完这故事，车厢里竟鸦雀无声。

不一会儿，车子到了。这会儿，再没有人说请请请了，一个个自觉地下了车，下车后，大家忍不住哈哈大笑起来。

难忘的方苹果

　　难道时间也自杀了不成？

　　袁鲁谷教授透过破败的小窗，看着夜空已很久很久了，那稀稀疏疏的星星似乎都被钉死在了那儿，没一颗在巡行，没一颗在眨眼。

　　袁鲁谷教授第一次感觉到时间的步伐是这么慢，这漫漫的长夜真是难熬啊。他知道，明天，或许又是批斗，又是交代，他实在不懂，那些造反派为什么要如此逼他，看来，他们不把他逼疯逼死是不会罢休的。

　　其实，袁鲁谷教授的心已经死了。对他来说，事业是高于一切的。如果这辈子不能进行研究了，那生命还有什么意义呢？他曾不止一次地想像过：突然有一天，有人跑来对他说："袁教授，对你的结论搞错了，你平反了！"然而，这只是幻觉，幻觉而已。他真正听到的口号是：打倒资产阶级反动学术权威袁鲁谷！……他看到的标语是"踏上一只脚，让袁鲁谷永世不得翻身。""袁鲁谷死了喂狗，狗还嫌臭！"

　　袁鲁谷痛苦地闭上了眼，惟觉得心口一阵阵隐隐作痛。他想既然不能尊严地活着，就选择尊严地死吧。他无限留恋地又一次凝望着夜空。这时，寂静的夜空有一颗流星划过天幕。袁鲁谷已决定自己该怎么做了。

　　他把床单撕成一条条，然后搓成绳，没想到搓绳并不容易。最后他只能用结辫子的方法，把布条弄成绳子状，等绳子编好，天已亮了，他知道，白天是死不成的，只能再受一天罪了，但不知为什么，这一天造反派好像把他给忘了，没有人提审他，没有人批斗他，甚至没有人送饭给他。直到傍晚的时候，窗口出现了一个小女孩，显然小女孩脚下垫着什么，要不然，她的高度够不着这窗口。小女孩七八岁了，她用好奇地眼神打量着这平时不许人靠近的小屋，注视着这被关的老人。她像突然发现了什么说："爷爷、爷爷，你讲个故事给我听好吗？我妈说你是最有学问的人。"

　　袁鲁谷没想到会从小女孩嘴里听到这样的话，一激动眼泪就下来了。

　　小女孩一见，连忙说："爷爷、爷爷，你不要哭。我给你吃苹果。这是我考试得第一，妈妈奖励给我的。"说着小女孩就拿出苹果往窗口的铁栅栏里送，但铁栅栏窄，整个苹果传不进去，小女孩就用尽气力往里推，经过一番努力，那大大的红红的苹果总算进了铁栅栏，只是原本圆圆的苹果，被铁栅栏切掉了两边的部分，看上去好似方苹果似的。袁鲁谷走过去，拿起那个方苹果，一时激动得不知说什么好，眼泪又一次流了下来。

　　正这时，造反派突然来了，小女孩在造反派的叱喝声中被撵跑了，临走时，她对袁鲁谷说："爷爷，你还欠我一个故事。"

　　袁鲁谷反复端详着这方苹果，感到了人间的真情，遗憾的是自己没来得多问一声小女孩叫什么名字。

　　夜，又一次降临了。四周沉寂了下来，时间又一次凝固。

　　袁鲁谷把编好的绳子拿了出来，他知道只要把绳子挂在窗栅栏上，只要再往自己脖子上一套，那么用不了多少时间，自己就彻底解脱了，一切的一切都成为过去。然而，当他瞥见那只方苹果时，他犹豫了，是呀，自己还欠小女孩一个故事，怎么能匆匆而去呢。他把玩着那方苹果，仿佛又一次面对着那小女孩天真无邪的眼神，感受到了一种人间真情的力量。他自己问自己，我这样死了，值吗？

　　他终于决定不死了。

　　他把那方苹果放在窗台上，每天看着。

　　袁鲁谷平反后，充满激情写下了他生平的第一篇散文《牢狱中的方苹果》，这篇散文还获得了当年的全国散文大赛金奖。

　　袁鲁谷至今遗憾的是，他一直没能找到那送苹果的小女孩。

那片竹林那棵树

市报报道一：

《古庙镇发现特大灵芝》

大意是：古庙镇牌楼村村民周阿狗在周家竹园采到特大灵芝。据专家测定，至少有百年以上历史。在江南地区发现如此特大灵芝，实属罕见……

市电视台报道之二：

憨厚的周阿狗捧着那特大灵芝，向观众们介绍着发现特大灵芝的经过。

真所谓不看不知道，一看吓一跳。乖乖隆地冬，那特大灵芝竟有小脸盆那么大小，紫赤色有光泽，犹如红木雕刻品。娄城延天龄药房退休的老药工说他干了一辈子药工也从未见过如此大的灵芝。

电视真是个好东西，把市报上语焉不详的新闻术语，全变成了可视画面——原来周阿狗是在那片竹园靠河边的一棵檀树上发现这灵芝的。这棵檀树有几百年树龄已不可考了，看样子，这树，历史上曾遭雷劈，一半已枯死，歪斜在河面，一半已浸在水中，但倔犟的生命力仍支撑着它枯干上的几枝新绿。也许正是这半死半活，又枯又荣，半干半湿的檀树，为灵芝生长提供了最佳产床。

据老辈人讲：周家是有根有基的人家，祖上显赫过好几代呢。

传说一：

周家有功于皇上，据说就与灵芝有关。当时皇上莫名中毒，百药无效，连太医也一筹莫展。后，周家祖上进献采自周家竹园的一株百年灵芝，皇上服后，不久即康复如常。于是龙颜大悦的皇上给周家祖上封官加爵，敕建牌楼。一时皇恩浩荡，风光朝野。

传说二：

太平天国时，周家组织民团拼死抵抗，以忠皇室。结果，周家竹园尸横遍野，血红黑土。此后，每逢阴雨天，周家竹园即阴风惨惨，乡民无人敢近前。以致周家竹园无形中成为禁地。那片竹园自生自成，百余年来，几乎无人去惊动之。

传说三：

据说古庙镇发现特大灵芝的消息全国不下百家报刊转登。这之后，有多位大款有意出巨资购买。

最言之凿凿的有这样一则传闻：深圳一暴发户携一密码箱百元大钞，专程前来古庙镇，准备一手交钱，一手取货。不料一台湾老板捷足先登，已在与周阿狗接触之中，最后两人互相竞价，最终因台湾老板财大气粗，以 20 万元买走了这株特大灵芝。

传说四：

那竞价失败的深圳大款放出口风：谁能再采到大灵芝，这带来的一箱百元大钞就归谁了。

市电视台报道后的第二天：

有两三位胆大的村民，带了手电、蛇药、镰刀等，拍足胆子，一步三看地进入周家竹园寻觅灵芝……

市电视台报道后的第三天：

大约有一二十位古庙镇乡民结伴深入周家竹园探宝，吸引了不少牌楼村看热闹的村民……

此后，来周家竹园的人与日俱增，有当地的，有外地的，有来碰碰运气的；有采不到灵芝决不罢休的；有来瞧稀罕的；有来轧闹猛的。

进竹园的人像梳子似的把周家竹园来来回回梳了好几遍，那些刚冒头的竹笋被踩了个稀巴烂。那棵默默无闻数百年的古老檀树，被人们上上下下，反反复复不知看了多少遍。后来，有人剥它的树皮，说拿回去放家里，看看会不会生出灵芝。这头一开，再也刹不住了，那檀树最后被连根刨起，不知去向。后到的人大所失望，无名火莫名其妙地发到了那些无辜的竹子身上。更有甚者，骂骂咧咧地说："老子采不到灵芝，你们也休想在这儿再采到灵芝！"一时间，周家竹园的大树小树，老竹新竹一起遭殃……

周阿狗悄悄来到电视台，一、要求把特大灵芝献给国家，万万不要宣传；二、恳求电视台播条消息，就说那灵芝是假的……

电视台的编辑记者感到有责任帮助周阿狗，他们再次去周家竹园，拍

摄了遭殃后的周家竹园。播音员用沉痛的心情说：据专家们讲，周家竹园百年内不可能再有灵芝生长，可惜可惜！

周家竹园总算又复沉寂起来。

第八辑　辛卯年新作

　　新作新思路，新作新笔法。作家求变求异，求新求深，不拘一格，多种尝试。这一辑充分体现了作家的才情才气，写得恣肆汪洋，写得诡谲瑰丽，有黑色幽默，有魔幻主义，有荒诞手法，有浪漫色彩，或当下，或古代，或国内，或海外，作家或贬或褒，意蕴深长，不可不读，更宜细读。

辐射鼠

公元二十一世纪某年某月，某岛国发生了有史以来罕见的9.9级特大地震，地震的中心在离岛国几十海里外的海底，地震引起了超级海啸，40米高的海浪以百米冲刺的速度铺天盖地向岛国的沿海城市猛扑而来，顷刻之间，码头、工厂、商店、民居、道路、庄稼……一切的一切统统毁于一旦，一时间，断墙残垣，尸横遍野，真正是满目疮痍，惨不忍睹。然而，更令人可怕的事情还在后头，海啸冲垮了核电厂，引发了核爆炸，大量的核辐射物冲上了云层，流向了海里，散落在地面，污染了地表，渗透到地下水里，树木受到了核辐射，花卉受到了核辐射、蔬菜受到了核辐射……

　　岛国一片死寂，有专家说：这些放射物质得经过 800 年时间的衰变才能消减，换句话说，这岛国从此将废弃，成为一个无人可以登临、生活的禁区。

　　二十年弹指一挥间，科学家与媒体记者并没有忘记这个曾经繁荣的岛国，那些有责任感、使命感的科学家与记者冒着极大的风险，毅然决定深入岛国去实地看一看如今岛国的情况到底如何。

　　在去之前，有专家断言：二十年前如此大剂量的辐射，这个岛国应该是寸草不长，没有生命的痕迹，因为任何生命都抵挡不了残存的大剂量辐射，应该是灰蒙蒙、光秃秃的一个死寂死寂的可怕的岛国。

　　由 5 位科学家、5 位记者组成的考察团带着一探究竟的心愿出发了。他们做了最坏的打算，个别的还偷偷写了遗书，大有风萧萧易水寒的气氛。

　　领队的林教授说：大自然也许要比我们想像的复杂、坚强，一切都得实地看了才能知晓真相。只有知晓了真相，才能做出科学的判断。正是怀着这种信念，一行 10 人踏上了 20 年没有人光顾的岛国。

　　林教授一行手里拿着测辐射的仪器，一步一步地往岛国纵深地带挺进着。电视台的龙记者则扛着摄像机贪婪地拍着，车越往里开，看到的景象越出乎大家意外，因为岛国并不像有些人想像的树死草枯，兽灭鸟绝，而是一派生命的迹象：当年烧焦的树木早已枝繁叶茂，原本的城市已杂草丛生，藤蔓遍地，完全是无节制地疯长，令人感叹植物旺盛的生命力。

　　突然，有动物疾跑而去，有人说是兔子，有人说是猫……大家争论不已，但有一点是统一的，那就是这一定是动物。林教授感慨万千地说：某些动物的适应性远比我们预测的要厉害。

　　走着走着，林教授发现了动物的排泄物，按形状应该是老鼠的粪便，但不应该如此大啊，林教授用仪器一测试，吃惊地发现这些排泄物有致命剂量的放射物的成分，而这些老鼠非但没有灭绝，还生存了下来。然而，进一步的发现，使得林教授一行心惊肉跳，因为核辐射已使老鼠产生了物种的变异，成为一种人类不了解的新鼠种：辐射巨型鼠，它们在暮色里全身有着闪闪发亮的荧光，看得人头皮发麻。

　　更令人恐怖的事还在后头，同行的裴记者看到并拍摄到了像狗那么大的辐射巨型鼠竟然捕捉住了一只至少 20 斤以上的巨兔，狼吞虎咽地吃了起来。乖乖，能吃巨兔，难道不会吃人？幸好辐射巨型鼠并不缺食物，并没有进攻考察团，但已把裴记者吓得不轻。

　　林教授为了研究的需要，用麻醉枪击中一只辐射巨型鼠，捕获后，就速战速决地返回了。

　　不久，电视台与报纸先后发表了龙记者、裴记者等5位记者拍摄的专题片与通讯报道。龙记者传达给观众与读者的主题是：核辐射虽然可怕，但大自然的再生能力远比我们想像的强许多倍；裴记者的报道，其透露的信息是：一种辐射巨型鼠横空出世，而且很可能是食人鼠。再后来，在科幻作家的笔下，未来世界的主宰成了食人鼠，以致不少观众、读者忧心忡忡。

　　萧科学家回来后，写了一篇考察报告，向联合国教科文组织汇报，他不无忧思心理，担心辐射巨型鼠日后酿成全人类的生态灾害，他说：万一岛国的辐射巨型鼠无节制地繁殖，食物短缺后，很可能从岛国迁徙，如果大举入侵其他洲，后果不堪设想。他建议立即派多国精锐部队用最先进的武器剿灭辐射巨型鼠，以绝后患……

　　林教授呢，回来后就一头扎进了实验室，几个月后，他宣布：成功地从辐射巨型鼠身上提炼出一种抗辐射的成分，可以制成十分有效的抗辐射药……

　　据权威人士透露：林教授是下一届诺贝尔医药奖的有力竞争者。

2011年3月写于太仓先飞斋；

原载《澳门日报》2011年6月10日；

转载《意林》2011年9月；

再发泰国《新中原报》2012年7月4日；

收入冰峰主编的2012年1月版《2011年度中国微型小说》，系打头稿。

吉尼斯纪录认证官来到鹅城

天灵灵文化传播公司真是神通广大，竟然把吉尼斯世界纪录认证官丹尼斯请到了鹅城，据天灵灵文化传播公司总裁牛不空介绍：丹尼斯是英国吉尼斯世界纪录有限公司总裁阿里斯泰尔·理查兹的特别助理，是吉尼斯世界纪录最权威的认证官，凡由他到场认证，由他签字认可的记录，百分之一百会记录到《吉尼斯世界纪录大全》这书中，这书将以 25 种语言出版，还可以拿到吉尼斯世界纪录总部颁发的含金量十足的证书。换句话说：你就是名副其实的世界第一，可以骄傲一辈子，可以让你子孙你家族都永远骄傲的。

一夜之间，鹅城处处都是关于吉尼斯纪录的相关宣传广告，给人印象最深的是这几句："亮出你的本事，秀出你的绝技""挑战最强、证明自己""世界第一、荣誉无价！""凡最好、最坏、最美、最怪、最惨、最伟大，只要是最，只要是绝，皆可报名，皆可竞技！"

天灵灵文化传播公司总裁牛不空亲自到设在鹅城闹市区的报名点演讲，据他说：按正常申报流程，从填表格到批准，至少一个月时间，为了便利鹅城的普通百姓成名，一切简化，当场报名，当场批复，报名费也从8888元优惠到888元，只原先报名费的十分之一，而证书是大红的，烫金的，用洋文的，高档高雅，弹眼落睛，且一旦进入吉尼斯纪录，媒体记者会来找你，报道你啊；广告商会来找你，代言广告啊；作家会来找你，为你树碑立传啊；说不定还有很多很多粉丝会来找你，成为你的崇拜者，成为你的义务宣传者，甚至成为你的情人……总而言之，言而总之，就如登龙门般，草鸡变凤凰，泥鳅化蛟龙，前景一片光辉灿烂。

牛不空反复强调：报名只限三天，仅仅只三天。你一生可能就这一次机遇，过了这一村，就没那一店，报名务必趁早，机会难得，过时不候。

不知是宣传起了作用，还是鹅城真的是藏龙卧虎之地，报名者极为踊跃。

张三想来想去自己实在没有什么绝技，很是郁闷，后来听人说，某地有人拉了一段自认为最粗最大最长最硬的屎，装在盒子里申报了吉尼斯纪录，一点即通，一下打开了他的思路，或者叫灵感，张三蓦然记起曾经有一次多吃了炒黄豆，放屁不断，被人戏称为"放屁大王"。他拍大胆子，鼓起勇气，挤上前去有些不好意思地问："我一分钟放 100 个连环屁能报名吗？"

"能、能、能！我们搭建这个平台就是试图推出民间的草根的奇人、怪人，让他们成名成家，让他们大红大紫，让他们走出乡野，走出圈子，走出国门，走向世界！"

张三的申报成功，鼓舞了更多的跃跃欲试者。后来，李四报名鼾声超过 118 分贝，比飞机上天时声音还大；王五报名一年内相亲 2999 个的记录；赵六报名一天内连续不停发 2888 条短信，发到手麻；朱七报名一顿饭喝 3.8 斤茅台，还能不吐不呕；查八报名开会功，能三天三夜坐着不动不歪；最绝的是名叫高大的，带来一大包手稿，说他已成功破解、揭开了世界物理领域最后的 103 个谜底，发现了宇宙的终极理论，可以获 103 个诺贝尔奖，无疑乃世界第一……

有人打来电话说替鹅城某大款报名，申报的是已玩过 4 位数的女人。牛不空回答说："不行不行！比他玩得更多的又不是没有。"

又有人打电话来说替某领导报名，申报他到鹅城后，已提拔干部 4 位数。牛不空回答说："此不属申报范围，抱歉抱歉！"

最有意思的是一位自称"鹅城解密"的中年人说，替鹅城中心小学的少先队大队长关尔岱申报拥有游戏机 4 位数的世界记录；牛不空想了想说："如果他本人来报名，未尝不可，但我们不接受代报。"

关于报名，现场闹哄哄、乱哄哄，先写到这儿吧。

再说，关于三天后的比赛与认证活动在紧张筹备的同时，冠名竞争也拉开了帷幕，从 7 位数攀升到了 8 位数。"天鹅"牌红酒与"金鹅"牌香烟各不相让，都志在必得，要拿下冠名权。但最后两家企业都败下阵来，听说最终的冠名权一锤定音为"鹅城"，谁出的钱不清楚，但有一点很清楚，据说背景很硬。

后来笔者出国讲学，要半年后回去，就没再关心此事的后续。不过前几天我查过互联网，竟然没有查到鹅城吉尼斯世界纪录认证活动，也没有认证官丹尼斯到鹅城的任何报道与消息。昨天我在一个饭局上碰巧遇到了一位来自鹅城的留学生，心血来潮问起天灵灵文化传播公司组织的这次活动，那留学生说：吉尼斯不吉尼斯不清楚，但听说牛不空进去了，有说是经营不善破产了；有说是涉及一桩诈骗案；有说是得罪了鹅城的最高领导……说法多样，不知哪个说法更接近事实。我也懒得去细查了，听听罢了，姑且记之。

2011 年 3 月写于太仓先飞斋；

原载泰国《新中原报》2012 年 7 月 4 日；
收入 2013 年版《亚洲华文微型小说选》。

殉 节

"鞑子来啦！鞑子又来啦！！"

随着这喊声，蒙古兵的火箭，飞蝗似地落下，多处民房的火随之燃起，娄城一片惊恐。

蒙古兵包围娄城已十来天了，几乎每天攻一次城。城里快粮尽弹绝，已死伤无数，眼看就撑不住了。

"报——阿不尔斯郎将军率领蒙古兵再一次攻城！"探子慌慌地前来官衙汇报。

梅知县知道，这"阿不尔斯郎"在蒙语里是"狮子"的意思，他也知道阿不尔斯郎是蒙古骑旅中最彪悍、血腥的将军，一旦破城，必大开杀戒。他更知道，凭娄城仅有的几千老弱病残的兵士，根本不是阿不尔斯郎将军的对手，能坚守十来天已算奇迹。他已做好了最坏的打算：准备殉节！

梅知县是个文官，吟诗作对颇内行，审案断狱也在行，守城打仗可说是赶鸭子上架，也真难为了他。派出去请求援兵的人走了七八天了，可音信全无，看样子援兵是盼不来了。梅知县深知这次的攻城不比上几次，守城的能坚持到天黑就不错了。他一遍又一遍对自己说：我生是大宋的人，死是大宋的鬼，我决不做亡国奴，决不！

他穿上官服，戴上官帽，郑重其事地对妻儿说："你们逃吧，自去寻条活路。我堂堂知县，是不能逃的，也决不投降。"

"老爷，你不走，我与孩子也不走，要活一起活，要死一起死。我们是夫妻，是一家子啊。"

"说什么傻话，快走，快走吧，再不走来不及了。金银细软我都给你们收拾好了，到外面后就隐姓埋名太太平平过日子吧，钱虽不多，总还不至于讨饭吧。"

梅知县的夫人抱着两个孩子，哭成一团。

"报，蒙古兵已攻进城了——"

县衙外杀声震天，哭声动地，县衙里一派死寂，所有的衙役都一哄而散逃命去了，包括师爷都溜得影踪儿不见。梅知县端坐在大堂上，等着阿不尔斯郎将军的到来。

他手里攥着一瓶孔雀胆，只等蒙古兵进来。他早想好了，等这些鞑子进来，就大骂他们一顿，痛痛快快地骂一场，边陲蛮夷，扰我中原，侵我江南，想武力镇压，休想！我大宋子民，死都不怕，还怕你们杀我，到时，我当着你们面，一仰脖子喝了孔雀胆，一了百了，闹它个青史留名，我这一生也值了。

可左等右等没有人来，直到天快擦黑，还是没有蒙古兵进来。

原来，蒙古兵没有遇到大规模的抵抗，没有大开杀戒，而是肆无忌惮地抢东西，抢了钱庄抢粮库，抢了店铺抢女人。

再后来，闹嚷嚷的声音也渐去渐远，好像那些蒙古兵已撤了。梅知县一个人坐在大堂上委实无趣得很，已没有了慷慨激昂的必死之心，自己对自己说：算了算了，我死给谁看啊。

忽然，有一胆大的衙役冒死来报：万花楼的头牌梅儿上吊自尽了，留下遗书一封，说要与知县九泉相见……

原来，隔夜，梅知县去万花楼见梅儿，表示了必死的决心，很得梅儿的欣赏，很是缠绵了一番。梅儿表态要追随梅知县而去。

梅知县当即就表示反对，他对梅儿说："你，就不必了吧，一个青楼的，就算殉节，也轮不到地方志记载，何苦呢。"

在大堂一个人端坐准备自尽那会儿，梅知县想起过梅儿，他内心想：梅儿这种青楼女子也要殉节，她殉哪门子节啊，说说而已吧，怎么可能当真呢，但万万没有想到梅儿竟如此贞烈，不由得肃然起敬，一时几分自惭。

第二天，衙役回来了几个，据他们讲，阿不尔斯郎将军的部队并没有想驻扎下来，他们抢了一票，就匆匆撤了，据说去攻打邻县了。

梅知县想殉节，没有死成，活得有点尴尬。最主要的，他试图殉节，除了夫人与孩子，并没有人看到，并没有人证明，现在如何向朝廷上报呢？

冥思苦想一夜后，梅知县写了《与妻儿诀别书》，在这封诀别书中，梅知县表达了自己义无反顾的殉节决心，很是慷慨激昂了一番，他把落款

的时间提前了一天，还咬破手指，按了个血印。

　　梅知县责成师爷写了守城、破城的奏报，附带把这《与妻儿诀别书》的内容也写了进去。师爷想想自己大难来时滑脚溜了，梅知县毕竟留在了县衙，也自觉有愧，所以这份奏报，着实给梅知县美言多多。

　　据后来娄城的地方志记载：梅知县还得到朝廷的嘉奖。他的《与妻儿诀别书》也收到了《娄城志》里。

　　只是地方志里真的查不到梅儿殉节的记载，不过民间数百年来口口相传，无不对梅儿敬重有加，梅儿的墓直到上世纪文革浩劫时才被红卫兵小将挖了，听说有墓志铭，是梅知县撰写的，也颇多褒语，但这块墓志铭已不知去向了，如今我只能用小说笔法记之。

　　　　　　　　2011 年 4 月 6 日写于太仓先飞斋；

　　　　　　　原载泰国《新中原报》2012 年 7 月 13 日；
　　　　　　　再发《四川文艺》2012 年 10 期；
　　　　　　　　选载于《微型小说选刊》2012 年 24 期。

偷界研讨会

　　张贼伯伯是江湖上公认的偷界老大，谁不尊他一声"贼伯伯"呢。他就像武林霸主、武林至尊，这地位是靠他多年来极少失手赢得的。不过近年他已很少亲自动手，自有一帮徒子徒孙孝敬他，他也就四处走走，看看，踩踩点，指导指导，训斥训斥。

　　贼伯伯是偷惯了的人，闲不住，咋办？为了他手下的创收与安全，他策划每年召开一次研讨会，研讨如何看得准，下手快，拿得多，走得安全。

　　贼伯伯叫自己手下的几位得力干将、得意门生抛砖引玉先说说。

　　"无影手"抢先说道："要想得手，手法第一，我这无影手可不是浪得虚名，我愿意培训新手。"一副沾沾自喜的神态。这"无影手"是专偷皮夹子的，他从小练习用中指与食指夹东西，他可以用最快疾的速度把一元硬币从火红的煤球炉里夹出来，甚至可以把一根绣花针从沸油锅里夹出来，故江湖上美誉他为"无影手"。

　　"无影手"刚说了一句，"赛猴儿"抢过话头说："扒皮夹子说穿了小儿科而已，现在的有钱人，带的都是卡，身上能揣多少钱。要干，就钻到他们的窝里干，得手一次，至少是当三只手的几十倍。""赛猴儿"擅长上墙入室，翻箱倒橱搜刮，他爬水落管，爬阳台就像玩似的，十层楼、二十层楼他都能来去自如。他很傲气地说："谁愿跟我学，我包教包会，三七分成即可。"

　　"算算算，你这太危险，瓦罐难免井边碎，一二十层楼爬上爬下，一失手不死即残，万一屋里有人，很可能被瓮中捉鳖，还是学我吧。"说话的是外号"满天飞"的，他开始是专事火车上偷盗的，后来升级为专门在飞机上营生。"满天飞"说："凡乘飞机的，不是大官，就是大款，不是富婆，就是洋人，至少也是白领，常言道穷家富路，何况都是有钱的主，飞机上的买卖，油水不要太足喔。"

"满天飞"踌躇满志地说："都以为飞机上都是有身份的人，空间又狭小，谁会想到防偷防盗，最安全的地方最容易得手。谁想试试？我来带队示范，或者一帮一也行。"

…………

众偷儿七嘴八舌，无非是表扬与自我表扬。

贼伯伯静静地听着，不置可否。

还是他的得意门生"贼二代"看出了端倪，他止住大家的话头说："俗话讲榜样的力量是无穷的，我们几个瞎吹什么，还是洗耳恭听我们老大的高见吧。"

贼伯伯很有领袖风采，他很严肃地发了言，他结合自己的偷盗实践，总结出几条经验，几条教训，归纳为"偷盗十二准则"：

1、偷政府、偷单位；

2、偷公家、偷企业；

3、偷贪官、偷奸商；

4、偷大款、偷富婆；

5、偷小蜜、偷二奶；

6、偷小车里的，不偷长途车的；

7、偷飞机上的，不偷自行车的；

8、出国偷：偷国人，不偷老外；

9、国内偷：偷年轻人，不偷老年人；

10、小姐不偷、民工不偷；

11、伤病者不偷、残疾人不偷；

12、路边摊不偷、经适房不偷。

为什么呢？贼伯伯说：古人有"盗亦有道"的信条，我们也要"偷亦有道"。他认为这"十二准则"是偷界同道用无数次被抓被关换来的，有所放弃实在是一种自保措施。他讲了一件又一件前辈与同行失手的教训，讲了为何有的可偷，有的不宜偷，把其中的利害关系，一一说明。

贼伯伯还规定了谋财不害命，拿钱不拿护照不拿证件不拿文件不拿卡……

底下有人说：护照、证件、文件、银行卡为什么不拿，可以敲他一笔钱啊。

"不行，坚决不行。这是十分十分危险的，你以为公安局是吃干饭的，我们是偷儿，不是绑匪，我们吃的是技术饭，讲究的是技术过硬，给我好好的记住！"

贼伯伯再三强调：要偷就偷当官的，目标好找，通常都住在别墅里，一家一户，与别人家不太来往，可以冒充送外卖的，送牛奶的，去踩踩点，单看信箱就可知道主人在不在家，凡信箱插满了信啊报的，主人必不在家。四五月份、九十月份，公费旅游、出国的多，抓住机会，就有收获。

贼伯伯深有体会地说：别人休息我们忙，这叫打时差，年初二年初三也是好日子，这种日子当官的当头的家里东西肯定比平时多，过个年，来孝敬、进贡的会少吗，大过年的，银行也不上班，现钞十有八九在家里放着，很可能就在书桌、床头堆着呢，还有黄金首饰、玉器、名人字画，哪样不值钱？偷了谁敢声张，谁敢报案？即便有探头也不用怕，干脆给他留个条，明人不做暗事嘛……

众偷儿听得津津有味，听得兴奋莫名，撩拨得心痒痒，手痒痒，恨不得立马去试试，显一显身手。

"无影手"说："高，实在是高！"

"赛猴儿"说："佩服，佩服！我佩服得五体投地。"

"满天飞"说："听头一番话，胜偷十年物。"

"贼二代"情不自禁带头鼓掌，一时掌声雷动。他兴奋地说："我们这研讨会开得很成功，是一个团结的大会、交流的大会、学习的大会、提高的大会，大家以偷会友，切磋沟通，回去后要好好消化、领会老大的讲话精神，写出心得，并以老大为榜样，偷出成绩，偷出新高。"

最后，贼伯伯宣布：以后将每年评选一次年度十大高手。本年度先请自报，再评议。

这一下子如炸了锅，你不服他，他不服你，你比他喉咙响，他比你分贝更高，直吵得动起了手来，打闹声终于惊动了隔壁住户，报了案，于是，被盯了很久的公安一网打尽。

贼伯伯懊恼不已地说："栽了栽了，没想到大风大浪都过来了，竟阴沟里翻船，栽在评选上。想不通，想不通……"

2011 年 4 月 7 日写于太仓先飞斋；

原载泰国《新中原报》2012 年 7 月 4 日。

隐居海宁寺

朱棣率领的靖难军团团围住了南京城，在暮色苍茫中发起了又一轮攻城。一时，战鼓频频，杀声阵阵，南京城笼罩在一派血色之中。

建文帝朱允炆对手下已失去信心，他心知肚明，就算有御林军肯拼死保卫，也终究逃不过破城。破城只是早晚的事，也许再过半天，也许挨不过一两个时辰。

铁骑进城、进宫，难保不生灵涂炭，玉石俱焚。失去锦衣玉食，失去三宫六院，失去荣华富贵，失去九五至尊的皇位倒也罢了，万一被捉，必受辱，兴许生不如死，那时，皇家的颜面何在？皇帝的尊严何在？

建文帝看着最后依然追随在他身边的几位惶惶然的大臣，不由得心酸不已。他知道大势已去，非人力所能挽回。一阵沉默后，突然寒光一闪，他已拔剑在颈，准备自刎，以谢天下。

镇抚杨应能总算反应快的，连忙上前拉住了建文帝握剑的手，声泪俱下地说："陛下，使不得，使不得啊！"

监察御使叶希贤与翰林编修程济，还有五六个内侍太监齐刷刷跪在了地上，一齐喊道："陛下，你不能丢下我们啊！"

翰林编修程济斗胆对建文帝说："还是走为上吧，留得青山在，不愁没柴烧。"

或许是一个"走"字让建文帝看到了希望，他脑子里灵光一闪，想起了皇帝爷爷朱元璋生前曾告诉过的一个秘密：龙椅之下有个密道，可以直通宫外，密道里有一个朱红锦盒，有锦囊之计。不过朱元璋再三关照，不到万不得已之时，千万不要轻易打开。

现在，已到危急存亡之千钧一发的时候了，那就打开吧。

君臣一行进入密道，鱼贯而行，走了几百米，见一耳房似的空间，真的有一只樟木箱子，打开一看，竟然是一套袈裟，还有剃刀与僧人的度牒，建文帝打开那只朱红锦盒，是朱元璋留给他的一封信，要他剃去头发，换上袈裟，带上度牒，速速离宫……

可此时的建文帝一想，不行，若皇帝不在了，朱棣必全城全国大搜捕，不知又有多少无辜百姓要遭难，朕岂能如此连累臣民。

监察御使叶希贤含泪说道：先帝信上不是说"宫外天地宽，自有寿无期"吗，再不走就走不成了。

此时，有位叫小甘子的太监很慷慨地对建文帝说："奴才愿为陛下而死，能让奴才代替皇上而死，是奴才祖宗积德，家族的荣幸，请皇上赐奴才这个机会。"

其他几个太监也表示愿为建文帝殉节。

建文帝与监察御使叶希贤、镇抚杨应能三人换上僧人服装，翰林编修程济换上道服，一行四人沿着密道匆匆而去。

小甘子换上了建文帝的龙袍，其中三个太监换上了三位大臣脱下的朝服，一起重新回到了宫里，小甘子与几位太监在宫里放起火来，等大火烧起来后，又在自己身上浇上了香油，跳进了火堆……

建文帝走到密道尽头，竟然是宫外不远的神乐观。为了安全起见，四人连夜而去，但往哪儿去呢？

翰林编修程济主张往太仓刘家港方向，理由是太仓的刘家港在元代已是著名的港口，有"六国码头"之称，万一待不住，就雇海船到海外暂避。

于是，四人晓行夜宿来到了太仓的古镇双凤。双凤的乡人顾义庵、顾朴庵兄弟，见这三僧一道虽落魄，却气度不凡，认定他们不是坏人，就安排他们在双凤乡的双凤寺暂且住下。但双凤毕竟离南京太近，朱允炆放心不下，不敢长时间停留。监察御使叶希贤、镇抚杨应能主张请顾氏两兄弟帮忙，在刘家港雇一艘海船，从海上远走高飞。

建文帝在逗留双凤寺的几天里，已反反复复想了很多很多，他明白想要东山再起，比登天还难。如果亡命海外，过流离颠沛的日子，那还不如追随先帝而去，他执意不肯亡命海外。

也是因缘巧合，有一天，双凤寺做法事，太仓城里海宁寺的方丈了空被请到了双凤寺。

了空一见到建文帝惊呆了，醒过神来的了空对建文帝说："冥冥之中

147

有定数，还记得当年贫僧对你说过的话吗？"

如一道闪电亮起，建文帝想起了十岁时，曾经在宫里见过来讲经的了空方丈。当时了空方丈一见朱允炆，就忍不住对他说：你有慧根，与佛有缘，早晚会再见。"

海宁寺乃皇家寺庙，了空方丈是全国有名的高僧之一，过几年就会被请到宫里讲经说法。那次，了空方丈见到少年朱允炆，有一种异样的感觉，故而把朱允炆的印象深深地印入了脑海。了空方丈是何等聪颖之人，马上看出了端倪，当晚，他一个人悄悄地来拜访了朱允炆，密谈至半夜。

朱允炆与了空方丈密谈的内容无从知晓，但朱允炆做了他一生中最重要的决定：第二天就请顾义庵、顾朴庵兄弟去刘家港雇海船出海。

出海的那天，建文帝还在双凤的双凤寺与刘家港的天妃宫分别作了祈祷，很是郑重其事，不少香客都亲眼目睹。如此张扬，如此高调，其实都是建文帝有意的安排。出海不久，君臣四人就趁夜色驶回到了刘家港，再悄没声儿地去了海宁寺，就此在海宁寺隐居了起来。

顾义庵、顾朴庵兄弟到了海外，故意把建文帝用的碗等御用之物捐给寺庙，暴露给朱棣的密探，这后，建文帝亡命海外的说法越传越广，朱棣也就深信不疑。于是有了后来的郑和七下西洋。

2011 年 4 月 11 日写于太仓先飞斋；

原载泰国《新中原报》2012 年 7 月 13 日；
转载于《幽默与讽刺》2012 年 10 期；收入
2013 年版《亚洲华文微型小说选》。

太师饼的传说

明万历十年，张居正辞世，王锡爵的亲家，有过殿试钦点状元荣耀的申时行做了大学士首辅，申时行告老还乡后，榜眼出身的王锡爵于万历二十一年（1593）入阁为首辅，可谓一人之下，万人之上，然而，王锡爵登上了权力的高峰后，他发现高处不胜寒，自己成了众矢之的，觊觎他位置的不是一个两个。

他上任后，为减轻百姓负担，力请罢止江南织造和江西陶瓷等专门为宫廷制造高贵奢侈品的机构，并为减轻云南的贡金、赈济河南饥荒等民生事奔走呼号，总算都一一得到落实。但也因此得罪了那些既得利益者，朝中对他的非议不断，弄得他心力交瘁，不胜烦恼，他想到了急流勇退，第二年就毅然辞去首辅，离开了官场这是非之地，回到了江苏太仓老家，所谓"无官一身轻"。

那年，王锡爵已 59 岁，俗称小六十，已到了该颐养天年的时候了。故到太仓后，王锡爵在城里转了转，相中了靠南边城墙处的一块三十来亩的地，这地三面环水，不算很大，但有土坡，有池塘，有老树，有枯藤，有竹园，按王锡爵的设想，干脆把水系挖通，使其四面环水，再建一廊桥，用以进出，这样岂不独家独户，闹中取静。园林专家也认为只要稍加改造，就可以整治出一座颇有品位的宅园合一的私家园林。

正当王锡爵沉浸在自己美好的构思时，管家来告知：有一家开饼店的毛阿大坚决不肯卖地卖房。而这饼店正好位于这地北边正中，正是王锡爵设想造廊桥的位置所在，这一小块地买不下来的话，整个筑园计划就会泡汤，王锡爵头大了。王锡爵是个谨慎的人，对自己的名声看得很重，他不想因为筑园造房这事弄得民间对他有看法。这次收购土地，为了避免外界

有以大欺小，倚强凌弱的流言，王锡爵特意关照管家情愿高于市场价来收买，可惜还是有人留恋老屋。难道高价也不能打动房产主吗？

一打听，毛阿大说：这饼店是他老爹留给他的，生意虽不咋样，但毕竟是祖上的产业，不想轻易出售。这理由也不好随便驳他，怎么办呢？

有手下说：这还不好办，花点小钱，叫两个小混混连着去捣几次蛋，还不吓得他乖乖关门打烊……

也有人说去衙门打个招呼，叫县衙派差役把这毛阿大训斥一顿，让他赶快签约出售……

王锡爵连说："使不得，使不得！"

还是管家比较了解相爷，他建议给毛阿大另外买几间上好的屋，以屋易屋。

王锡爵觉得管家的思路值得考虑，只是难免还落下以权势压人的口实。

王锡爵想了一夜后，关照管家从第二天起，派人轮流去毛阿大饼店买饼，有多少买多少。

毛阿大见生意如此之好，开心得不得了，可店小、人少，哪来得及做啊。

一个月后，王锡爵关照管家去找毛阿大谈谈。管家心领神会，他跑去对毛阿大说：饼店的生意如此之好，你是否考虑扩大店铺，做大生意啊，我家老爷在闹市区武陵桥堍有三间门面房想出售,可以按市价转让给你,机不可失,时不再来,你考虑考虑。

再说王锡爵每天买进这么多饼,就算府里上上下下都当饭吃也吃不完啊。那时王锡爵刚卸任大学士首辅回来,几乎三天两头有同僚、故旧、门生来拜访,王锡爵借此机会把毛阿大的饼送给他们品尝。因为是王锡爵相爷送的,而民间习惯称王锡爵为太师,于是拿到饼的就说是"太师饼",一传十,十传百,这太师饼名称也就叫响了。到后来,不用王锡爵派人去买,毛阿大的生意就红红火火起来。

毛阿大又不傻,他明白王锡爵等于给他做了个大广告,他从内心感激王锡爵,管家一说,他当即同意出售原来的老屋,买下了闹市区武陵桥堍的三间门面房。

新饼店开张那天,太仓的老百姓发现毛阿大的饼店堂而皇之挂出了"太师饼"的招牌。王锡爵笑笑,不置可否。自从"太师饼"正式命名后,太仓的官家与老百姓都爱食用这太师饼,遂成太仓著名的地方小吃。

再说王锡爵买下毛阿大的老屋后,那计划中的园林也就正式动工了。经过一番叠山理水,造亭起楼,一座四面环水,廊桥进出,花木扶疏,风格独具的园林诞生了,王锡爵晚年在此园中广种梅花,遍植菊花,并与当地的一帮文化人诗词唱和,书画切磋,留下了不少艺术珍品,也留下了不俗的口碑。

2011 年 4 月 15 日写于太仓先飞斋;

原载泰国《新中原报》2012 年 9 月 12 日;
收入 2013 年版《亚洲华文微型小说选》。

沙和尚走红

唐僧西天取经的团队中，孙悟空的知名度最大，猪八戒次之，最弱的当数沙和尚。一路上，历经九九八十一难，保驾护航，斩妖除魔，孙悟空功劳第一，猪八戒居二，他俩都能说出值得骄傲值得炫耀的一二三四来，唯沙和尚业绩平平，最多在孙悟空、猪八戒大战妖魔时搭个手，帮个忙，属于打边鼓，当帮手的料，因此在整部《西游记》里，沙和尚的着墨最少，出彩的章节几乎没有，有关沙和尚的奇闻逸事实在拿不出啥可以吸引眼球的来。

千百年来，沙和尚早习惯了这种平平淡淡就是真的生活，并不计较，并不埋怨，他曾出自心底地说过：如果师父唐僧、师兄孙悟空是红花，我甘愿做绿叶……

自从计划经济转向市场经济后，唐僧、孙悟空、猪八戒个个走红，个个发财，唐僧、孙悟空、猪八戒师徒三人到处有人请，到处有人邀，出席饭局，出任评委，特邀做嘉宾，担当主持人，忙得风生水起。把沙和尚冷落在一边，就像后娘生的。为此，仙界、神界、魔界、妖界竟有很多神仙鬼怪替沙和尚打抱不平，认为沙和尚好歹也是天庭中的卷帘大将出身，理应受到尊重，受到礼遇。

所谓"六十年风水轮流转"，沙和尚终于时来运转了，第一个找上门来的是 CCTV 88，特邀沙和尚出任"仙家讲坛"主讲人，讲关于西天取经路上的所见所闻。沙和尚是个不善吹牛的人，他老老实实地说：要我讲，岂不是赶鸭子上架吗？我肚里哪有那么多货，每天讲半小时，那不是让我出洋相吗？

CCTV 88"仙家讲坛"总策划人牛不空博士说："放心，放心，你放一百个心，我们有团队，我会安排高手给你准备材料，一天一故事，保证篇篇精彩，你只要照本宣讲，讲得像真的一样就可以了。"

沙和尚拿到讲稿一看，大吃一惊，连忙找到牛不空博士说："牛博士，关于蛛蛛精看中唐僧的事，我怎么完全不知道，唐僧是佛门中人，怎么可能——"

"你呀，就是死脑筋。把不可能变成可能，这才能撩起听众、观众听的欲望、看的欲望，这叫卖点，卖点懂不懂？"

沙和尚似懂非懂。他很冒昧地问："我这样说，有人信吗？"

牛不空笑笑说："当然有人不信，也必有人质疑。我们要的就是这效果。一质疑，一争论，这栏目不就火了，你不也就大红特红了。"

沙和尚半信半疑地上了CCTV 88"仙家讲坛"，他万万没有想到，节目一开播，就如热油锅里加了冷栗子，立马炸了锅，把沙和尚推到了风口浪尖。沙和尚一看这阵势想打退堂鼓。牛不空对他说："你现在是大红大紫的关键时刻，坚持下去，就是胜利！"

果然不出所料，有骂沙和尚的，也有捧沙和尚的，写信的，写文章的，打电话的，发短信的，网上留言的，微博写帖子的，沙和尚名字的点击率从7位数飙升到10位数。

一个月后，沙和尚不论走到哪儿，都有人认出他来，都有一大群"砂锅粉丝"索要签名，要求合影，沙和尚感觉不要太好喔。

牛不空拍拍沙和尚的肩说："怎么样，我早说过任你阿猫阿狗，只要有机会上我们的CCTV 88，只要坚持亮相一个月，保证红遍大江南北，长城内外，甚至红到海峡对岸，大洋彼岸，怎么谢我？"

沙和尚很实在地问："你要我怎么谢你？"

牛不空博士神秘一笑说："简单啊，一切我来操作，保证你财源滚滚。你我风险共担，利益均沾，怎么样？"

沙和尚其实还没有弄懂何来财源滚滚，但发财总是好事，就点了点头。

这之后，在牛不空博士的策划下，100集的电视连续剧《西游记之沙和尚》开机拍摄，牛不空博士为导演，沙和尚为主演。开机仪式，拍摄花絮，花边新闻，演员绯闻，层出不穷，到首映时，更是隆重，唐僧、孙悟空、猪八戒，甚至牛魔王、铁扇公主、蜘蛛精等都被请了来捧场。来者都清楚这是露脸的好机会，无非是当场表扬与自我表扬，加互相调侃、互相吹捧一番。

趁热打铁，在牛不空的鼓动下，仙界出版社来找沙和尚约稿，邀请他写《我与孙悟空不得不写的故事》《我所知道的真实的唐僧》《揭秘猪八戒》……

沙和尚说：我只会舞刀弄枪，哪会弄笔舞墨，牛不空博士连忙插嘴说："我会安排枪手，你只要签个名就万事大吉了。"

"这行吗？"

"行！读者就是冲着你沙和尚的署名才掏兜买这书，至于谁执笔写的，他们才不会去追究呢。"

接下来，新书首发式，沙和尚签名售书，今天飞上海，明天飞深圳，后天飞北京，一个城市一个城市地与读者见面，又是一番热闹。

电视剧拍摄了，书也出版了，沙和尚身价陡增，牛不空及时地出任沙和尚的经纪人，完全掌控了沙和尚的经济收入。在牛不空的包办下，各地电视台、各地图书馆、各大企业到处有人请沙和尚做嘉宾、去演讲，还有友情出演、广告代言，总之忙得不亦乐乎，可说是名利双收。

沙和尚的出场费每年都在涨，已开始赶超孙悟空与猪八戒了，这下，有人坐不住了，不久，有网民人肉沙和尚，有说沙和尚身份有假，有说沙和尚被利益集团收买，有说沙和尚有犯罪前科，有说沙和尚大奸似忠……

沙和尚受不了了，他四处找牛不空博士，请他出面摆平，谁知牛不空如人间蒸发，再也找不到，而且所有的收入都被牛不空博士一卷而去。沙和尚又气又急又恼又恨，据说沙和尚准备起诉牛不空博士，这无疑会是又一个炒作热点。有人说看来沙和尚也锻炼出来了。

2011 年 4 月 17 日写于太仓先飞斋；

原载新西兰《华页》2011 年 5 月 14 日；
再发《新课程导报》2011 年 9 月 27 日。

卧底者

到目前为止，这个世界上只有胡亦水自己与黑虎帮帮主知道他真实的身份。他真正的身份就是黑虎帮安插在青虬帮的卧底，黑虎帮帮主对他的任务说得很清楚：一是偷学青虬帮帮主的武功绝学；二是伺机杀掉青虬帮帮主。

黑虎帮帮主还规定了七年的期限。为什么不是六年，不是八年，而是七年，胡亦水也闹不清，说实在他也不想闹清楚。但他清楚地记得，今年是第六个年头了，换句话说，到明年限期，还有不到一年时间，一定得把青虬帮帮主杀掉，以结束卧底生活，回到黑虎帮。

按其七年的卧底生涯，没有功劳有苦劳，没有苦劳有疲劳，好歹得给个中层小头领做做吧；如果能杀掉青虬帮帮主，那岂不是大功劳一件，兴许能破格提为四把手、五把手也未可知。这可是许多小喽啰打打杀杀一辈子都想也别想的好事，照理，胡亦水也应该满足了。

但胡亦水万万没有想到：青虬帮帮主经过六年的观察，认为胡亦水是武学奇才，又好学善学，肯吃苦肯吃亏，加之做人从不锋芒毕露，但关键时刻该出手时就出手，决不手软，故而很是赏识他，想把毕生武功绝学传授给他。

在中国武林，有个不成文的规矩：即如果哪位武学大师、帮派老大，到晚年，肯把自己一生的武功毫无保留地传给哪位徒弟，那就意味着将视其为传人，将把自己的位置也交给他。

胡亦水突然意识到，自己很可能就是青虬帮未来的帮主。一旦做了帮主，在江湖上就再不是须仰人鼻息的无名小卒了，就是可以与黑虎帮主平起平坐的人物了，这实在太诱惑人了。

胡亦水面临着人生的抉择。如果接受青虬帮帮主的这番美意，学了他的武功绝学，再出任青虬帮帮主，那就意味着自己要背叛黑虎帮，还很可能与黑虎帮为敌；当然也可以按既定方针办，先学青虬帮帮主的武功，再一刀杀之，潜回黑虎帮。

可如果这样，岂不是杀恩师，岂不是恩将仇报？

撇开这些不谈，难道放着青虬帮帮主不做，杀人后逃回去做个小头领？不不不，这不行。决定好难。

胡亦水决定先把武功学到手，到时走一步看一步吧。

青虬帮帮主确确实实是看中了胡亦水，因为胡亦水六年来一直对他毕恭毕敬，尊重有加，处处维护帮主，忠心得赛过藏獒。

胡亦水在武学方面的资质确乎高于常人，他只用了不到半年的时间，就把青虬帮帮主半个多世纪以来练就的青虬功法、青虬拳、青虬刀、青虬剑、青虬棍等等都学到家了。

黑虎帮帮主了解到胡亦水已把青虬帮帮主的武功学到手了，欣喜万分，下了绝杀令，要求胡亦水尽快把青虬帮帮主送上西天，早早回黑虎帮。

胡亦水呢，以种种借口，一拖再拖。他不能不考虑这现实的问题：自己现有机会接替青虬帮帮主，为什么还要为黑虎帮卖命？再说，现在自己的武功，一点也不弱于黑虎帮帮主，就算一对一过招，又有什么好怕的呢。

直到有一天，青虬帮帮主正式把帮主之位传给了胡亦水，黑虎帮帮主才恍然明白胡

亦水为什么迟迟不肯下手，一下子感到了问题的严重性，如果胡亦水身在曹营心在汉，那还好说，如果他有异心，那就麻烦了，因为胡亦水对黑虎帮太了解了，堡垒最容易从内部攻破啊。

黑虎帮帮主只能使出杀手锏，他对胡亦水说："只要我把你的卧底的身份揭穿，必让你死无葬身之地。"

胡亦水早胸有成竹。他诡异一笑说："这七年，黑虎帮进了多少新人，你统计过吗，你知道有多少是我安排的卧底吗？"

黑虎帮帮主吃不准这话是真是假，到底有几分可信，但他觉得胡亦水完全有可能会来这一手。这之后，他对这七年中新入伙的，谁也不敢相信，弄得疑神疑鬼，看看这个也像卧底，那个也像细作，从此，没有了太平日子。

胡亦水系黑虎帮卧底的流言，对胡亦水帮主地位是个极大的挑战，使他陷入了信任危机。

胡亦水一再对帮中弟兄说："我们青虬帮第一是要团结，第二是要团结，第三还是要团结，千万不能中了黑虎帮的离间计！"

胡亦水大会讲，小会讲，反复讲，说到动情处，眼泪随之滚下来，终于，他度过信任难关，反败为胜。黑虎帮则因了互不信任，上下猜忌，开始走下坡路。

当胡亦水在青虬帮站稳了脚跟后，他立了条规矩：忠义第一，背叛本帮，杀无赦！

最终，青虬帮吞并了黑虎帮，成为江湖第一大帮。不过，这是后话了。

2011 年 4 月 23 日写于太仓先飞斋；

收入武侠微型小说选《天下第一剑》。

寻找处女集

达民嘉今年 66 岁，已退休多年，回想自己的一生，唯一值得骄傲的是上世纪九十年代初，出版过一本散文集《永远的记忆》，说起来系自费出版，花了好几千元钱，但当时反响不要太好哦。

达民嘉记得清清楚楚，书出版后，那激动的心情就像自己生了孩子一样，望着散发油墨清香的新书，咋看咋开心，咋看咋满意，一个字：值！

他花了一个月时间在大约 500 本集子上签名，盖章，然后写信，装信封，一一寄赠。有给领导的，有给同事的，有给同学的，有给亲戚的，有给邻居的，有给朋友的，有给文友的，总之，该给的几乎都给了，最后剩下 480 本是当年的一个任乡党委书记的学生拿去的，说开会时发一发，让他们也学习学习，沾点文气。

达民嘉当年真的很感激这位学生，这 480 本书的款，不但把出书的钱赚回来了，还稍稍有些盈余呢。

最难忘的是，书出版不久，市文联、市教育局一起召开了达民嘉散文集《永远的记忆》的研讨会。

研讨会上，当时的文联主席还调侃说：达民嘉、达民嘉，一不留神就写成大名家了。

这话确乎受用，在相当一段时间里，不少人都不真不假喊他"大名家"。

后来当了副校长，实在太忙，也就没有时间再写，也就"独生子女"，"只生一个好"，再没有第二本、第三本出版。

如今达民嘉退休了，本来应该无官一身轻，有孙万事足，可自从退休后，身体一直不好，近来更糟，也许见马克思的日子不远了。这天，达民嘉回想着过去的种种，想着想着，心血来潮，想起了自己出版过的那本散

文集子，想当年自己至少送出 500 本，不知 20 年过去了，他们还保存着吗？

　　这个念头出现后，达民嘉想甩也甩不去，他竭力回忆当年到底送给哪些人了，想到一个记一个，想到一个，就打电话去问：老伙计啊，还记得 20 年前我出版过一本散文集《永远的回忆》，我送过你一本，不知还在吗？我想回收，还有奖励。

　　也真难为达民嘉，经过苦思冥想，竟然被他想起了 300 多个赠书者，凡能找到联系电话、手机的，他都问过了，回答各种各样，试举几条：

　　"记得记得。不过书早没有了。"

　　"对不起对不起，书找不到。"

　　"很想拿你的奖，但你就算奖凯迪拉克我也拿不出你的书了，抱歉抱歉！"

　　"现在谁还藏书看书啊，《毛选》都进了废品站，你的书怎么可能还保存呢？"

　　"如果能找到你的大作，一定来领奖。"

　　综合这集子的去向：或捐了，或当废品卖了，或送人了，或被人拿走了，或被小孩撕了，或被老鼠咬了，或霉变破损后扔了，或搬家搬没了……

　　达民嘉前前后后电话打了好几百个，花了好几个月时间，竟一本也没有找回来，想想有些心灰意冷。

今年清明那天，达民嘉回老家给父母亲扫墓，碰到多年没见的妹妹，问起各自的情况时，达民嘉说起了想找一本自己 20 年前出版的集子，找遍了该找的地方也没有找到。妹妹突然说："我知道有一本肯定还在。"

"在哪？"达民嘉兴奋了起来。难道真应了"踏破铁鞋无觅处，得来全不费工夫"那句老话？

妹妹说："在母亲的骨灰盒里。母亲临终前再三关照，说你在省城当校长忙，说不定没空回来送葬，说有你这本书陪在妈身边就可以了"。

达民嘉掀开放骨灰盒的水泥盖板，果然看到了红布下，骨灰盒上的那本泛黄的《永远的记忆》。达民嘉一时感慨万分，忍不住眼泪就下来了。

妹妹对他说："哥，别难过了，著名作家贾平凹名气算大了吧，他的书应该比你的集子金贵吧，他签名送人的集子也在旧书摊上见到，你就宽心吧。"

达民嘉想想也是，终于释然。

过了几天，有人告诉达民嘉："好消息，好消息，你的书找到啦，好几大包。"

原来七丫乡拆迁时，拆到了当年乡政府的那幢老房子，在堆杂物的那间仓库房里，有人见几大包东西，以为什么好东西，拆开一看，竟是达民嘉的散文集《永远的记忆》，因牛皮纸包着，拆开来，还好好的，就像新书一样。

达民嘉细细一点，480 本，一本也不少。他去拿回家时，心情极为复杂，不知该庆幸，还是该悲哀？

2011 年 4 月 23 日写于太仓先飞斋；

原载《小说界》2012 年 5 期；
再发一次泰国《新中原报》2012 年 11 月 2 日；
收入冰峰、陈亚美主编的 2013 年 1 月版《2012 中国年度微型小说》。

迷　津

如果盖洛普民意调查到娄城来调查"谁是目前娄城知名度最高的人？"我敢打赌，既不是市委书记，也不是市长，更不是哪位文化名人，或哪位企业家，而是成少言。

成少言何许人也？为什么他的知名度竟超过了娄城的父母官。

说出来你不信，其实成少言就是一个风水先生，当然，用他自己标榜的话说乃《周易》研究者。他早年丧父，母亲解放前是个关梦婆，外地读者可能不太知道关梦是怎么回事，说白了就是与算命起卦差不多的玩意儿，只不过利用所谓神仙附体，借神仙之嘴来推算、预测你的前世今生。成少言从小就生活在这种神神鬼鬼的氛围中，对其中的奥秘自然也略懂一二。后来，其母亲被戴上了坏分子帽子，就再也不敢碰这禁区了。

上世纪九十年代后，成少言眼瞅着别人下海的下海，发财的发财，心里那个痒啊。可做生意本钱呢？再说，买进卖出，自己也纯属门外汉，想靠此掘第一桶金，大难啊。想来想去，最后想到了家传的关梦，但成少言终究是读过高中的，肚皮里多少还有点墨水，他觉得传统的关梦太土太俗，总给人迷信色彩，充其量只能哄哄老头老太，赚些小钱。他决心与关梦划清界线，走科学算命之路。

成少言申请成立了"娄城周易研究会"，自任创会会长，聘请了已离休的前市长出任名誉会长，还举办过一次区域性的"周易学术研讨会"。他打出的宣传口号是"精研周易八卦，弘扬传统国粹"。据成少言讲，他们研究的内容，涉及国学、法学、哲学、数学、语言学、文字学、考古学、逻辑学、地理学、遗传学、预测学、社会学、中医学、几何学、工艺学、经济地理学等等、等等，简直是包罗万象，无所不通。

在社会上有些小名气后，成少言在闹中取静的一条后街上挂出了"成少言周易研究工作室"的牌子，他的工作室布置得古色古香，那博古书架上摆放着各种版本的《周易》，包括多本手抄本，还有宋代朱熹编辑的《周易》、马王堆出土的《帛书周易》，以及《尚书》《春秋》《史记》《论语》《老子》等等先秦诸子百家的著作，最多的书籍是后世易学者研究的各种专著。

当地唯一的一所大学曾请成少言去讲过一次课，他从夏朝的《连山》、殷商朝的《归藏》、周朝的《周易》说起，认为易学是中华民族最古老的一门科学，是东方文化的源泉，是人类文明进步取之不尽的学术宝库。他重点谈到了易学中的预测，如龟卜、筮算，还简略地提及了太乙、奇门、六壬，以及风角望气、紫薇星象、鸡卦骨占等，说这些均属于应用易学的范畴……总之，说得天花乱坠，听得人们云里雾里，似懂非懂，但都公认他学问高深。

自从成少言的工作室开张后，先是一些开厂的老板请他去看看风水，指点指点；再是那些房地产老板把他当作座上客，这块地风水好不好，拍下还是不拍下；这小区楼房的整体布局，造多少幢，造多少层，甚至样板房的布置，都请他做高参；再后来，部委办局的头头脑脑都敬他三分，三天两头会请他喝茶，请他出席某些小范围的饭局，他呢，总会侃侃而谈，说得各位一愣一愣的。

据有人透露：某局大院里那棵大树的搬迁就与他有关。他说：此树学名桧，秦桧的桧，这秦桧什么下场，还用说吗？历来，这桧树是种在墓道的，现在种在了局大院里，且是一棵快成树精的百年古树，这就大有问题了。他悄悄告知局长：你们局的围墙正好是个大大的"口"字，口字中有个木字，岂不成了"困"字，主人不倒霉已属万幸，怎么还可能升官，还可能发财呢？局长如醍醐灌顶，恍然大悟，立马组织挖树移树。

然而，移树之事被媒体曝光，引起网民嘲讽，再连锁反应引起举报，最后惊动有关方面，结果局长被双规。

有人说成少言给局长出了馊主意，成少言笑笑说：口字中去了木，剩下的就是他局长这个人了，口字中一个人字，不就是一个"囚"字吗？这叫未卜先知，我提醒他，他悟不到，有什么办法。

成少言的学生流露出不以为然的神态，成少言故意淡淡地说："如果这位局长上路，我本想告诉他，那树的位置放一块体量大的玉料原石就镇得住了。"

口字加玉不是个"国"字吗？这一信息传来传去，人们越发相信，成少言是有两下子的，就看你花纸头到位不到位。

老局长进去后，新局长很快任命，新局长到任前，给成少言打了个电话，甚为客气地说："请多多指点。"希望能介绍几种"囚"字破解之法？

成少言沉吟半晌后，说：办法有的是，就看你有没有魄力去做。

成少言建议干脆把围墙拆了，搞成开放式的。

新局长问：那安全如何保证，偷盗咋办？信访咋办？

"用探头，用保安啊。10个探头不行，50个探头总行了吧，10个保安不够，50个保安总够了吧。"

"好是好，可费用大了些。"新局长不无担心。

"要算政治账，不要算经济账。你们局开放式办公，这在娄城是首创，发动媒体一宣传，保证让你赢足政治资本，哪位领导还会在乎你们局多花那几个钱。"

新局长心领神会，他对成少言愈发佩服不已，很大度地说："我不会亏待你的。"

成少言越发活得如鱼得水。

有人预测说：像成少言这样大师级的人物，或许还能滋润好几年。

2011年4月23日写于太仓先飞斋；

原载《北方文学》2012年11期。

有一种惩罚乃表扬

　　李四是个孤儿，从小饱一顿饥一顿，过着流浪的生活，在多年的流浪生涯中，李四沾染了一些不良习气，诸如小偷小摸之类属家常便饭。

　　后来，李四流浪到阿甲部落，被一个没有孩子的老婆婆收养，开始过上了正常人的生活，享受到了衣食无忧的待遇。李四发誓：从今往后，学好人，做好人，太太平平过日子。

　　然而，有句老话谓"江山好改，本性难移"，李四顺手牵羊惯了，不知是出于技痒，还是出于习惯，反正他依然没有完全改掉那种偷偷摸摸的

坏习惯。

终于，有一天当李四再次伸手时被发现了，并当场逮住，这还有什么好说的，只等第二天由头人当众发落。

李四虽然到阿甲部落时间不长，但他已多少知道点阿甲部落的规矩：凡偷了东西被抓，按部落惩罚条例，要召开部落大会当众砍手，以儆效尤。

砍手啊，这可不是罚款，不是罚苦力，一旦手被砍了，以后怎么生活？这独臂的耻辱一辈子也洗不去。李四越想越觉得可怕，不行，我不能坐以待毙。子夜时分，他趁看管人员打瞌睡之际，从后窗逃之夭夭。

李四逃出阿甲部落后，不敢到人多的地方去，只在山里转来转去，吃野果，喝山泉，过着野人似的生活，苦不堪言。

有一天，李四不慎跌入了一个陷阱里，被抓到了阿乙部落。阿乙部落的头人见是一个小伙子，正好部落里女多男少，就把他留在了部落里。李四重新过上正常人生活，他很珍惜这次机会，下决心改邪归正，老老实实做人，再也不偷，绝不偷了。

李四果然说到做到，以前的恶习几乎荡然无存，不久李四娶妻，小日子过得还颇美满的。

然而，一次部落聚会，李四喝多了，酒后的他控制不住自己的手，又偷了，又是当场抓住。酒醒后的李四懊悔不已，也担心不已，心想这次必死无疑，又想逃，可又不舍得新婚妻子，一夜间，在逃与不逃间下不了决心，天很快亮了，看来逃不了了，也许这就是命，等着砍手吧。

李四万万没有想到，在第二天的所谓公审会上，部落所有人都说李四这好那好，说得他惭愧不已，说得他羞愧难当，说得他无地自容，说得他泪流满面，李四当场发毒誓：若他以后再偷，万箭穿心，天打雷劈，不得好死，永不超生！他拿过一把刀，当众砍下了自己的一个手指。李四把这砍下的手指放在了陶罐里，吊在了进门处，每天进进出出都能见到，以提醒自己，警示自己，再不能重蹈覆辙。从此，李四确确实实再没有偷过，一想到阿乙部落对他的宽容，他就感动不已。

李四不明白阿乙部落的人为什么不惩罚自己，反表扬自己，自己真有那么好吗？不对，这其中一定有什么不为人知的秘密，或许自己的妻子是部落头人的什么亲戚，或许部落的头人以为我李四有什么来头，或许部落最终要他做什么，要我付出大的代价，反正，一定不会简简单单，一个大大的疑问藏在了李四的心里。终于，他憋不住了，在一个月明风清的夜晚，在他与爱妻缠绵过后，趁爱妻心情大好的时候，李四小心翼翼地问："我偷了东西，虽说系酒后，情有可原，终究是犯罪，理应惩罚，我也甘愿受罚，但为什么非但不惩处我，反而说了我那么多好话，我不明白，真的不明白。"

李四的妻子见丈夫如此，故意卖关子说："这可大有文章，这是部落的秘密，岂可随便泄露。"

李四越发深信这违反常规的处理方法背后，隐藏着什么。因此，有了巨大的心理负担。

妻子不忍心丈夫再担忧，郑重地告知：此乃阿乙部落的规矩，祖传的风俗，阿乙部落的族人一旦犯事，就要召开部落大会裁决，只要是第一次，通常都历数他的优点，激发他善的一面，好的一面，以抑制他恶的一面，坏的一面，让他幡然悔悟，不再犯错，也是给他一次机会。据说自从执行了这方法后，阿乙部落极少极少有犯罪。就算偶然有之，也几乎没有第二次再犯的。

是吗？是吗？李四猛地拍了一下大腿，醍醐灌顶般说道："原来有一种惩罚乃表扬，高，高，实在是高！"

2011 年 4 月 25 日写于太仓先飞斋；

原载《短小说月刊》2013 年创刊号。

减肥无效不收钱

袁十五,一个中性的名字,但她乃地地道道、如假包换的女儿身,就是胖了点。放到周立波、郭德纲嘴里,这"胖了点"就会大出喜剧效果,因为这一胖,至少比同龄的姐妹胖出了100斤,整整100斤啊。原先还算靓丽的袁十五,如今完全走形。说的好听些,丰满,富态,符合唐朝审美;说的刻薄点,柏油桶、一堆肉。

要说减肥,袁十五哪样没试过,还曾经不吃不睡连着好几天,可她这人就属喝凉水也长肉的主,有什么办法。有人调侃她,你这名字起坏了,十五不就是月半吗,月加半不就是个"胖"字吗?看来袁十五命中注定是个胖子。

但她还是坚持减肥,无效也减,痛苦也减。似乎减肥成了她人生的终极目标。

袁十五的减肥感动了她的同学、同事、邻居、朋友,只要发现有减肥新信息,大家会不约而同第一时间想到她,告诉她。

有一天,有个小姐妹来告知:邻县来了位名中医贾亦真,据说有祖传减肥秘方,他宣称有奇效,就是收费奇高。

只要确确实实有效,钱,我愿出,再多也出。袁十五赶到了邻县,按图索骥,摸到了贾亦真诊所。贾亦真医生认认真真地听了袁十五减肥的经历,很是同情,说:"你白吃苦了,早点找我就好了"。

贾亦真医生指指墙上贴的"减肥无效不收钱""减肥实效无虚言",他很淡定地说:"信得过,先签订合同,无效,保退钱,有效,不反悔。保证三个月减肥不少于50斤。"

签,三个月能减50斤,当然签。袁十五似乎看到了希望。

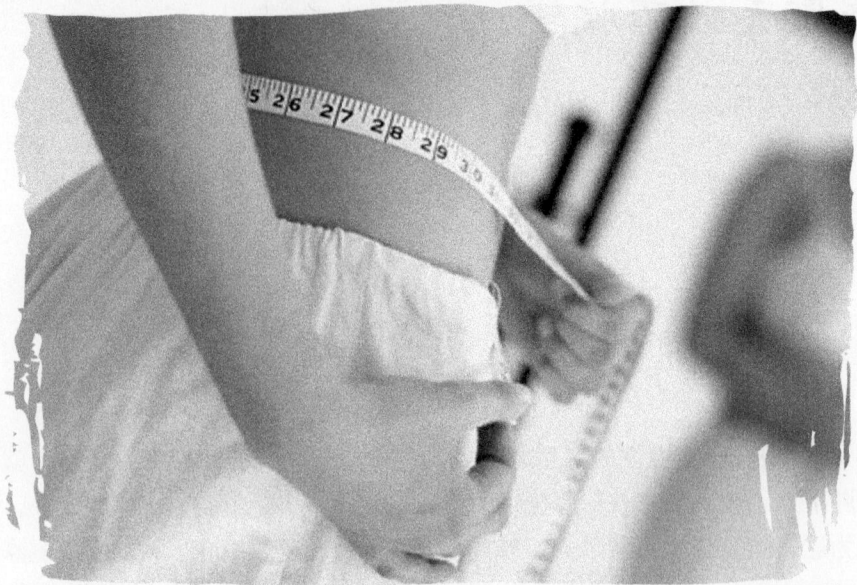

　　贾亦真医生看了袁十五的面色、舌苔，切了脉，问了多个问题，然而久久不说话，面露难言之情，好像在思考如何措辞。袁十五觉得太奇怪了，减肥，又不是看绝症，干吗这样欲言又止，吞吞吐吐的，在袁十五再三追问下，贾亦真医生无可奈何地说："可惜啊可惜，还这么年轻。你呀，该玩去玩，该吃就吃，也别再惦着什么减肥了。"

　　"贾医生，你这话什么意思，难道我得了绝症？"

　　贾亦真医生终于说道："你恐怕是一个字的病"。

　　怎么可能，怎么可能？绝症要消瘦才对啊。我如此之胖，会是癌症，谁信？

　　贾亦真医生很认真地解释：西医要患者病到七八成才有可能检查出来；一般中医，也至少病到四五成才能检查出，我呢，百分之二三十就能检查出来。你现在就算去做 CT、核磁共振也做不出的。不是我吓你，你这病属一种比较罕见的病症，可能与以前减肥乱吃药大有关系，我死马当活马医吧，给你配些中药，吃吃看，一个疗程后来复诊，有用没用，就看这药对不对你的路。说实话，我也不敢打包票……

　　回到家的袁十五面色难看极了，精气神已全没了，她做梦也没有想到减肥减出绝症来了。

说起来该吃的吃，该玩的玩，只是知道了这病后，袁十五哪还有什么胃口，就算山珍海味也吃不进了。早先，她最喜欢吃巧克力，吃冰激凌，为了减肥，她得拒绝诱惑，抑制食欲，这曾经让她多么痛苦啊。可现在，一点点食欲也没有。原本，她头碰着枕头就呼噜呼噜进入梦乡，如今，天天晚上翻来翻去烙大饼，竟与失眠较上了劲。袁十五真的很后悔减肥，其实胖就胖吧，不影响吃，不影响喝，不影响睡，就难看点而已。嗨，减肥减肥，花了钱，吃了苦不算，还减出绝症来，我真是傻，天下第一大傻瓜。

袁十五知道患了这病，见阎王是迟早的事，也许三年五年，也许一年半载，但她还是期盼出现奇迹，故而贾亦真医生开的中药还是每天喝的，那药真苦。"良药苦口利于病"，喝吧喝吧，这可不是减肥，这是保命啊。

一个月后，喝完了一个疗程中药的袁十五在家人的陪同下，再次来到贾亦真诊所，原先胖得肉鼓鼓的袁十五已明显瘦了一大圈。

贾亦真医生又给开了两个疗程的中药，还自言自语说："死马当活马医吧。"

这话袁十五听到了，心里又是"咯噔"一下。

三个月后，袁十五吃完三个疗程的中药，再来复诊，此事的她已瘦得不成人形。

不料贾亦真医生很欣慰地说："祝贺祝贺！看来减肥成功，大大的成功！"

"什么，减肥成功？"

"对啊，你称一下，难道没有减肥50斤以上？我说过减肥无效不收钱，我得兑现承诺。"

袁十五哭笑不得。

2011年4月26日写于太仓先飞斋。

弇山帮

弇山，有人说是仙山，有人说是神山。山上有弇山帮，弇山帮打着"替天行道"的旗号，专抢富商豪绅与官宦人家，故而官府对弇山帮恨之入骨，多次派官兵剿之，但弇山帮凭借对弇山地势的熟悉，每次都死里逃生。

弇山帮的大当家对手下的兄弟很是照顾，每次抢劫，他都身先士卒，最危险的地方最危险的时候他总冲在头里，每次论功行赏，他又从不多拿，兄弟们自然十二分拥戴他。

大当家其他什么都好，就是有个小小的嗜好：迷旦角红月季，只要知道红月季在附近方圆百里演出，每每要下山去听戏，捧角，而且他从不许其他兄弟跟着，说一个人独来独往，行走自如，听着过瘾。二当家等兄弟认为大当家一个人去太危险，不怕一万，就怕万一，可谁劝也不行，大当家实在太迷红月季。

六月的一天，红月季在弇山不远的古庙镇演出，大当家连儿子东二的劝告也不听，执意下山。那晚，红月季演《铡美案》中的秦香莲。青衣向来以唱功见长，红月季的唱腔如行云流水，柔情万种，听众最为欣赏，往往红月季一段唱罢，就有人情不自禁地喊好，把碎银子扔到台上。

六月的夜晚，已相当热了，大当家摇着蒲扇，喝着浓茶，听得津津有味，到快结束时，大当家把他预先准备的金钗、玉佩送到台上，当面交给红月季，以表仰慕之情。他认为扔上去是对红月季的大不敬。按他的想法，东西赠给红月季后，一刻也不停留，立马开溜，连夜回弇山。

谁知大当家刚走到台前，一身锣响，埋伏在后台的官兵一拥而上，把大当家围了。因天热短衣短裤，无法藏兵器，大当家当时赤手空拳，怎敌得过众多官兵，最后束手被擒。

崀山帮上上下下都表示要不惜代价救回大当家。二当家重金买通监狱长，准备劫法场，谁知中了圈套，前去营救者几乎被一网打尽，唯二当家与三两个侥幸逃出。

难道官府能掐会算，不，一定是监狱长出卖了我们，二当家发誓：不杀监狱长誓不为人！

二当家又召集手下商量当晚去除了监狱长，这时，大当家儿子东二声泪俱下劝二当家不要再去冒险了，十几条人命啊，你们的情我领了。即便我父亲被杀被剐，也只怪命，不怪大家。留得青山在，不愁没柴烧，还是从长计议吧。

大当家儿子东二的一番话虽然说得让人感动，但二当家还是一心想着救大当家。他翻来覆去睡不着，几位兄弟也睡不着，半夜，他们不约而同坐了起来。二当家说：大当家仁义，对我们兄弟好，现在大当家遭了难，我们不救，对得起自己的良心吗？对得起大当家吗？一定得救，救不了大当家，也至少杀了监狱长。好，说干就干，一行人当即穿好夜行衣出了门。

二当家到了监狱才发现，整个监狱灯火通明，岗哨里三层外三层，根本无法下手。总不能白来一趟吧，走，去监狱长家捉睏鸟，杀他个措手不及。

二当家一行摸进了监狱长的宅院，刚找到监狱长的卧室，准备冲进去时，突然火把亮了起来，十几支汉阳造步枪架在了围墙上、屋顶上。监狱长阴阴一笑说：不是我要杀你们，是有人透风给我的，窝里斗，一群乌合之众。

如此说来，必有内奸，但谁是内奸呢？二当家看看跟着自己一起来救大当家，来杀监狱长的四位手下，个个都是出生入死多年的铁杆哥们，不可能，绝不可能。

二当家的脑子一团乱麻，一坛浆糊，他想不明白谁会出卖他们。第一次去的兄弟，死的死，抓的抓，今晚的事，也就我们几个知道，我们几个都被抓了，都得陪大当家赴黄泉了，我们不怨，可死也得死个明明白白吧。

三当家说："大当家儿子也知道我们的行动，我们出寨，瞒得了别人，瞒不过他呀"。

"不可能，大当家是他亲爹，我们都是他的叔叔辈啊。"

监狱长哈哈大笑，说：好吧，让你们死而瞑目吧。实话告诉你们，就是大当家的儿子东二向我透的风，这次是他，前一次也是他。要问为什么，就去问他吧。可惜，你们没有机会问了。你们到地狱后再与大当家一起哭

吧。"

二当家想起来了，东二几次对他父亲说："替天行道是对外宣传口号，不能当真。关键的关键，我们不能与官府作对，否则就是自寻死路……"

三当家也想起一件事，说东二有一次喝醉了酒，说他父亲小瞧他，老把他当孩子看，还说他父亲偏心，不给他掌权……

另一个手下回忆起：东二说过，要是我喜欢红月季，把她抢上山来，做压寨夫人不就得了，去捧角，傻蛋一个……

然而，二当家还是不愿信东二出卖了大家，他与其他四人相约：如果与大当家一起上法场，关于怀疑东二的事，绝不说，一个字都不能说。

2011 年 4 月 27 日写于太仓先飞斋；

收入武侠微型小说选《天下第一剑》。

神　医

　　这世上到底有没有神医，这永远是个说不清的命题。因为总有人自称神医，总有人信神医，总有人骂神医。但骂归骂，真生了什么疑难杂症，总还会有人寄希望于神医，千方百计去找神医，请神医。

　　这不，洪书记的儿子国宝病了，专家门诊看了，CT做了，彩超做了，核磁共振做了，心电图做了，胸透做了，肠镜做了，血验了，小便验了，可以说能做的几乎都做了，医生会诊的结论还是"待查"。

　　眼看着儿子食欲一天比一天差，精神一天比一天萎，人一天比一天瘦，能不急吗？大医院查不出个所以然，只有求神医了。

　　神医还真的找到了，鹤发童颜，慈眉善目，洪书记一瞧这模样就深信是得道之人。不过神医实在太忙，今天没空，明天有事，三请四请，好不容易预约到一个晚上，说好最多不超过半小时。神医说：先说说病情。洪书记把国宝的病情一五一十说了半天，神医静静听着，不置可否，似在沉思。考虑良久，问了几个无关紧要的问题，诸如你儿子最喜欢吃什么东西，最喜欢听什么音乐，最喜欢什么颜色？最后说道：我的病人已预约到两个月后了，一个月内肯定没有空来看病，抱歉抱歉！在送客时，神医又特地强调：也不必请其他医生看，请了也白请，无非花冤枉钱。切记切记！等我忙过这阵，会来看的。

　　什么意思，莫非我儿子没有治了？洪书记吓得不轻。

　　白请也得请啊，有一分救就得尽十分力，总不能心疼钱财不救吧，要知道这是自己的儿子，洪家的根啊。洪书记请了中医、西医、神汉、巫婆，花了不少钱，可都不见起色，眼看大去之期不远了，这急啊，真是急得六神无主。算算一个月到了，还是请神医出手相救吧。

神医看看天，说今日不宜，得三天才能来。还自言自语说：如果病人能撑到三天后就有救。

什么叫度日如年，这三天对洪书记来说就是，等啊等，神医总算来了。他看过病人后，要求洪书记家里人都回避，他要单独与国宝谈一次，这一谈，就谈了两个多小时。谈话内容，神医闭口不讲。谈话出来，神医对洪书记说："付5000元吧，我来开方子。"据说这是神医开方子的规矩。

这要价也太狠了些吧，但只要能治好，高就高吧。神医当然得神医价。

神医终于开了药方，洪书记一看，全是平常到不能再平常的药，好像以前其他医生也开过，但没有吃好，会不会这神医也徒有虚名？而且一开口就5000元，这不近乎敲诈吗？

神医到底是神医，已看出了洪书记眼神里的疑惑，他说：同是一味药，量多量少大不一样，少了不治病，多了是毒药……

那姑且信他一回。

神医临走时又特地关照：还有一味药引子，雷劈的焦木，有就有治，无就没治。

这，这不是骗人吗？到哪去找雷劈的焦木？

神医说：心诚则灵则有！

洪书记自谓是唯物主义，但那一夜他一直念念有词，直到迷迷糊糊进入梦乡。

当夜，竟雷声大作，劈了后院一棵枸骨树，即俗称"鸟不宿"的那棵老树，果然有雷劈焦木。洪书记呆了傻了一般，连忙向神医家方向作揖拜之，"菩萨保佑！神医保佑！谢谢，谢谢！！"不知说了多少遍。

洪书记配齐了十几味中药，把雷劈焦木的药引子也放了进去，按神医的吩咐，一天三顿，按剂量给病中的儿子国宝喝了。

嗨，奇了，自喝了神医的中药，儿子的病情确乎一天比一天有起色，原本惨白惨白的脸开始有了血色，原本毫无食欲，现在想吃了，还说饿了，原本不想动，不想说，现在活泛了起来。一个星期后，竟能下床了。

一个月后，国宝如死过去又活过来似的，竟判若两人。洪书记看着与常人无异的儿子，他简直难以相信这就是曾经濒临死亡的生命。

神医啊，真是神医！洪书记决定全家出动，登门拜访，重重酬谢神医。

不想神医亲自上门来回诊，说来看望一下病人恢复得如何？还带了一大包中药来，说是送给病人调养用的。洪书记千恩万谢，说一定要给神医

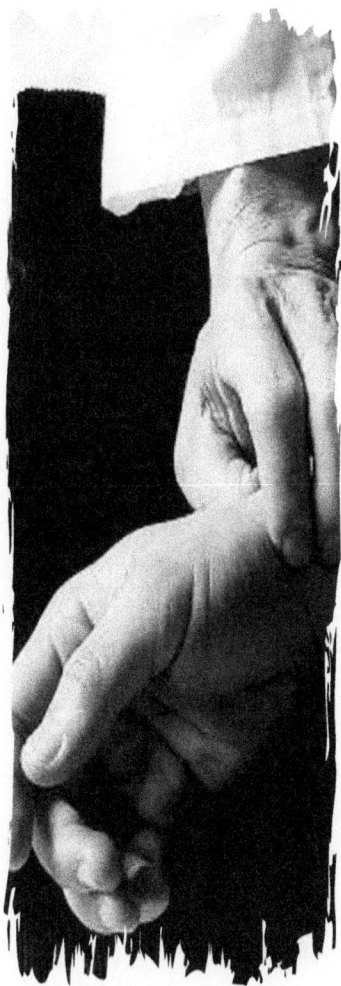

送块匾。

　　这事后来惊动了媒体，记者去采访神医，问神医，洪书记的儿子到底得了什么病，为什么大医院名医生查不清，看不好，你对症下药，药到病除？神医神秘一笑说：心病还得心药医，这涉及医生看家本领，怎么可能随便透露砸自己饭碗呢，记者再怎么问，神医就是什么也不肯说。关于洪书记儿子的病至今是个谜。

　　洪书记也一直想知道神医与他儿子国宝那天到底谈了些什么？但神医就是不露半点口风。

　　神医的名气越发响了，但也有人说：什么神医，全他妈的骗人。看好国宝无非是瞎猫碰着死耗子罢了。还有人揭发神医曾经开方吃死过人。也不知谁说的是真的。反正，有人信，有人不信；有人褒，有人贬。不过神医并不在乎别人说什么，因为每天等着他看的病人都得排队呢。

2011 年 4 月 28 日写于太仓先飞斋；

原载《语文导报》2012 年 6 月 26 日。

你瞎说

娄城金秋笔会，以文会友，各地作家正好聚会。作家聚在一起，无非说说你写了什么作品，他出版了什么集子，再或者说说谁谁谁获了什么奖项。

当年名头不小的玉笋近年来几乎很少再见他作品，有一面之交的谷方不无揶揄地问：是否在写什么传世巨著？玉笋说他一直在研究《黄帝内经》等医书，已可以算半个名医了。

谷方近年后来居上，作品频频发表，颇得评论家好评，他有点春风得意，踌躇满志。他对玉笋研究《黄帝内经》颇不以为然，认为玉笋大概是江郎才尽了，以研究中医来掩饰。他有点将一军的心理说："那玉笋名医能看出我身体健康不健康吗？"

玉笋很认真地看了谷方的面相、掌纹、指甲、舌苔，又给他把了脉，最后很肯定地说：你的身体出了问题，一年内必有大病。

谷方气得大声说："你怎么能这样咒我，我身体好好的，我有什么病？还大病，你瞎说！你瞎说！！"

玉笋指指谷方眼皮底处说："你这儿隐隐发青，这说明病灶已存在了。"

谷方断然反驳说："我这儿从小就青，你吓唬谁呀。哪有你这样瞎说八道的朋友？"

"哎哎哎，说真话就不爱听了。你暂时不要写了，赶快去彻底检查。命重要，还是作品重要？"

"心理阴暗，自己写不出了，就诅咒别人。无耻、卑劣！"谷方真想痛骂他几句。

谷方明显不开心了，几乎翻脸。其他作家就劝，或是劝谷方别当回事。

或是责怪玉笋乱说。诗人斯白还半认真半玩笑地说要开批斗会,声讨玉笋。大家这样,无非是消除谷方的心理阴影,想把这事一风吹,吹掉。

玉笋很委屈地说:"我说的都是实话,朋友一场,及早提醒而已。知道了不说就对不起朋友,你们别误解我的好意。"

谷方认定玉笋妒忌他,用这恶毒的预测来打击他。

玉笋说:"我瞎说不瞎说,打个赌,怎么样?"

众人都指责玉笋有点过了,说打赌的事,千万不能让谷方知道,知道了,吓也吓出病来了。

就这样,打赌的事,瞒住了谷方。

笔会结束后,作家们各自东西,打赌的事也慢慢淡忘了。

谷方回去后,以前咋写,现在仍咋写,创作似乎进入井喷期,他在文坛的知名度越发大了。

一年很快过去,谷方活得好好的,他已把玉笋说的那些话忘到了爪哇国里。

也是巧,一年后,曾经参加娄城金秋笔会的诗人斯白在另一个城市的文化活动上,见到了特邀做嘉宾的玉笋,一下子勾起了一年前的事,就在私底下问玉笋,你不是信誓旦旦说谷方患了重病吗?人家谷方如今红着呢,作品源源不断,哪像生大病生重病的样子。

玉笋很自信地说:"我是劝他悠着点,身体要紧,但他听不进,我真的为他担心。你没有看出来吗,他的身体就像强弩之末,已外强中干了,或许哪一天仅一根稻草就能把他压垮……

"你不是在危言耸听吧?"斯白觉得玉笋的心理可能有问题。

"我为什么要危言耸听,说真话太难了。"

斯白很难相信玉笋,认为他说的那些话,不过是在挽回自己面子而已。

又不久,斯白在"谷方作品研讨会"上再一次见到谷方,斯白仔细观察了谷方的脸色,似乎确实不如一年前娄城金秋笔会。心直口快的斯白与同宿的诗人讲了,就这样传来传去,最后不知怎么传到了谷方家属耳朵里,家属大吃一惊,又不敢与谷方直说,考虑着如何陪谷方去医院认认真真地检查一下身体。

研讨会结束后,谷方也像完成了人生的一件大事,整个绷紧的身心也松了下来。这一松,竟感觉人疲惫得很。

家属也看出了谷方研讨会前后精神面貌的落差,就变着法子问谷方:

疼不疼？痒不痒？酸不酸？累不累？……

谷方被问得心也虚了，开始感觉不对劲。

终于，在家属的陪同下，谷方进医院去检查，这一检查，就立马安排了住院。

医生说：怎么早点不来检查？

谷方的病情发展很快，仅仅一星期后，医院开出了病危通知书。

斯白与多位文朋诗友专程去医院看望了谷方，大家想起玉笋的预测，都感叹不已，不知该对谷方说什么好。

医院回天无力，拖了一段时期谷方还是走了。据谷方家属说：谷方闭眼前，反复念叨的是"你瞎说、你瞎说、你瞎说……"，几分凄厉，几分倔强。

谷方追悼会后，斯白等一拨人再也不敢与玉笋联系，怕他说出什么晦气的预测来，但都悄悄地去医院检查了身体。

2011 年 4 月 29 日写于太仓先飞斋；

原载《北方文学》2012 年 11 期。

车祸以后

场景一

长途班车行走在盘山公路上，九曲十八弯。其中有相当的路途，靠里侧是巨石压顶，靠外侧是悬崖峭壁，大城市的司机或草脚司机一般是不敢开的，但这位中年人显然已是老资格司机，早就练就一副好身手，那狭窄而颠簸的路况他根本不放在心上，车开得飞快。特别是碰到两车交会，开在外侧的车几乎就贴近悬崖边了，胆小的女同志甚至会吓得尖声叫起来，就算是男的，若是第一次乘这车，往往也提心吊胆的，深怕有个万一。

不过，平心而论，沿途的景色还真是不错，远山，岚气氤氲，迷迷蒙蒙，近峰，大树成片，绿色满眼，那山杜鹃开得红红火火，烂漫一派。只是山里人见惯了这些山景，没人惊奇。

苏一丁谈了个山区的女朋友，这是第一次去女朋友宗二妞家，用南方话说，乃毛脚女婿上门。原本苏一丁不太想去的，他怕山路不好走，但宗二妞说，结婚前必须去见一见未来的丈人丈母，这是她们当地的规矩。

苏一丁是南方长大的，从小娇生惯养，这次出远门，走这样的山路，在他记忆里是仅有的一次。可能是中午在小饭店吃到了什么不干净的菜肴，苏一丁的肚子开始一阵阵地难受，先是隐隐地痛，后来就不对了，一阵阵地痛，肚子里还发出咕噜咕噜的响声，看来是吃坏了，要拉肚子，可这盘山路上，哪有厕所。宗二妞问他能坚持到下车吗？苏一丁捂着肚子说："不行，摒不住了。"

宗二妞只好用当地话对司机说："师傅，帮帮忙，停一下车，有人拉肚子了。"

司机说:"熬熬吧,快到了。"

"不行,真的摒不住了,一定得下。再不下就拉裤子上了。"

"下了就不能上来了,一车人可不等你,你自己想好了。"司机面无表情地说道。

不上来也得下!

车一停,苏一丁就像兔子似地窜了下去,急匆匆奔到车后的草丛里,噼里啪啦一阵痛快。苏一丁刚想立起身,又要拉了,反反复复几次。司机实在等不及了,发动车子要走,宗二妞无可奈何地也下了车。

等苏一丁终于立起身,车子已开出数十米,苏一丁望着绝尘而去的车背影大骂了一声:"操!"宗二妞也骂骂咧咧的。

正这时,山顶上突然滚下一块巨石,砸在长途车上,长途车翻了两个筋斗就随着那巨石滚到了悬崖下面,发出轰隆隆的一阵巨响,一下子无影无踪,这一切都发生在一刹那间。

苏一丁目瞪口呆,半天没回过神来,当他确定自己与女朋友宗二妞都没事,都活着,都逃过一劫,庆幸地大叫:"上帝保佑!上帝保佑啊!!幸亏我下来,一泡屎救了我"。

宗二妞心有余悸地对苏一丁说:"是啊是啊,你这泡屎是救命屎,以后年年要祭拜这泡屎。"

两人抱头痛哭。发神经般地大叫"大难不死必有后福！"……

山风大了起来，发出呜呜的怪叫声。

场景二

……等苏一丁终于拉罢立起身，车子已开出数十米，苏一丁望着绝尘而去的车背影大叫："停一下，师傅停一下。"但司机那里听得见苏一丁的喊声。

突然，山顶上滚下一块巨石，砸在长途车上，长途车翻了两个筋斗就随着那巨石滚到了悬崖下面，发出轰隆隆的一阵巨响，一下子无影无踪，这一切都发生在一刹那间。

苏一丁万万没有想到会这样，一下子懵了，但他很快清醒过来，连忙拿出手机拨通了110，告知了发生的地点与事情的严重性，请求火速救援。

宗二妞吓傻了似的，嘴里反反复复说："快报警快报警！"

苏一丁痛苦地抱着头，泪流满面地说："都是我都是我，都是我害了大家。如果我不下车，长途车或许就开过去了，就不会有这场灾祸了……"

朋友为了宽慰他，对苏一丁说："这是天灾，你不必但什么责任。"苏一丁还是很自责，以后每年的这天，苏一丁与宗二妞都要吃素一整天，上供果祭奠亡灵，以此反省自己的言行。

2011年4月29日写于太仓先飞斋。

老虎招聘记

虎大王不听劝告，执意要另聘秘书，这次它看中了猴妹。前不久，虎大王去视察大森林，狐狸安排虎大王到金树林娱乐中心潇洒，猴妹给他捏脚、按摩、挠痒痒，真是舒服极了，舒服到骨头里。临走时，猴妹给了他一个飞吻，柔柔地说：服侍虎大王是我猴妹的荣幸，欢迎下次再来，一定让您再次销魂！

虎大王从此忘不了猴妹，吃饭时想，睡觉时想，他想要是天天有猴妹的这种侍候，那不是神仙的生活？但他知道，狐狸以狡猾著称，如果三天两头去金树林消遣，难保不被狐狸算计，得想个万全之策。

虎大王手下的办公室主任花豹说：干脆把她挖过来当秘书，不就天天可以想怎么做就怎么做了？

虎大王开心地说：英雄所见略同，我们想到一块儿了。

花豹说：大王，我办事，您放心，交给我吧。

花豹刚兴冲冲出去，马上被虎大王喊住。虎大王说："慢，得策划好了再行动，要不然会落下话柄的。"

假如因挖墙脚而导致森林里有流言，被人放野火说虎大王看中了猴妹的风骚，以权压人，逼她做小蜜，那不是败坏了大王的名声吗？

是啊是啊，那就来个公开招聘，正大光明把她招进来。

"好，这事交与你办，办不好我吃了你！"虎大王语带威胁。

"知道、知道，保证不辱使命。"花豹胸有成竹。

花豹做这些事很有经验，他十分清楚，所谓公开招聘，关键在于制定招聘条件。按规定：必需三人以上报考才能开考，人多嘴杂，报名人一多，就不好控制了，那就设法限制在三个人，一个陪衬，一个竞争，要让竞争者输得无话可说。

花豹以此思路，先了解了猴妹的年龄、学历、特长等等，基本掌握了猴妹的履历：19岁，本地人，西太平洋森林学院二年制三产专业函授毕业。据此，花豹来了个年龄限制、文凭限制、专业限制。第一条，18岁到20岁之间。这样把18岁以下，20岁以上的全限掉了；第二条，大专以上文凭，限于秘书专业与三产专业。你大学再名牌，其他专业一律不招，这你没辙了吧。这又限去了一大半；第三条，必须有两年以上社会经验，这又不动声色地把应届毕业生全删了（而猴妹已在社会上混了两年多）；第四条，女性优先；第五条，本地人优先；第六条，党员优先；第七条，有论文发表者优先。

虎大王一看这招聘条件，大夸花豹越来越会办事了，对花豹说："你连夜发展猴妹入党，就你做他介绍人；论文的事，是你代找枪手，还是你自己动笔，我就不管了，反正在招聘启事贴出之前，你去搞定《大森林》杂志，先以猴妹名发2篇论文"。

花豹当夜就去密会了猴妹，把虎大王的意思传达给了她，猴妹受宠若惊地说："我一定配合好，放心，放一百个心。"

报名那天，花豹胜算在握，那些来咨询的，都因这条那条被卡住了，失去了报名机会。

结果，果然不出花豹所料，只豺狗与花面狸有资格报名，豺狗是花豹叫他来陪衬的，他不敢不来。花面狸是竞争对手，但花豹心知肚明，就算你花面狸笔试第一名胜出，也是白搭，到面试时让你出乖露丑，自己打退堂鼓。

面试前，花豹早把试题泄露给了猴妹，猴妹再笨，突击了一晚上，自然大有效果。

花豹先考花面狸："同为恐龙家族，为什么有的恐龙食草，有的恐龙食肉？"

花面狸一下被问住了。

花豹再问："同为恐龙家族，为什么有的恐龙像巨无霸，有的恐龙如小不点？"

花面狸再一次被问住，花面狸变成了红面狸。

花豹说接下来为抢答题："龟兔第二次赛跑，兔子为什么又失败？"

花面狸怔住了，她还在想：乌龟与兔子什么时候第二次赛跑的？

猴妹抢先答道："兔子做好事，在比赛途中抢救突发心脏病的松鼠小姐，因而耽误了比赛。"

"好，抢答正确。"

花豹不等花面狸回过神来，又出第二道抢答题："龟兔第三次赛跑，兔子为什么再一次失败？"

"什么，龟兔还有第三次比赛？"花面狸闻所未闻，当时就傻眼了。

猴妹见花面狸目瞪口呆的样子，故意搔搔头皮说："我猜想，一定是比赛途中有条大河，乌龟游过去了，兔子过不了河，当然只能败北。"

"又答对了！猴妹你太厉害了。"花豹对着猴妹伸出了大拇指。

花面狸系森林大学 MBA 研究生毕业，学富五车，来时，她信心百倍，志在必得，但今天的面试，让她颜面尽失。原先的傲气已消失殆尽，她看到猴妹对答如流，顿时自愧不如，举手表示自己退出。

就这样，猴妹击败对手，无可争议地被录取了。

虎大王对花豹十二分满意。他对花豹说："听说猴妹还有个猴小妹，我放权你招聘为办公室的秘书吧。"

花豹感恩戴德，连说了几个："谢谢！谢谢！！谢谢！！！"

2011 年 4 月 30 日写于太仓先飞斋；

原载《北京文学》2012 年 7 期；
转载于《微型小说选刊》2012 年 17 期；
选载于《杂文选刊》2012 年 11 月中旬版。

换 心

这世界真是无法看懂，上世纪肺痨是绝症，后来癌症上升为绝症，再后来出现了艾滋病，出现了超级耐药细菌，科学家无法预料以后还会出现什么更新更可怕的绝症。

这不，最近 W 国发现了一种来势汹汹的新病状，一旦患上此病，心绞痛，心律紊乱，心跳或加速，或缓慢，心脏逐渐坏死，不及时换心，挨不了几天就一命呜呼。

这是什么病？文献上没有记载，临床上没有碰到过，该用什么药，如何医治，谁也没有经验，只能摸着石头过河，走一步，看一步。

各国科学家夜以继日地奋战，总算分离出名为 SMH 病毒。病毒来自何处，有多种说法：有说是从某大国的实验室里漏出来的，有说是基地组织研制的，有说是日本核泄漏后细菌的变异品种，有说是我国多种毒食品混合食之后催生的基因突变而产生的新新超级病毒。这种新型病毒具有了以往任何病毒所没有的特殊抗药性，目前世界所有的中药、西药都对它不起抑制作用，防疫针没有用，中草药也奈何它不得，几乎所有的针剂、汤药都成了它的营养品，真正是百毒不侵，百药难杀。怎么办，怎么办？如何来帮助那些患者逃过死神的追赶，各国医生都在努力探索。

看来，近期内希冀用打针吃药来治愈，暂时没有可能，唯一的办法就是换心，可哪来这么多可以用来换的心呢？特别是中国，遗体捐献还刚刚起步，就算有个别境界高的签了遗体捐赠，那也是杯水车薪，毛毛雨而已，根本不顶用。而病人的数量有增无减，甚至出现翻番。

欧美等医学发达的国家率先采用替代品，如用猕猴，用大猩猩的心脏来替代，但猕猴、大猩猩也数量有限，很快就告急，出现断档。不久，就被炒家炒到了天价，普通老百姓一听那价钱就吓傻了，就算砸锅卖铁，倾家荡产，也未必能做得起这昂贵的手术。

那就用狼心用狗心吧，不是有句成语谓之"狼心狗肺"吗，这从另一角度说明狼心狗肺可以用，只是听上去不太好听而已，但患者已顾不了这些了，救命先要紧。

科学家排遣不了的担心是患者换上了狼心狗心后，他的性情、脾气、嗜好、胃口等会不会发生变异，会不会变得凶残，变得好斗？但在拯救生命面前，这些暂时只能放一边了。

然而，意想不到的事又出现了，因为用猕猴，用大猩猩，用狼，用狗的心来做替代品，遭到了动物保护组织、绿色组织的强烈抗议，他们抗议用一种生命来替换另一种生命。

不能用大猩猩，不能用猕猴，不能用狼，也不能用狗的心来替换，那用什么？这些都不能用，就没有可换的了，不换心逃不过一个死，总不能眼睁睁地看着患者在自己眼前死吧，这实在太让医生揪心了。

联合国教科文组织重金悬赏金点子，悬赏新药物，悬赏解决之法。

有人在网上发帖说：在人工心脏研制出来前，何不用猪心代之呢？全世界每天要宰杀多少头猪啊，猪心可以说取之不尽，用之不竭。

对啊对啊，猪反正要宰杀的，只是猪心与人心似乎相去太远了。

这看似荒唐不切实际的想法，引起了科学家的重视，引起了医学界的重视。很快，用猪心代之的实验展开了，Z国首先获得了成功。其他国家仿而学之，无形中就推广了开来。

这以后，世界上出现了猪心人、狼心人、狗心人、猴心人、猩猩心人，像"狼心狗肺""蠢猪""沐猴而冠"等词汇都成了敏感词。

关于换了动物心脏后，会不会有后遗症、会不会出现人种的变异、是否对后代产生影响等等，是科学家正在研究的一个又一个新课题。

有人预测：换狼心、狗心的患者，与换猪心的患者，以及换猕猴心、换猩猩心的患者，会出现不同的思辨路数、行为准则，这个世界将变得更加多样而复杂，也许吧。

2011 年 5 月 2 日写于太仓先飞斋；

原载《生态文学艺术》2013 年 4 期。

狼来了

　　七丫村附近有座狼山，狼山之所以叫狼山，没有什么典故，也没有什么历史传说，仅仅因为这山上早年有狼，村民们就把这山称之为狼山，后来叫顺叫习惯了，狼山之名也就写进了《娄城志》里。

　　名不副实的是，这叫狼山的山，早就没有狼了，上世纪五六十年代，组织过多次搜山打狼，后来不要说狼，连猪獾、狗獾、果子狸、刺猬等野生动物也极少能见到。

　　狼山上没有庙宇，没有民居，没有名胜古迹，更没有人住，有的只是老树、灌木、荆棘、杂草，经济价值不大，一直没有开发。

　　文革时，有一位老干部，与一位老知识分子先后吊死在狼山的歪脖子树上，等发现时，已腐烂，生了蛆，不但臭不可闻，而且面目狰狞，这之后，老百姓就不大敢随便上山了，父母更是不让孩子上山。不久，就流传起狼山有鬼出现的传闻，还传得有鼻子有眼。这一来，就更没有人敢轻易上山了。

　　去年中秋的一个晚上，突然从狼山上传来了："狼来了！狼来了！！救命啊！救命啊！！…………"的呼声，凄厉而恐惧，但呼救者喊破嗓子，并不见有人上山去救。

　　第二天，山下七丫村的村民议论：这山哪有狼啊，几十年都没有狼迹了。假的，百分之百假的，肯定是谁吃饱了撑的，寻开心找乐子忽悠大家，谁上山谁傻子。

　　是啊，不救没有人怪；你上山去救了，去打了狼，万一狼没有见着，见着个受伤的，半死不活的，赖上了你，那不是大麻烦吗。再说了，狼如今是国家二级保护动物，就算有，谁敢打？你打了，打死了，打伤了，有关部门要你罚款，你罚不罚？别没事找事，自找麻烦。

对对对，村民都这么认为。

第二天，胆大的山旺说："走，上山上去看看，大白天去，我们几个人结伙去，还怕撞着鬼吗？"

山旺等几个在半山腰发现了一条死狼，看样子死了一段时间了，已有点腐烂。

难道狼山真的又有狼了？

山旺看了半天说：像狼，也像狗，可能是狼，也可能是狗。

其他几个反反复复看了，有说是狼，有说是狗，大家吃不准究竟是狼是狗。

关于狼山到底有没有狼，成了疑问。

但不知怎么回事，没几天狼山有狼的说法越传越远。

古庙镇镇政府决定组织人上山考察，看看到底有没有狼。

娄城电视台决定跟踪拍摄。

村民甲说：懂了吧，这是策划的，肯定早有人策划。

村民乙说：看来镇政府准备开发狼山了，要不如此兴师动众干嘛？

多位村民说：幸好那晚上没有上当受骗。

就在考察队出发的前一天晚上，村民们又听到狼山上有人喊："狼来

了！狼来了！！…………"

这一次，连山旺也彻底不相信了，他搂紧了老婆说："我们管我们，别理他，肯定是为明天考察造舆论，假到底了。"

第二天，镇政府组织的考察队出发时，镇宣传委员带队，镇党委书记来送行，场面还不小，可惜只有看热闹的，并没有哪个跟着上山。七丫村的山旺等村民对电视台的不无调侃地说："卖力点，好好拍几个狼咬人的画面，也让我们开开眼界……"

考察的结果说是发现了狼粪、狼毛、狼窝，这都有镜头的，最最出人意外地是拍到了昨晚被狼咬伤的一位中年人，腿上被咬了一口，据他自己讲：后来爬到树上才逃过一劫。电视画面是真真切切的，那中年人腿上的伤口也确确实实留着血，有牙齿印，很痛苦的面部表情给电视观众留下极深刻的印象。

这中年人村民都没有见过，电视台介绍说他叫赵宇纶，省里的地质工程师。村民们弄不懂的是他晚上跑到狼山干什么？难道勘察到了什么宝贝？村民们奇怪，关于这些，电视台语焉不详，会不会是出于保密？

至于狼山到底是真有狼，还是需要狼，村民们两派意见，山旺与村民甲、村民乙等说打死也不信狼山有狼。村书记认为电视台都播了有狼，那一定有狼，不相信镇政府，不相信电视台，难道相信你山旺？你山旺算个球。

不过，除七丫村部分村民以外，娄城全市上下，包括外地的都为狼山高兴，因为狼山终于又有狼了，名副其实了。至少到目前为止，没有听说谁在质疑狼山发现狼的报道。

很多人都想来狼山一游呢。

2011 年 5 月 2 日写于太仓先飞斋；

原载《沧州日本》2011 年 7 月 5 日；选载于《小小说选刊》2011 年 21 期；选载于澳大利亚《澳华新文苑》2012 年 12 月 22 日；入选 2012 年 1 月版《微型小说十年》;收入杨晓敏、秦俑主编的 2012 年 3 月版《21世纪中国最佳小小说》；获太仓市文学艺术"月季花"奖评审一等奖；获中国微型小说学会第十届微型小说年度评选一等奖。

学一回《非诚勿扰》

看官，别误会，学一回《非诚勿扰》，不是学江苏卫视的电视节目"非诚勿扰"去相一回亲，而是学冯小刚导演的电影《非诚勿扰》，来一回生前告别会。

啥，学这？是否脑子进水了，或者脑瓜子让铁门给轧了？人家是电影，是逗你玩的，是编个故事骗你眼泪引你笑，最终赚你钱的，你还当真了，真是的。

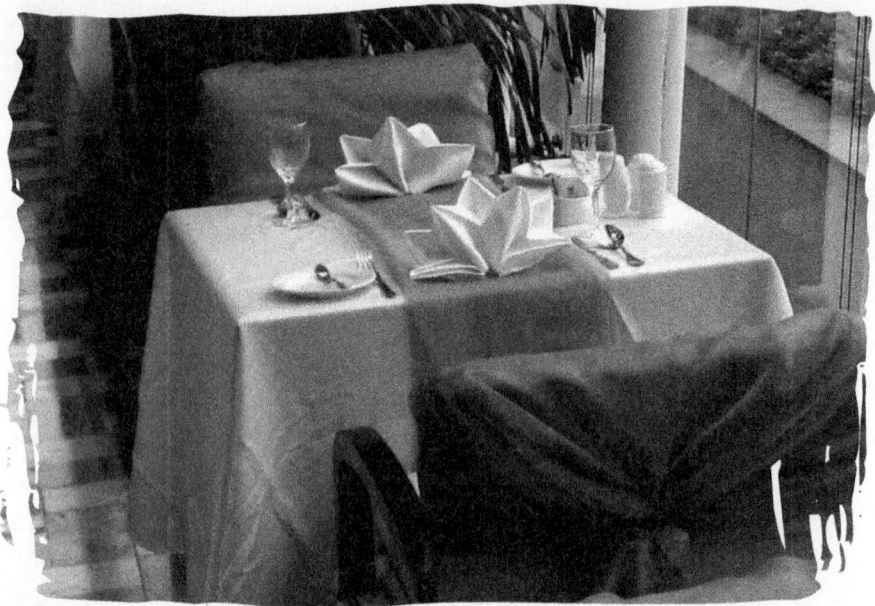

如果真有这样的主，看来把生活当电影过了。保不定有人问：莫非此人也患了黑色素瘤？

不不不，他可没有生什么黑色素瘤、红色素瘤。正确地说，他至今还没有发现什么重大的恶性的不治之症，换句话说，他活得好好的。

活得好好的，为什么不太太平平过日子，要出花头，弄点事出来呢。这人是谁呀？

告诉你，他就是娄城翰林弄的丁老爷子，丁老爷子今年古来稀年纪了，早年当过副乡长，算是风光过几回的。自退休后，人走茶凉，如今几乎就破老头子一个，谁也不会当他一回事。他多次感叹世态炎凉，怪话牢骚满肚子。有时小酒一喝，什么话都敢讲，骂娘也敢骂。

儿子劝他说：朱镕基总理一人之下，万人之上，比你不知大多少个档次吧，他老人家退休后也淡出政坛，淡出媒体，逍遥自在当个老百姓，这多好。比比企业退休那微薄的退休金，你偷着乐吧，还有什么不满足的？你呀，打打太极拳，锻炼锻炼身体，多活几年，多拿几年退休工资，比什么都强，别一天到晚七想八想瞎折腾。

可老话说"江山好改，本性难移"，丁老爷子就是不能安分，他看了《非诚勿扰》后，一直有个想法：如果我能看见我的追悼会上，生前的亲戚、邻居、同学、同事、朋友，对我啥态度，啥评价，这该多好啊。若真死了，你来不来，哭不哭，伤心不伤心，送不送奠仪，送多送少，你是说好话，说表扬话，高度评价，还是幸灾乐祸，或者造谣污蔑骂一通，或者一盆屎扣死者头上，死者一概不知，又有什么意思。

对，我也来个生前告别会。人家电影里都有了，这说明在现实生活中是可以的，允许的，不违规，不犯法的。自有这想法后，丁老爷子竟几个晚上睡不踏实，老在琢磨这事，在完善这方案。等自以为考虑成熟后，他向家里摊牌了。这家里，老太婆是阻止不了他的，就是儿子这一关他没有把握。

果然不出所料，儿子坚决反对，这算哪门子事呀。儿子说："我在政府机关工作，好几年来一直是个副的，眼看有机会拨正，你这一折腾，啥影响，我升迁的事八成没戏。你也为你儿子考虑考虑，好吧。"

"嗨，你升你的官，我办我的生前告别会，你认我这老子你参加，你不肯参加我也不勉强你。我花自己的钱，不用你掏一个子，这总可以吧。"丁老爷子也很倔。

丁老爷子的亲戚、朋友、邻居、同学、同事知道后，无一不是反对，无一不是来劝他，劝他放弃这荒唐的想法，别丢人现眼，落个笑柄。可丁老爷子主意已定，执意要搞，为此与老伴、儿子闹起了矛盾。

这一次，向来好说话的老太婆竟然不听话了，她说："这事万万不行！人家会误以为我们想借此敛财呢，影响肯定极为恶劣，我做不出。"

老太婆几个电话打出去，把大女儿、大女婿、小女儿、小女婿统统叫了回来，商量咋办？

大女儿说：老爸搞生前告别会，他把我们当什么了，瘆人不瘆人？

大女婿问：最近，老爷子受过什么刺激吗？其他还有什么反常言行吗？

小女婿说：老爸会不会脑子出了问题？

小女儿说：干脆，趁我们都在，把老爸送精神病院检查一下，大家求个放心。

说干就干，女儿女婿对丁老爷子说上海来了专家门诊，去检查一下身体。女儿女婿最担心的是万一老爷子看出问题，不肯就范接受检查怎么办。那两位精神病专家满有把握地对丁老爷子女儿女婿说："放心，放一百个心，等到了精神病院，就由不得他老爷子肯不肯，愿不愿了。"

丁老爷子儿子知道后，气得差点失态，"你们怎么能这样，怎么能事先不征求我意见。你们这样不是害老爸，更害我吗？"

丁老爷子的生前告别会最后没有办成，但丁老爷子有精神病却传得娄城几乎无人不知，无人不晓。

2011 年 5 月 2 日写于太仓先飞斋；

原载《香港文学》2012 年 2 期。

虎大王的民主

老话说"冬至大如年"，人类社会是如此，森林百兽也是如此。因为冬至预示着收获的秋天过去了，严寒的冬天即将来临，对森林的飞禽走兽来说，一年最难熬的日子为期不远了，像熊瞎子已开始做冬眠准备了。每年这个时候，百兽之王老虎就会召集一次森林大聚会，凡通知到的，必须出席。谁不出席，就等于是蔑视百兽之王的权威，那你就难逃被吃掉的命运。但总有一些动物想方设法逃避这次活动，宁可不过这个节。为何？因为说穿了，所谓的冬至节其实就是老虎借个名头饱餐一顿而已。

譬如去年冬至节，老虎先表扬大象在大地震后，用鼻子搬开了交通要道上倒下的大树，保证了森林的畅通，向大象颁发了"大力士"勋章；又表扬了狐狸聪明绝顶，让猎人屡屡上当，真是大快兽心，颁发"赛诸葛"勋章……

这后，虎大王脸色一变，开始批评了，它的第一个目标是梅花鹿。老虎很严厉地问梅花鹿："你知罪吗？"

梅花鹿一脸茫然地答道："我有什么罪，我怎么会有罪？我向来安安分分，怎么可能犯罪呢？"

"不许狡辩！"老虎大喝一声。这一声断喝，把有些胆小的动物都吓得尿裤子了，老虎要的就是这效果。

老虎对受了表扬的狐狸说："你来告诉他吧"。

狐狸干咳了两声说："据有些兽来汇报，你们梅花鹿家族把鹿茸、鹿血、鹿鞭提供给人类，让他们壮阳滋阴，让那些有权的有钱的养小蜜、包二奶，或者嫖娼、偷情，败坏了社会风气，助长了腐败……"

老虎打断了狐狸的话，拉下了脸问："梅花鹿这行为，该当何罪？"

狐狸心领神会，马上接口说："按森林法规条例，判死刑，立即执行！"

梅花鹿一听，大喊："冤枉啊！我们是受害者，你们有没有搞错？"

老虎依然很严肃地说："我们森林世界是个很民主的社会，是个讲法制的社会，好，现在开始表决，同意判梅花鹿有罪的请举手。"

所有的动物都心知肚明，这不过是老虎要吃梅花鹿的一个冠冕堂皇的借口而已，但迫于老虎的淫威，谁敢说真话？你看看我，我看看你，终于，被迫无奈地一个个举起了手。

唯有驯鹿没有举手，表示弃权。因为他清楚，梅花鹿有罪，就等于驯鹿有罪，第二个轮到判死刑的就是他了。

老虎很大度地说："驯鹿跟大家唱反调，这是不和谐的表现，姑且宽容他一次，但现在得少数服从多数，我宣布梅花鹿罪名成立。"

"我抗议！我强烈抗议！！"只是梅花鹿的抗议声淹没在百兽的庆幸声中，因为其他动物知道自己算是逃过一劫了。

老虎很满意现场的气氛，他换了副笑脸说："长话短说，为了不耽误大家过节，各位该干嘛就干嘛。"接着，老虎又对梅花鹿说："我很民主的，你挑一种死法吧。是淹死还是砸死还是吊死还是毒死？你自己挑。"

梅花鹿气得不知说什么好。

老虎又说："不要害怕，想说啥就说啥！"

梅花鹿知道自己难逃一死，反倒镇定了，大骂老虎是伪君子。

老虎用颇同情的口吻说："你骂有用吗？倒不如客客气气，我给你吃一顿丰盛的最后的晚餐，最后我来执行，一口咬死，你也减少痛苦，我也省事。"

今年的冬至节，老虎照例又把众动物召集起来。这次，老虎表扬了袋鼠与秃鹫，说袋鼠为动物争了光，说秃鹫清理腐尸有功，最后由豺狗宣布：驯鹿为罪犯，理由几乎与去年相同，早有防备的驯鹿一听宣判，撒蹄就跑，一刹那间，就跑得无影无踪。

老虎恼羞成怒，气愤地说："好你个驯鹿，竟敢藐视法律，企图逃避制裁，是可忍，孰不可忍！"老虎就当即发布口谕通缉驯鹿，凡发现驯鹿踪迹必须立时报告，窝藏者同罪。

几乎所有的动物都噤声，敢怒而不敢言。谁知此时向来小兔儿乖乖的兔子说："驯鹿是遵纪守法的好公民，说他是罪犯，我想不通。"

嗨嗨，什么时候裤子破了，露出了你来。老虎刚想发火，又一想，压下火头，说："我们是讲民主的，你是极少数派，保留意见吧。"

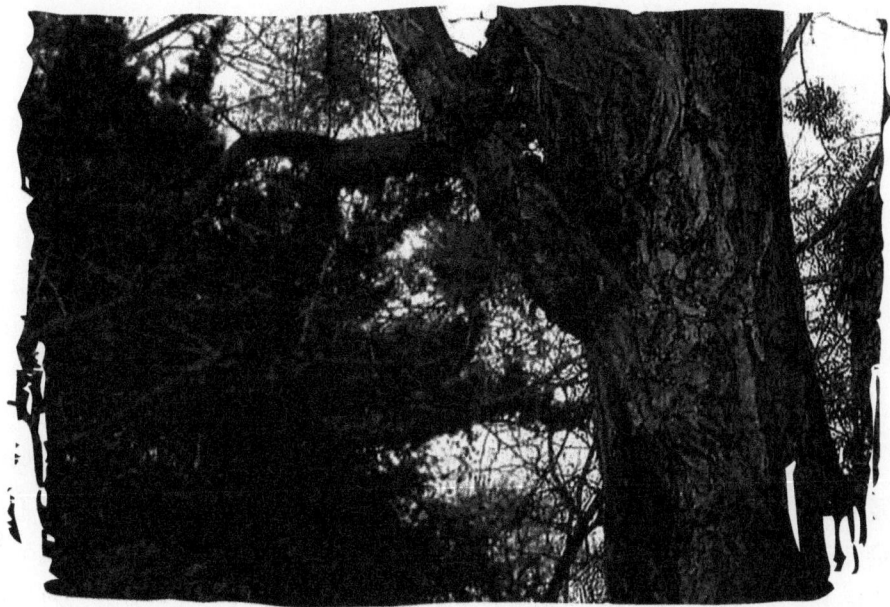

事后,猪獾问兔子:"你吃了豹子胆,竟敢顶撞虎大王,不怕他吃了你。"

兔子狡黠一笑说:"不会,一只兔子还不够老虎塞牙缝的,他犯不着与兔子较劲,这叫嫌腥气。"猪獾似乎明白了什么,愈发小心谨慎了。

老虎的美餐眼看落空了,他灵机一动说:"现在开始评最差,最差的必须惩罚。"

所有的飞禽走兽都听出了言外之意,所谓惩罚无疑就是被老虎吃掉,大家你看我,我看你,打起了各自的小九九,不敢轻易表态,更不想惹火烧身。

2011 年 5 月 7 日写于太仓先飞斋;

原载《小说界》2013 年 1 期。

张约翰发明的仪器

如果谁去查一查每年全世界的发明专利，恐怕每分钟都有一两件，涉及到方方面面，但可以肯定，百分之九十九点九的发明，普通老百姓是不会知道的，甚至不会关心的，因为这些发明有或没有，与他们每天的实际生活并无多大的关系。用一句歇后语形容，就是大年三十打兔子——打着过年，打不着也过年。老百姓最需要的是什么发明呢？张约翰综合了政治、经济、社会等方方面面的信息，最后得出结论：二十一世纪的今天，中国的老百姓最想知道的是"冒号"内心、老板想法。于是，张约翰投入资金，投入精力，经过888次的失败，终于发明了可以洞察任何人内心的一种仪器。张约翰给这仪器定名为"A型888探测仪"。

在申请专利前，必需先试试效果吧。

张约翰决定先试好友，他筛选了一遍又一遍，最后选定自己最信得过的朋友李保罗。张约翰为了保证这仪器测试得到的数据绝对真实可靠，他事先没有告知李保罗有关仪器的真正性能，也没有告知做实验，只是约他共进晚餐，李保罗欣然前往赴约。

张约翰与李保罗是好朋友，常聚的，所以一切都与平时没有两样，两人喝着红酒，聊着拉登被击毙的话题，可以用十二分融洽来评价。

在喝酒时，张约翰悄悄地开通了仪器的开关，一束肉眼看不到的光束射向了李保罗。按设计标准，十米之内，只要光束不偏不倚地射在被测试者身上，就有效果，当然，距离越近，效果越佳。

而现在，张约翰与李保罗只隔着一张小桌子，几乎面对面，效果应当达到最佳。张约翰深信这一点。

张约翰把测试的结果传输到了手机上，他装着看手机短信，瞥了一眼手机屏幕，他发现李保罗竟然在谩骂他、诽谤他、诅咒他，说张约翰志大才疏，好高骛远，说张约翰自私自利，不够朋友，等等。张约翰立马脸色难看了起来，他万万没有想到最要好最信赖的朋友会这样看待他，内心与外表完全是两码事。

张约翰还算有涵养，他很快控制了自己波动的情绪，开始观察李保罗的面部表情。说实在，张约翰一点也看不出李保罗有任何异样，他很难理解李保罗竟然有这么好的表演天赋，心里大骂特骂，表面上却不动声色，该说的说，该笑的笑，该喝的喝，一如往常。

张约翰真是气啊，好你个李保罗，心口不一，嘴上甜如蜜，心里毒似蛇。他实在不能再坐下去了，他怕万一控制不住自己情绪就失态了。张约翰借口身体不适，早早结束了聚会，回了家。

第二天，张约翰又去了局长办公室，以汇报工作的名义，与局长聊了一回。局长依然不苟言笑，喝着大红袍茶，抽着软中华烟，不置可否地听着张约翰的汇报。

张约翰一进局长办公室就打开了仪器，让光束对准了局长。在局长面前，张约翰不敢看手机屏幕，一直等出了局长办公室才迫不及待地检查起了结果，又是一次大出意外，你别看局长一脸严肃，却夸了张约翰好几次。局长说：你的才能别人不知道，我还能不知道吗，你这小子太有才了，太有培养前途了，有合适机会我一定会重用这个才子，一定！

张约翰感动啊，感动的恨不得要大喊一声："知我者局长也！"要知道这才是局长的心里话。原来自己以前一直误解了局长，以为局长看不得自己，压制自己。

从此以后，张约翰视局长为伯乐，为感谢知遇之恩，张约翰处处替局长说话，人前人后，总说局长好话。为此还不惜与好友翻脸，说你们太不了解局长了。只是没人信张约翰。

原先的朋友大骂张约翰脑子进水了，说他搞发明，把脑子烧坏了，甚至有人扬言要砸了张约翰的仪器，帮他恢复正常。

张约翰怕仪器被毁，不敢再拿出来了。再说经两次实验后，他有点不敢用了，他觉得人心实在难测。于是决定暂时封存这仪器。

不久，张约翰无意间听说单位里有人要联名举报局长，为了保护局长，张约翰向局长打了小报告。局长拍拍他肩膀说："做得对！"

后来张约翰升了副局长。升了副局长后的张约翰，很想知道手下的对

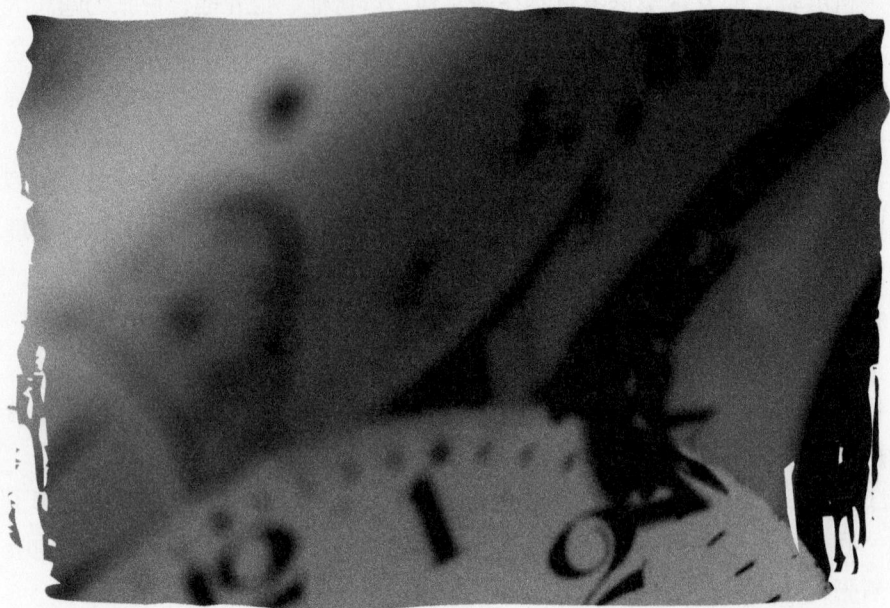

他服不服，对他啥意见。于是，他把封存的仪器又拿了出来，准备检查一遍后重新使用。谁知在检查时，张约翰发现，由于自己的疏忽，竟把仪器装置的线头接反了，换句话说，好友李保罗与局长的话应该反过来才对。张约翰傻了一般，原来自己冤枉、误解了好友李保罗，他决定今晚就请一次李保罗，只是不知李保罗肯不肯赴约？

让张约翰气愤的是局长当初说的那些话，全系子虚乌有，不过张约翰随即平静了，他庆幸自己歪打正着。只是下一步怎么办，他望着仪器，难下决断。

2011 年 5 月 8 日写于太仓先飞斋；

原载《文学港》2012 年 4 期。

"扬州瘦马"

宋代时，有四人闲聊人生最向往的三件事，甲曰"有大把钱财"；乙曰"做扬州刺史"；丙曰"骑鹤升仙"；丁想了想曰："腰缠十万贯，骑鹤下扬州"。

读者一定会问：骑鹤下扬州去干吗？

据笔者考证，主要为了"两水、两瘦"。"两水"指"早上皮包水，晚上水包皮"，即早上喝早茶，晚上泡浴池。"两瘦"指瘦西湖与"扬州瘦马"。瘦西湖的美景名扬天下不用解释，这"瘦马"，时至今日，恐怕很少有人知晓了。

好吧，容我稍作解释。唐代时，审美偏向丰满，明代时，则倾向于苗条。我不说，读者也了解，扬州的盐商往往富可敌国，通常一个个大腹便便，因为看惯了肥的胖的，也就厌倦丰乳肥臀，特别欣赏瘦的。于是催生了一个专门迎合扬州盐商病态审美的人肉市场——扬州民间有人专门培训批量的可以嫁予富商作小妾的年轻女子，这些女子无不以瘦为美，世称"扬州瘦马"，在明清时曾名噪天下。

在明代，培训"瘦马"算是一项暴利的投资。投资人先从人贩子手里买下穷人家七八岁长相好的女孩，然后对她们进行魔鬼式的瘦身训练，化妆技巧培训与琴棋书画、女红、烹饪等方面的学习，以及待人接物的调教。

魏二爷是这个圈子里的行家，他手下调教出的"扬州瘦马"，不仅仅供给扬州的盐商、富户，还销往南京、苏州等其他城市，他懂得什么货色可以待价而沽，也懂得该出手时就出手。作为这个圈子里的大哥大，他的瘦马是分等级的，一等是一等的价，二等是二等的价。而且，他已做成品牌，到了无需上门推销，自有源源不断的客户上门看货、订货的程度，生意做得风生水起，银子赚得盆满钵满。

　　这不，看货的又来了，来者系娄城里的殷实大户茶商陈公子，以魏二爷眼力，是个肉头厚的，可以宰一刀的。魏二爷打一响指，牙婆扶出一位头挑的瘦马，曰："姑娘拜客。"瘦马很礼貌地下拜。又曰："姑娘走两步、姑娘转个身。"瘦马一一照做，牙婆又曰："姑娘借手瞅瞅。"瘦马伸出手，撩起袖子露出臂来。陈公子一看肤白肌嫩，亭亭玉立，兀自点了点头。随即问："姑娘芳龄几何？"瘦马答曰："二八"。陈公子心生满意，正想成交，突然想起什么，曰："得再看一下三寸金莲"。

　　一般客人不会直接提出看小脚的，这有点过了。魏二爷面露不快，但想到过会儿开个好价钱，也就不计较了。

　　瘦马迟疑了一下，瞥了一眼魏二爷，终于以手拉其裙，露出了玉笋般的三寸金莲，然后朝陈公子羞涩一笑。

　　陈公子颇为满意，很爽快地摸出银票说："开个价。"

　　魏二爷伸出了右手，陈公子则把自己的手伸进了魏二爷的袖筒里，两人在袖筒里比比划划了一阵，陈公子怔了怔，他原以为撑死了一千三百两银子，没想到魏二爷开出了一千五百两的高价。但陈公子看着瘦马如此可人，甘愿做回冤大头，他爽快地付了银票。

　　陈公子给瘦马起名"月儿"，纳为了小妾。

　　月儿原本是穷人家的孩子，能做陈公子的小妾，过上衣食无忧的日子，她已心满意足,她一心想给陈公子生个一儿半女,以奠定在陈家的地位。但不知为什么,偏偏肚子不争气,两年了,毫无动静。婆婆开始冷言冷语。幸好陈公子还宠着她,受气归受气,日子还一如往常地过着。

月儿的不幸是在陈公子的不幸后。初春的时候,陈公子与手下的伙计去安徽采购新茶,在他们满载而归的路上,碰到了几个打家劫舍的流寇,而这些流寇却标榜自己乃杀富济贫,茶商在他们眼里就是为富不仁的有钱人,不杀你已算开恩,茶叶嘛,自然统统没收。陈公子自认为自己是个守法、规矩的生意人,见歹徒强抢茶叶,就与之论理,结果被一剑刺中当胸,他的伙计拼死来救他,结果被刀劈的刀劈,枪挑的枪挑,只一个跑得快的伙计算没有受伤,还是他带着受伤的陈公子回到了娄城。从此,陈家一蹶不振,家道中落。

婆婆认为都是月儿带来的晦气,是个扫帚星,执意要卖了月儿。此时的陈公子已是半条命的废人一个,他只弱弱地说:"不能这样,不能这样啊!"但他母亲说什么也不会听他的了。

月儿抱着陈公子大哭一场,最后被卖到了阅春楼。阅春楼很有生意眼,打出了"扬州瘦马娄城惊艳亮相"的宣传招牌,竟吸引了众多富家子弟前去猎艳。

陈公子伤好能走动后,瞒着母亲偷偷去了一趟阅春楼,两人见面后,说了些什么,做了什么,没有人知道。然而,当晚传出陈公子与月儿双双吊死在阅春楼的特大新闻。他俩死后,褒的贬的,说啥的都有,《娄城志》上还有记载呢。

2011 年 5 月 8 日写于太仓先飞斋;

原载《短小说》2012 年 12 期;
选载《微型小说选刊》2013 年 7 期。

国鸟竞选记

自从市花市树、国花国树热热闹闹评选后，鸟类觉得人类冷落了它们，他们认为：有国花国树，就应该有国鸟国兽，人类不评，我们为什么不自己评呢？

对呀对呀，我们自己评，这保证更公平更客观更有说服力。

关于评选国鸟的议题得到了鸟类大家族的一致同意，都认为是鸟类家族的一件大事，第一，必须认真对待，第二必须发扬民主；第三必须全民参与。

为了充分尊重民意，评选委员会准备先广泛征求各界意见，任何鸟，不管大鸟、小鸟，候鸟、留鸟，天上飞的，地上跑的，都有资格参与，一时皆大欢喜。

但一进入实质性的评选，各种各样的意见就来了。

第一个落选的是猫头鹰。反对者的理由是单凭名字叫"夜猫子"就不宜评上。白天不露面，晚上似幽灵，一点都不光明正大，一只眼睁一只眼闭，半死不活，阴阳怪气，对领导对大家算什么态度，长相又古怪，还吃老鼠，太恶心了。人类躲着它，为什么？此鸟不吉也，不吉之鸟岂可评上。

第二个落选的是啄木鸟。理由还挺冠冕堂皇的，说啄木鸟、啄木鸟顾名思义就是专啄木头的鸟，这不是破坏树木吗？这鸟每天用嘴对着树木啄、啄、啄，好好的树都让它啄空了，如果真是在捉虫，为什么不叫捉虫鸟？

第三个落选的是乌鸦。理由很简单，既然人类有"乌鸦嘴"之说，可见乌鸦不是好东西。再看它，一身黑，像穿丧服，看着就晦气重重，叫声又那样瘆人。好不容易有块肉，竟被狐狸骗了，让我们鸟类家族的脸往哪搁？说穿了就是个弱智，二傻子一个，让它评上，不被人类兽类笑掉大牙？

第四个落选的是朱鹮。朱鹮非常非常的不服气，它认为自己如今可说身价百倍，联合国教科文组织都关注它，上画报，拍电视，风头正健，它不当国鸟谁当？

反对者只一句话就把它噎死。你朱鹮系濒临消失的鸟类，如果你当国鸟，好是好，但万一哪天你灭绝了怎么办？这影响太不好了，所以你再好也不能评，懂不懂？

经过大淘汰，剩下孔雀、鹦鹉、天鹅、麻雀，鸵鸟、仙鹤、老鹰、喜鹊等8种鸟为候选鸟，最后角逐国鸟。

评选委员会要求候选鸟有一番自我介绍，以争取选票。

孔雀说：套句古诗"天下谁人不识君"，请问有谁不知道孔雀开屏？我们孔雀的羽毛多美啊，孔雀当国鸟，国之幸也，鸟之幸也！

马上有鸟反驳说：你呀，典型的金玉其外，败絮其中，正面看确乎漂亮，转到你背面看呢，一个难看的屁股加屁眼而已。你孔雀除了靓丽的外表外，能派什么用场，还不如老母鸡能下蛋，能炖汤，你还好意思竞选？

鹦鹉见孔雀败下阵来，好不高兴，连忙上前说：我们鹦鹉羽毛一等一漂亮，又聪明伶俐，人见人爱，请问鸟类中有比我们鹦鹉更聪颖的吗？

算算算，不就"鹦鹉学舌"吗，这也值得骄傲？要知道人类最讨厌鹦鹉学舌，如果你评上了，那不让人类小瞧了我们鸟类，以为我们只会学学舌。

天鹅来了个天鹅舞的亮相，说：常言道"癞蛤蟆想吃天鹅肉"，说明啥？说明我们天鹅高贵啊。你瞧瞧，高雅艺术的舞台上跳什么舞，跳天鹅舞，天鹅代表纯洁、爱情……

不行不行，国鸟要有普遍性，才有代表性，天鹅也许很高雅，但属阳春白雪，许多地方的老百姓一辈子都没有见过天鹅，怎么能当选为国鸟。

喜鹊一听，机会来了，它说：我赞成这意见，我们喜鹊才是普天下老百姓最喜闻乐见最受欢迎的鸟儿，喜鹊登枝，自古以来就是好兆吉兆。请问，谁不喜欢喜鹊？

反对声音说：喜鹊历来报喜不报忧，还常常忽悠人。什么"喜鹊叫，好事到"，十有八九让人空欢喜一场，如果喜鹊为国鸟，谁还居安思危。再说了，你喜鹊评上了国鸟，灰喜鹊怎么办？怎么摆得平？

…………

最后只剩下麻雀了，麻雀不亢不卑地说：想必各位都听说过"麻雀虽小五脏俱全"的说辞吧，上了年纪的想必还记得五十年代的"除四害"吧，一位当时世界上最有权力最说一不二的伟人下令消灭麻雀，结果呢，我们

麻雀越灭越多，越灭越兴盛，为何？大有大的难处，小有小的优势嘛，麻雀的生命力在鸟类中最强，与普通老百姓生活最息息相关，老百姓对麻雀最熟悉不过，天南海北，天涯海角，处处都有麻雀的踪迹，假如世界上还剩最后一只鸟，必然是麻雀，鉴于此，麻雀当选为国鸟，最有理由，最顺理成章。

很多鸟都在寻找反对麻雀当选的理由，但一时竟找不到有力的攻击借口。

据说，最后麻雀当选为国鸟。

不知你是投赞成票呢还是投反对票？

2011 年 5 月 25 日写于太仓先飞斋。

李时珍出书

　　用时下的术语，李时珍属于自学成才的专业技术人员，如果不带偏见，不戴有色眼镜的话，李时珍已达到了专家级的水平，属于有资格享受国务院专家津贴的高级知识分子，老百姓把他当神医看，有人还为他树牌位，朝暮磕头呢。不过，且慢，你李时珍水平再高，可你没有文凭，这不冤枉你吧，拿不出正规文凭，你就归于野鸡郎中，有关方面就不认，就不发营业执照，你看病水平高，你口碑好，白搭，就算你有起死回生之本事，也属非法营业，属于取缔对象，打击对象。李时珍已被罚了多次，抓了多次，封门了多次，弄得看病像做坏事，偷偷摸摸的。他不胜其烦，又无可奈何。

　　李时珍干脆离家出走，漂到了京城，也许皇城脚下有伯乐吧。机会来了，皇宫找御医，李时珍揭榜自荐，想去太医院一试身手。在试用、考察期间，李时珍发现太医院的御医并不像民间说的都是天下一流医生，其中不乏挂羊头卖狗肉的，而真有本事的往往遭排挤、陷害、攻击。那些太医开出的药方，只求贵，只求稀，还充斥着迷信、神神鬼鬼、故弄玄虚，李时珍实在看不下去，使他萌生了写一部医书的念头，他觉得对症下药，有的放矢才是最最要紧的。然而编《本草》这样一部相当于官定的中药文献，并不是张三李四想编就编的，但朝廷首肯，李时珍数次向太医院，向朝廷提出此动议，都被认为权威不够而置之不理，几次碰壁后，李时珍愤而离开了太医院，决心以一己之力完成《本草纲目》的编写。

　　从此，李时珍唯此为大，历尽千难万苦，终于在 1578 年完成了《本草纲目》这部书，那年他已 61 岁。当李时珍拿着这部自以为可以传世，可以告慰人生的煌煌大作去寻找出版时，才发现竟没有一个伯乐，没有一家书商愿意出版他的这部花了他毕生心血的巨著。

　　李时珍去接洽的第一家书肆，那老板用甚为轻蔑的眼光扫了一眼长得粗壮黎黑的李时珍，从鼻子里泄出一口气："这书你写的，你想出书？"

　　李时珍很自信地说："对，我写的。一部治病救人的书，一部有利天下苍生的书——"

　　"好好好，你菩萨心肠、菩萨水平，可惜我们庙小，放不下你这大菩萨，另择大庙吧。"

　　李时珍出门时，听到那老板说："一个乡下野郎中，长得像黑李逵似的，还真以为自己是华佗转世，文曲星下凡，保不定是抄袭之作，想让我给他出书，捏鼻子做梦……"

　　李时珍不甘心，找了一个书商又一个书商，可没有一个书商信任他，愿与他商谈出版之事，往往一看他一麻袋的书稿，就挥挥手，让他开路。碰了几次壁后，李时珍学乖了，托了朋友到当时的出版中心南京来寻求出版。经介绍，李时珍找到了南京的大书商贾爷，因有熟人介绍，贾爷没有立即下逐客令，他翻了翻手稿，很内行地说："这书稿不会少于200万字吧，插图不会少于1000幅吧。"

　　李时珍接口说："对，共16部50卷，收药物1892种，收药方10000多个……"

　　贾爷笑笑说："有《金瓶梅》好读吗？有《肉蒲团》好看吗？有仇十洲的春宫画吸引人吗？你自己说，哪位看官会出钱买你这无情节无人物无刺激的药方看呢，除非他有病！"

　　李时珍一时语塞，愣了半天说："他们那是娱乐性、消遣性的，我这书是科学，是救人性命的……"

　　贾爷说："我是生意人，想必你也听说过千做万做亏本生意不做，这样吧，你自费出版，少印些，就印300册，我给你宣传限量发行、绝版发行。我嘛，贴劳力，贴精神，卖个人情，赚个吆喝，你筹个1000两银子，我帮你这个忙了，谁叫你是我朋友的朋友。"

　　李时珍一听要1000两银子，几乎傻了。为了这书，他早家徒四壁，不要说1000两，就是10两也拿不出，他怏怏地出了书肆。

　　碰壁碰壁还是碰壁。

　　有热心人给他出点子，那些权贵与大款、富婆不是也常通过曲曲拐拐的关系找你看病吗，请他们赞助点，让他们九牛拔一毛，出书款不就解决了。

　　"不不不，我一定要凭自己的本事出书！"李时珍很固执。这出书的事也就一拖再拖，耽搁了两年。

后来有位暴发户找到李时珍说："出书的银子我来，发行的事，我也包了，但有个小小的条件，把我名字也署上。"

李时珍断然回绝。

有人议论李时珍：呆头鹅、榆木脑袋，不知变通。

暴发户气哼哼地说："死要面子，我看啊，你李时珍这书，到猴年马月也出不了。"

有位病人有感于李时珍仁心仁德，妙手回春，建议设法请皇帝题写书名，御笔一题，保证出版，保证畅销。

只是，御笔题字，是平民百姓想做到就能做到的吗？再说了，李时珍也不愿为之。

不久，李时珍遇到一位患怪病的秀才，久治不愈，李时珍用针灸加草药治好了他，秀才感激之余，提议李时珍请文坛泰斗王世贞写序，王世贞的名头响当当，经他推荐，不说畅销，刊印应该没有问题。

李时珍觉得这不失为一法，自己与王世贞有一面之交，当年王世贞在湖北蕲州做官时，他为王世贞诊过脉象，开过药方。于是，李时珍雇船赶到了长江口的娄城，在弇山园见到了王世贞。王世贞是个认真的人，他留下了《本草纲目》手稿，说得看过后才能决定这序写还是不写。

王世贞是大忙人，这一看，断断续续竟看了十年，看罢书稿，王世贞惊叹不已，援笔写下了一篇洋洋洒洒的序文，对李时珍大加赞赏，称其为"真北斗之南第一人"。

李时珍拿到这序文后，大有高山流水遇知音的感慨，书商贾爷见有王世贞的序文鼎力推荐，抱着试试看的心理刊印了《本草纲目》，不想成了畅销书、长销书。可惜的是，李时珍没有等到这书的出版就仙逝而去了。见到此大作的人都在打听：李时珍何许人也？从此，《本草纲目》传矣，李时珍之名传矣。

2011 年 7 月 23 日写于太仓先飞斋；

原载《文学港》2011 年 6 期。

宋江给李逵的一封信

李逵贤弟，你火气小一点行不行？火大了形象不好，火大了也伤身体，为兄的不能不为你着想。

我非常体谅你的处境与心境，你自由惯了，散漫惯了，向往大碗喝酒，大口吃肉，想说就说，想骂就骂，想打就打，想杀就杀，这是绿林草寇的遗风，是民间江湖的陋习，得改改，我们现在已受招安，都是朝廷的命官，属吃皇粮的正规军，岂能像过去在水泊梁山随随便便，无拘无束呢。

　　按论功行赏的老规矩，你是该封个三品四品的官，就算给你个一品、二品，也没有什么不应该的。说句掏心窝的话，我为兄的也想举荐你，提拔你，可你文凭呢？你大字不识一箩筐，连红头文件也看不懂，上次让你签个"同意"，署上自己名字，结果呢，你按了个手印，就像犯人在逮捕证书上画押似的，让那些原本瞧不上咱的酸文人、当官的更小看我们兄弟了，我如何还"内举不避亲"。你呀你，什么时候可以让为兄的我省心省事呢。

　　你去读个电大或党校函授班吧，我去给校长打招呼，你好歹混个文凭出来，到时有了本科生文凭，或者有了研究生文凭，管他真的假的，有没有水分，上面认就成，到时再给你个任命，别人就不好说三道四了。请记住，千万千万不能与教授有摩擦有冲突，只要相安无事就可以了，作业不会做没有关系，我会安排枪手代劳的，有我疏通关系，考试保证你一次性过。

　　还有，你嘴里，时不时冒出的"鸟皇帝""贼贪官""杀上金銮殿""杀他个人仰马翻、屁滚尿流"之类的粗话、脏话，以后不能再说了，"祸从口出"这老话你总听见过吧，现在是和谐社会，要和谐，要维稳。在有些人眼里，你这脾气，你这长相都属不和谐因素，不安定因素，你忍忍吧。你呀，直肠子、大炮筒子，我担心呐，就怕你一不留神在某种不能乱说话的场合，你压不住放了炮，你自己倒霉也罢了，还可能因此连累为兄与众兄弟。你可以去吃，可以去喝，可以去赌，可以去嫖，但就是不能乱说话，管住你的嘴！管住你的嘴！！管住你的嘴！！！

　　我知道你是孝子、大孝子，也知道你老母死得冤，我深表哀悼与同情，但这是一次意外，你为老母报仇的心情可以理解，但这样的话少说几句为好，报仇的事做不得。要知道你老母是被吊睛白额老虎吃掉的，而今，老虎是国家级保护动物，你为母报仇打老虎是违反动物保护法的，一旦被人发现，你麻烦就来了。万一有人用手机拍到你打虎的视频，发到了网上，那你就百口莫辩，不但得不到当年武松的荣耀，还要承担法律责任，罚个五万十万的还算小事，闹不好还要判个三年五年呢。

　　这样吧，为兄的赞助你八万元钱，你在你老母亲遇难的地方，立一块碑，上书"黑旋风李逵老母亲遇难处"，为兄的给策划一下，搞个揭幕仪式，把新浪、雅虎、搜狐、腾讯、网易、GG等等网站的记者都请来，到时宣传上来个狂轰滥炸，我可以打包票，这地方一准成热门景点，成又一名胜古迹，你光坐收门票钱，就发笔财了。如果你有商业头脑的话，趁现在这儿荒山野岭不值钱时，你三钱不值二钱把这一带的地块统统低价吃进，等旅游热起来后，你在附近建五星级宾馆，建游乐场所，开发房地产，保证你赚得盆满钵满。有为兄的给你罩着，这买卖你尽管做，皇上不怕你赚钱，只怕你造反，你一门心思赚钱，皇帝老儿就宽心了。你好好想想，想清楚了回我话。为兄的太忙，你叫手下发个短信给我即可。

还有，你也老大不小了，找个媳妇成个家吧，有女人管住你，我也就放一半心了。浪子燕青喜欢的李师师那样的漂亮妞不适合你，那种打情骂俏、山盟海誓，你做不来，也受不了；林冲嫂子那样的大家闺秀也不适合你，你没有那么多规矩，不懂那样的浪漫，那种缠缠绵绵、卿卿我我，你同样受不了。像一丈青扈三娘、母大虫顾大嫂那样剽悍而强势的女人才合你胃口，可惜她们都名花有主，你还是到乡下找一个吧，有句很土很俗的乡下俚语，谓之"乡下大姑娘，有吃无看相"。你同意的话只要点个头，一切由为兄的为你张罗。

最后我要说一句，梁山好汉个个知道你没有什么花花肠子的，你不贪钱，不图色，青楼不去，戏院不进，为兄的知道，梁山兄弟知道，可皇上不信，太师不信。而且，你越这样清白，上司越忌讳你，你不妨潇洒一点，该玩的玩，就算包个二奶三奶的，又怎么样，钱不够，为兄的给你就是了。你有了把柄在上司手里，上司才会放心你，就不会打小报告说你心怀二心，有再次造反的嫌疑了。

总而言之，言而总之，你好好享受生活，不要再想着梁山，想着忠义厅了。你不为自己想，也得为众兄弟想想吧。要知道你的一举一动，关系到几十条梁山兄弟的性命啊，个中原因，我想你应该明白的。

为兄今天等于与你摊底牌了，字里行间一片苦心，你要好好琢磨，好好记着。拜托拜托！本来应该当面与你说的，哥怕你听了跳起来，就写封信吧。你不认字，就让你手下给你读读吧。

2011 年 7 月 24 日写于太仓先飞斋；

原载《澳门日报》2012 年 1 月 13 日。

老姬的宝贝

　　姬有根家有古董，据说是其爷爷的爷爷的爷爷传下来的，是宝贝，稀世珍宝。翰林弄的老邻居都这么说、这么传，你不信？我信，我绝对信！

　　这姬姓，厉害着呢，姬姓源于黄帝。黄帝姓公孙，号轩辕氏。因生于寿丘，长于姬水，故改姓姬。周文王姬昌你听说过吗？这是中国最古老的皇族之姓啊。

　　姬有根，什么根，皇根啊，虽说这皇族血统到姬有根这一代已很淡很淡了，但总归是皇家血脉。再有姬有根的太爷爷是清代皇宫里的御医，看好了醇亲王的病，慈禧太后一高兴，赏了他一个梅瓶，白釉青花，有牡丹、缠连枝花纹，明代景德镇官窑产品，好东西，十足的好东西。

　　文革中，姬有根为这瓶，差点没吓出神经病来，藏了又藏，最后砌在了厨房间的墙里，才逃过一劫，保存了下来。

　　自上世纪九十年代起，收藏之风刮起，眼看老东西开始值钱了，姬有根把梅瓶从厨房间的墙里取了出来，谢天谢地，竟完好无损。他请娄城收藏协会的会长，外号"老法师"的掌过眼了，老法师看后说是"开门货"，值个几万是不成问题的。当年就有人愿高价收买，姬有根想来想去没舍得。

　　这几年，鉴宝节目越办越火，老东西越来越值钱，撩拨得姬有根越发心痒痒的，他一直关注着鉴宝节目，对照、猜测着自己手里的这梅瓶能值多少钱？就算不出手，把玩把玩，心里也溢出甜来，溢出笑来。

　　年初时，孙子得了白血病，急需钱。这孙子是姬有根的心头肉，宝贝疙瘩，为治孙子的病，姬有根动了卖掉梅瓶的念头。这几年，他看鉴宝节目看多了，也看出了点门道，他知道如果谁的宝贝一上电视，一上鉴宝节目，被专家一夸一肯定，那价钱必直线上升。

　　巧了，真所谓阿巧的娘碰到了阿巧的爹，中国最有名的大收藏家、鉴

赏家牛亦城来到娄城讲课，讲《收藏与鉴赏》，上午讲课，下午鉴宝，每件鉴别一下收500元，没想到排队的隔夜就来了，比菜市场还热闹。

姬有根快七十了，有哮喘病，有前列腺炎，一看这长长的队伍就发怵，但为了救孙子，也顾不得了。因为去晚了，前面至少有上百人，就算每人三分钟，也得排到吃过晚饭才能轮到。姬有根排了不到一小时，小便就急了，实在熬不住就对身后的人打了个招呼冲向了厕所，等他回来，先前排在他身后的那人不见了，瞧瞧这个也像，也不像，瞧瞧那个，还是又像，又不像。他想插进去，谁都不认他，叫他到后面去排队。姬有根反复解释，就是没人信，他差点哭出来，正这时，有位胸前挂"鼎有名文化传播公司"牌子的中年人来调解，最后他说：这样吧，老先生，我们公司来负责你藏品的鉴赏、拍卖，你看怎么样？

这岂不是瞌睡送来了枕头的大好事，姬有根庆幸自己碰上了好运气。

中年人请来了一位秃顶的老者，说：这位是牛亦城的老师扁教授，他破例为你鉴定一下，钱也不收了。姬有根千恩万谢。

扁教授带上白手套，拿出放大镜，从瓶口看到瓶底，然后用一种十分肯定十分欣喜的口吻说：恭喜你，千真万确的官窑梅瓶，老价钱呐。最近英国苏富比拍卖行，也有个梅瓶参加拍卖，造型釉色都不如你这款，但拍了 1800 万，你这个底价可定 2000 万，我估摸有可能冲破 3000 万，假如秋拍时不超过 2000 万，我们公司承诺不收你佣金。

姬有根几乎晕了，这对他来说绝对是个做梦也想不到的天文数字。孙子有救了，孙子有救了。"谢谢！谢谢！！"他喃喃自语。

"甭谢，先办个手续吧，你签个字。"

中年人说：按规定，我们公司负责找买家，佣金百分之十，这佣金等拍掉后从你所得钱里扣，照理要交保证金，你老先生古来稀了吧，算照顾你，免了。

姬有根签过字后，中年人把梅瓶放进了一只专有箱子，再把一张第二联副本交给他，对他说：这凭证你收好，不要弄丢，现在你不用排队，可以回家了，回去敬候佳音吧。我们下个月要进行一次秋拍预展，欢迎你来参加。

姬有根见中年人拿走了他的梅瓶，心里又喜又不是滋味，怀着一种复杂的心情回家等好消息，然而，从此没有了音讯。再一查，说从来没有听说过娄城有"鼎有名文化传播公司"，姬有根木头似地僵在那里，人如掉了魂一般，眼睛都直了定了……

2011 年 7 月 25 日写于太仓先飞斋；

原载《文学港》2011 年 6 期。

猪八戒答记者问

于勒斯：八戒大师，我是联合国教科文组织环球网首席记者于勒斯……

猪八戒：打住、打住，暂停、暂停。首先，我慎重声明：我不是大师。现在大师满天飞，连扦脚皮的、按摩的都称之为大师了，我一个堂堂的仙界天蓬元帅，你不叫一声元帅，却称我为大师，你不是明着捧我实质骂我吗？

于勒斯：好好好，八戒元帅，最近有关您猪八戒的各种正面的负面的消息、报道、段子很多很多，多到真假莫辨。有人说有高手在为你策划造势；有人说你是在自我炒作；也有人说网上的大多帖子是你花钱雇水军写的；还有人说，已经发现有人冒名顶替你猪八戒，在欺世盗名，在招摇撞骗，反正，真真假假，假假真真，读者与网民也给搞糊涂了，为了以正视听，今天特来采访你，以辨真伪。

猪八戒：我是如假包换的正宗正版的猪八戒，不信可以验DNA，可查祖宗18代。

于勒斯：验DNA时间太长，费用太高，不用如此麻烦。你只要回答我几个小问题，立马就知是真是假。

猪八戒：真金不怕火炼，问吧，尽管问。我保证有一说一，没有保留。

于勒斯：从外形看，你与真的无异，到底是真还是假，现我考考你，请问何谓"八戒？"

猪八戒这一下子给问住了，当年师父给自己定的八戒似乎已很遥远了，好像在嘴边，就是想不起来——这脑子进水了，还是让驴踢了，真是的。这个、这个——

于勒斯：看来你的身份很值得怀疑，你在网上可以穿马甲，可以隐身，但在现实生活里，就不那么好混好骗了。

猪八戒：我被无良商人忽悠减肥，多食了瘦肉精，记忆力受到极大影响，容我再想想，再想想。突然，灵光一闪，他脱口说道：一戒不随地吐痰；二戒不瞎闯红灯；三戒不乱扔垃圾；四戒不损坏公物……

于勒斯：罢罢罢，你干脆背"八荣八耻"得了。我来提示一下，"八戒"就是一戒杀生、二戒偷盗、三戒淫、四戒妄语、五戒饮酒、六戒着香华、七戒坐卧高广大床、八戒非时食。

猪八戒：非也非也，我想起来了，师傅让我"八戒"是要我戒"五荤三厌"。五荤指韭、薤、蒜、葱、兴渠；三厌，指不吃雁、狗、乌龟三种动物，因为雁有夫妇之伦，狗有护主之谊，乌龟有君臣忠敬之心。我保护师傅西天取经，一路上斩妖除魔，怎么可能戒杀生呢，西天取经路上，山遥水远，几乎都荒无人烟，哪来美食美酒，哪来高广大床，哪来香华？用得着戒吗？

于勒斯：算你说的有理，你说你是天蓬元帅，那你调戏嫦娥是确有其事，看来你是有前科的。

猪八戒：既往不咎你懂不懂，那些陈芝麻烂谷子还提它干啥，总设计师不是说过不争论，一切向前看吗？再说了，从本质上看，我老猪就是个典型的农民，有物为证，那就是我的兵器——九齿钉耙。十八般兵器刀、枪、剑、戟、斧、钺、钩、叉、鞭、锏、锤、抓、镗、棍、槊、棒、拐、流星锤，你见过将军拿钉耙打仗的吗，那是我爹传给我的，不但传给了我农田里作业的工具，还传给了我农民的美德，诸如对土地的眷恋、为人善良、性格温和、憨厚单纯、忠心耿耿、懂得变通……

于勒斯：吹吧吹吧，你问问读者问问网民，谁不知道你好吃懒做、贪生怕死、贪图女色……

猪八戒：老话说：打人莫打头，骂人莫揭短，你这大记者怎么哪壶不开提哪壶。不过，今天我借这机会，要为自己辩护一回。先说你扣的屎盆子什么贪图女色，那是我的情敌造的谣，情敌是谁就不披露了，反正他追求高翠兰没成功，败在我手下。我一心一意想着高老庄的妻子有错吗？都说男人有权有钱有名就变坏，我变坏了吗？我有找情人、包二奶、招小姐了吗？没有。坊间传闻我与蜘蛛精，白骨精有一腿，你信吗？与我大师兄孙悟空有一腿或许还有点靠谱，我这猪头模样女人会喜欢？美女都恋上帅哥了。

我还要透露给你：著名剧作家吴祖光的儿子吴欢你知道吗，他在香港发表过多篇文章，论述好吃懒做、贪生怕死是人类发展的原动力。你想想，方便面、八宝粥、罐头食品，冰箱、洗衣机、傻瓜照相机、自动挡汽车等不都是因好吃懒做而发明的？装甲车、坦克车、激光导弹、无人侦察机等不都是贪生怕死的产物吗？我一个小农经济的后裔，沾点好吃懒做、贪生怕死的习气，你不觉得很正常吗？你揪住不放，大惊小怪什么，到底想达到什么目的？

于勒斯：嘿，你满嘴的理呢。有人举报你垄断与控制了生猪的饲养、宰杀，暗中操纵、抬高肉价，你如何解释？

猪八戒：我承认我是上市公司猪八戒集团的董事长，我们公司的股票一路看涨。但你说我暗中操纵、抬高肉价，那冤枉我了，我们是在争取自身利益最大化而已。你这大记者应该追究的是瘦肉精、垃圾猪，而不是我们正宗猪家族。

于勒斯：听说你们猪八戒集团已开始向影视界进军了。

猪八戒：不是开始，而是已大有成绩了。最早的动画片《猪八戒吃西瓜》你看过吗？你没有看过，你爸你妈一定看过；还有《春光灿烂猪八戒》、《福星高照猪八戒》、《喜气洋洋猪八戒》、《天上掉下个猪八戒》、《浙版新西游记》、《魔幻手机》等等，不知你看过几部？下一步，我们集团准备重金聘

请第五代、第六代、第七代导演中的大牌分别执导，来个大 PK，至于影片名嘛，告诉你也无妨，《我与嫦娥不得不说的故事》《猪八戒与蜘蛛精》、《猪八戒背媳妇》《天蓬元帅传奇》……

于勒斯：最后问一个也许不该问的问题，几百年来，民间流传不少有关猪八戒的歇后语，几乎清一色的贬意，像猪八戒调戏嫦娥——也不掂量掂量自己；猪八戒照镜子——里外不是人；猪八戒吃人参果——全不知滋味；猪八戒看唱本——冒充识字人；猪八戒戴花——越多越丑；猪八戒做梦娶媳妇——尽想好事；猪八戒吃肉——自相残杀；猪八戒拉着西施拜天地——压根不配；猪八戒擦粉——遮不了丑；猪八戒的脊背——悟（无）能之背（辈）……

猪八戒：你不觉得这是我老猪对中国语言学的贡献吗？你应该建议联合国教科文组织给我老猪颁个杰出贡献奖才对。你不是说你是联合国教科文组织环球网首席记者吗，如果真是，你应该有能耐办成此事，办不成的话，你的身份是真是假，要打问号了。我还要去开股东大会，今天的采访就到此结束。对不起了。

2011 年 7 月 25 日写于太仓先飞斋；

原载《文学港》2011 年 6 期。

国王、宰相与狮子

国王的权力已达到了巅峰状态，几乎所有的重要位置都安排了他最信得过的亲信，如皇宫侍卫队队长是他小舅子，宰相是他的二叔，财政大臣是他的表哥，吏部尚书是他的连襟，兵部尚书是他的侄子……

国王唯一不放心的就是那些反对他的政敌，虽然这些政敌下狱的下狱，软禁的软禁，但人还在，说不定哪天一有风吹草动，就死灰复燃，就东山再起，国王不放心，思来想去，要想高枕无忧只有把政敌从肉体上消灭。

不过如何假手于人达到目的，又不落口实，不担罪名呢？国王想得头都胀了，终于想出了一条妙计——他立了一条规矩：凡反对过国王的政敌必须与狮子决斗，如果被狮子吃掉，那就怨不得我国王，只能说明你有罪；假如能战而胜之，或死里逃生，就大赦免死，表明你罪不至死。

国王饲养的狮子系最强壮最威猛最残忍的，不要说一般手无缚鸡之力的大臣，就算久经沙场的武将，也绝不是狮子的对手，往往两三个回合，狮子就把决斗者扑倒、咬住，最后当场大快朵颐，把大臣的身体咬得鲜血淋漓，把骨头咬得咯咯作响，简直惨不忍睹，让人毛骨悚然。

凡进决斗场的，能活下来的几乎没有，就算侥幸活命，也往往遍体鳞伤，满身疤痕，无不缺胳膊少腿，终身残疾，苟延残喘。

老百姓迫于国王的淫威，敢怒而不敢言，私下的腹诽日甚一日。

宰相觉得国王这样太残忍了，动了恻隐之心，他看出这种酷政暴政的实施使得国王越来越失去民心，他苦口婆心规劝了多次，国王却认为宰相与自己离心离德，国王更怕宰相与老百姓站在一起反对自己，国王越想越不安，越想越害怕，国王动了杀心。

终于，国王找到了借口，借口江湖泛滥，淹没城市，死伤百姓，宰相救援不力，处置不当，要他承担责任。

国王定于四月四日，让宰相与狮子决斗。老百姓听说连宰相也要与狮子决斗，都不相信这是真的，全城轰动，万人空巷，都去一睹实况，现场各式人等，或流泪送行，或看客心理，或义愤万分，或幸灾乐祸，但见牧师正做着祷告，家属准备了棺木，只等收尸。

决斗场上，大有风萧萧易水寒的肃杀。

出来了出来了，瘦骨嶙峋的宰相满脸忧愤地走了出来，他环顾四周，仰天长叹。

狮子也出来了，是一头成年母狮，高高大大，好不威猛无比，它一路小跑，冲向场子中央，长嘶一声，声震半空，母狮又做了一个扑的姿势，再舔舔嘴唇，一副稳操胜券的淡定样，王者气魄毕露无遗。

宰相并无任何畏惧感，只见他对着狮子念念有词，时而感慨激昂，时而娓娓道来，好像在数落狮子的残忍，好像在规劝狮子改邪归正……

国王笑得很开心，他心里在说：傻子一个，事到临头了，还装模作样有个屁用。在他想像中，宰相会死得很难看很难看。

怪事发生了，狮子像听懂了什么，坐了下来，静静地听着。

看台上的数千人闹哄哄起来。

有人拍手，有人欢呼，有人目瞪口呆，有人疑是梦中。

宰相走近狮子，他摸了摸狮子的头，与狮子轻轻地说着什么，狮子像个乖孩子似的，听着宰相的唠叨，受着宰相的爱抚。

"宰相无罪！放了宰相！宰相无罪！放了宰相！"台上的叫喊声一浪高过一浪。

天意难违，民意难违啊，国王无可奈何只好放了宰相，然而国王百思不得其解，怎么可能会这样呢，难道宰相真有神助？郁郁寡欢的国王从此有了心病。

原来狮子饲养者认为宰相在为老百姓着想，在决斗前几天，天天把狮子喂得饱饱的，狮子因而没了食欲。而往常，在决斗前三天是禁止喂食的，必须把狮子饿上三天。只是国王至今没有明白其中原委。

2011 年 7 月 26 日写于太仓先飞斋。

褒贬两画家

　　娄城的绘画源远流长，历史上大家名家辈出。当代，依然有多位名头不小的画家，最出名的当数万画家与水画家，万画家大名万山峰，水画家大名水长流，有评论家说过仁者乐山、智者乐水，都是好名字。如今万画家与水画家被誉为娄城画坛的双峰，好在两位一个画山水画，一个画花鸟画，各有各的领域，各有各的买家，倒也相安无事。

　　据两个画家都认识的人透露：这万画家与水画家年龄相仿，但脾性却迥然不同，譬如两位都带学生，万画家呢，必须他先看上了，认为有培养前途才会收，而且拜师仪式往往很隆重，如果他瞧不上的，再托人说情，

再送厚礼，他说啥也不会收的。水画家呢，只要你诚心诚意，最多好话多说几句，往水画家的家里多跑几次，必成。

娄城坊间有说万画家好的，有说水画家好的；有说万画家不好的，有说水画家不好的。真是奇了怪了，让人闹不清到底咋回事。

其实，有些事还真的不好说死，我是写小说的，不可能像组织部写人事鉴定，一锤定音，哪好哪不好，还是让事实说话，各位看官自己判断吧。

举个例吧：岑局请万画家鉴定一幅署名万山峰的六尺宣《层林尽染》，万画家只瞥了一眼，根本没有细看，就以完全没有余地的口吻说："假的，百分之百假的！我从没有画过这画。"

万画家说这话后，再也不愿多说一句，把颇为尴尬的岑局长晾在一边，自顾自画他的山水了。

岑局长只得悻悻而回，原本以为值十几万，被万画家一句话全泡汤了。岑局长嘴上不说，心里有数，好你个宋经理，竟送幅假画来糊弄我，宋经理托岑局长办的事当然也告吹了。从此，宋经理与万画家结了梁子，大骂万画家不是个东西，挡人财路。

姚老板请水画家鉴定一副落款水长流的《喜鹊踏梅图》，水画家看着那画，笑得很开心说："有意思，有点意思，不过，不瞒你说，我实在记不得什么时候画的，我现在已画不出这样的画了，惭愧惭愧！"水画家这样说，其实已很委婉地否定了此画是他的真迹。

偏姚老板得寸进尺，竟开口说："水老师，你给题几句话吧。这画我要给女儿做嫁妆的。"

水画家想了想，提笔写道："好兆头，好题材，喜鹊吉祥，梅花高洁，愿天天有喜事，年年传佳音。长流题识"

姚老板当场鼓掌，情不自禁地说："水老师，再盖个章，盖个章。"水画家犹豫了一下，还是取出一枚鸡血石姓名章盖了上去。

姚老板走后，水画家的学生很不解地问："老师，这画显然不是老师您的作品，差一个档次呢，您为什么给他题词？"

水画家意味深长地说："别人也要吃饭啊！"

学生玩味了很长时间，才悟出了这句话压在舌根底下的含义。

事后，姚老板说水画家上路，做人大气，哪像万画家，斤斤计较咬死理。

娄城文化界的人都知道，水画家的人缘、口碑要比万画家好得多。若有人要向万画家索张画，即便领导也大难。他门口贴了一张告示：1. 采访不超过十分钟；2. 送礼一律谢绝；3. 索画者免开尊口；4. 买画请到翰墨苑画廊；5. 发表、出集、参展、宣传等请与我经纪人联系；6. 鉴定书画真伪每星期六下午 14：00 后，每件 500 元，其余时间一概不接待。

都说他架子大，都说他财迷心窍。但万画家一笑了之，我行我素。

若问水画家要画，他一般都答应，就是没下文，催急了，他会关照到他学生处去拿，有人怀疑是他学生代笔的，但有心人比对后说至少盖的印章是真的。偶尔也有人把在他学生处拿到的画请水画家写几句，他也照写不误，最多说句"见笑见笑!"

去年万画家与水画家去参加一位同行的画展，不料途中发生车祸，两人同时遇难，据说水画家的追悼会，去的人很多，花圈摆到了告别仪式大厅的外面。相比较而言，万画家的葬礼就冷清多了。

今年的拍卖会上，万画家与水画家的画都有多幅出现，让人难以相信的是万画家的每一幅画，均举牌者众多，价钱一路飙升，越拍越高；而水画家的画最后流拍。

2011 年 7 月 26 日写于太仓先飞斋；

原载《写作》杂志 2012 年 1-2 期合刊，
配发武汉大学新闻学院研究生莫玫瑰的评论
《层层对比显真意》。

拆迁还是保留？

娄城乡下的拆迁风越刮越烈，这次来头挺大，宣传上说是"建设社会主义新农村，集中居住，改善农民生活"，这说法确乎冠冕堂皇，弄得原本有些持反对意见的投鼠忌器，也就最多私底下发发牢骚骂骂娘。

娄城的民主党派民进市委经过调查研究，撰写了《关于保留江南农村风貌的建议》的提案，提案中明确提出要保留三家村，说三家村是始建于宋代，距今七百多年历史了，据地方志记载：宋朝末年南宋皇帝赵昺带了宋皇室南逃，在到达长江入海口不远处，有位妃子又惊又吓，一病不起，无可奈何的皇上只好留下一位姓狄的将军与一队卫士，以及多位宫女保护、侍候妃子，皇上则继续南逃。

这妃子不久病逝于距长江入海口的一个小村里，忠心耿耿的狄将军带领卫士把妃子葬在了长江边的一块高地上，他与卫士也就留了下来为妃子守墓，这些留下来的将军、卫士、宫女后来结婚、生子，繁衍后代，到明代时，形成了唐、狄、俞三大家族三大姓，这村也俗称三家村，一直叫到了现在。

据民进市委的这份提案里说：三家村至今还保留了好几幢明清的老房子，虽然已破败，甚至成了危房，但倒是货真价实、原汁原味的明清建筑，说起来十年浩劫时因为"三家村"这名字的关系，老房子的砖雕、木雕、石雕都遭到了毁灭性的破坏，但整个村子的格局还在，老屋的形态还在。再说了，七百多年来，这唐、狄、俞三大家族三大姓还是出过一些秀才、举人、进士的，最大的官做到兵部侍郎，相当于现在的国防部副部长，还出过诗人、画家、书法家等，应该说有历史底蕴有历史价值的。

这份提案最后转到开发区落实，开发区一把手说：要保留就保留袁家桥村，这是娄城第一个党支部建立地，也是出过第一任县委书记的村，这个村的历史价值、文保价值远在三家村之上。

娄城民进的殷主委对这答复很不满意，有关领导就来找殷主委谈话，领导的态度很明确：保留"三家村"有困难，因为这一带已划归经济开发区，不久就有大项目进来，全部得拆迁，谁阻碍开发，谁就是娄城的罪人！

殷主委据理力争，说：开发我们不反对，但保留一个古村落这是为我们的文化留下根，同样很重要。

领导说：如果凡明清建筑都要保留，那经济还要不要发展，有舍才有得嘛。再说，三家村的农民也不吃亏，这村拆了，这些破破烂烂的老房、危房拆了，我们会负责给他们盖漂漂亮亮的新房，我们将建成社会主义新农村的样板，我们也是在为农民兄弟改善居住条件嘛……

殷主委还想做最后的努力，他说："三家村出过历史人物，出过文化名人——"

领导打断殷主委的话说：与革命历史相比，与我党英雄相比，与红色教育相比，那些封建社会的帝王将相、才子佳人又算得了什么名人，又有多少保留价值。民主党派要帮忙不添乱，要顾全大局，我想这你应该懂的。

殷主委还能说什么呢？

这提案也就不了了之。

拆迁队伍雄纠纠气昂昂地开进了三家村，整个拆迁雷厉风行，机械加人工，没几天，原本密密匝匝房子的一个老村被夷为平地，只剩下一棵600多年的古银杏与几株老樟树在旷野里挺立着，似乎在诉说着什么。

就在三家村拆迁一星期后，市台办主任接待了国民党立法委员的后人狄万青，他从美国来娄城寻根访祖，这狄万青作为国民党的官二代，已弃官经商了，现今的头衔是美国一家世界100强跨国公司的副总裁，说是来投资的，带着几百个亿美元的大项目呢。

市委书记、市长当天晚上就宴请了狄万青，宾主之间，把酒言欢，其乐融融。狄万青说：家父临终有遗言，一定要我代他去看看三家村，把老宅修好，以告慰列祖列宗。市委书记当场表态：三家村一定会保护好的！放心，放一百个心。

市委书记发了话，开发区立马启动三家村重建规划，好在拆迁之前，娄城摄影家协会的几位摄影家专程去拍了大量的照片，依据这些照片恢复并不是难事，只要资金及时到位。

万幸的是那几棵老树还在，定方位就有了参照系。

建筑队伍很快就开进了三家村旧址，热火朝天干了起来，仅仅几个月时间，消失了的三家村再次出现在娄城百姓眼前，有人怀疑这是真的还是假的？不少老娄城还专程跑去一看究竟。看过的都说：比原来的亮丽多了，就是那种历史感、沧桑感荡然无存了。

殷主委在一次市政府征求民主党派意见座谈会上说："早知今日，何必当初，这不是拿纳税人的钱当儿戏吗？

领导脸色不快地说：话不能这么说，情况在不断变化嘛，我们的思维、决策也要与时俱进。当初拆是正确的，现在重建也是必要的……

殷主委想说什么，但终于什么也没说。

2011年7月27日写于太仓先飞斋；

原载《生态文学艺术》2013年4期，收入《小说界》2013年增刊。

一顿中餐

　　用时下的术语套之，夏侯毅属新移民，因为他定居美国了。由于夏侯毅到美国才一年多时间，所以严格地讲他还没有真正融入美国，他的行事方式、价值观念还是中国式的，与那些老美差别颇大。

　　夏侯毅是办理了退休手续后才到纽约女儿那儿的。老伴死得早，女儿不放心他一个人在老家，前几年就动员他移民美国，夏侯毅坚持退休前不谈移民事。直到年初正式退了，突然间感到空落落的，白天长长的，晚上更是长长的，日子变得与上班时大不一样，他不知如何打发那一天又一天

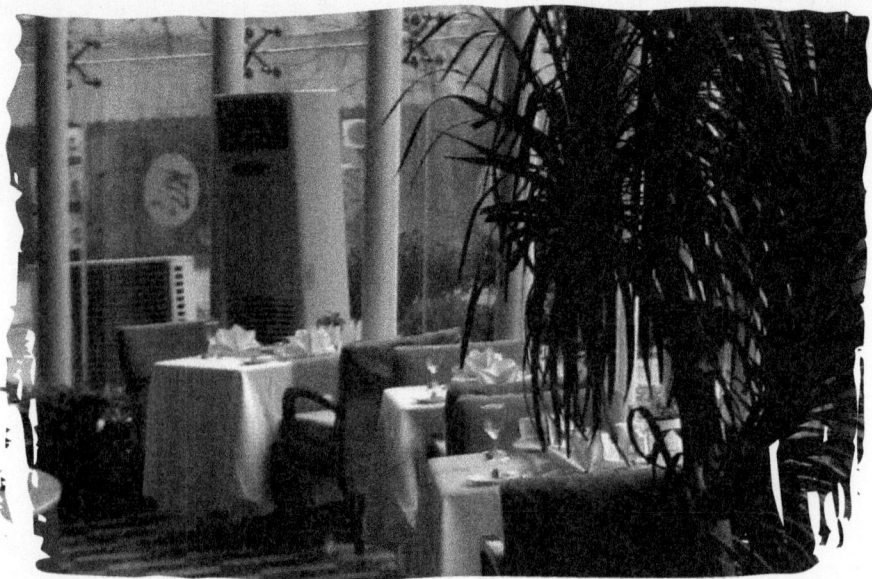

孤寂的退休生活,在女儿的一再催促下,他勉勉强强去了完全陌生的美国。

夏侯毅不会英语,又不善交际,他活动的范围极为有限,基本上是女儿居住的那个小区,他所认识的,几乎清一色会讲中国话的华人华裔。

凭良心说,女儿对他不错。休息天或休假日,就会开车带老爸去外面转转,先后去了曼哈顿,去参观了联合国总部,去看了帝国大厦、克莱斯勒大厦、洛克菲勒中心、世界贸易中心,还去了著名的纽约证券交易所,也去了黑人聚居的哈莱姆街区,与著名的唐人街等等。

但时间一长,夏侯毅感觉那洋女婿麦迪森与自己似乎有点隔阂,特别是有一次女儿出差,他与洋女婿麦迪森一起过了三天,那三天就别别扭扭的。那麦迪森烤的牛排最多三分熟,红红的血都在上面,怎么吃得下,还有那蔬菜麦迪森全是生吃的,像包菜、花菜夏侯毅还能皱着眉头吃几口,那蘑菇、洋葱叫他生吃,他如何吃得下口。到第三天,夏侯毅实在忍受不了了,就一个人走出了家门,准备自己找点中国餐犒劳一下自己的五脏庙,但又怕自己洋泾浜英语出洋相,正为难之际,看到了一位差不多年龄的杨教授,这杨教授八十年代就移民美国,已基本美国化了,杨教授的英语那可说是狗撵鸭子——呱呱叫,夏侯毅顿时有了主意,他很客气地与杨教授打了招呼,问杨教授饭吃过没有?杨教授随口回答:"还没有。"

夏侯毅一听,连忙说:"杨教授,我请你吃饭,不,你陪我吃顿饭。"

"请我,为什么?有事吗?"

"不为什么,没事,真的没事。"

杨教授正想推脱,夏侯毅说:"走吧走吧,看得起我老弟,就一起吃顿饭。"

杨教授有点被绑架的味道,耸耸肩,与夏侯毅去了社区外的一家中国餐馆。夏侯毅来美国一年多了,女儿几乎没让他花过什么钱,故手头可自由支配的美元足够他吃几顿大餐。夏侯毅点了花生米、煎臭豆腐、水煮鱼、麻辣豆腐、东坡肉、红烧狮子头、片皮鸭、糖醋鳜鱼、西湖莼菜汤等,还要了一瓶五粮液,这一顿吃得夏侯毅好开心,好满意,他一个劲劝杨教授:"喝,喝,干了,干了!"

杨教授见两个人点这么多菜,心想这老弟十有八九有什么事会求我,一边喝一边等夏侯毅开口,谁知这夏侯毅好像一喝酒把正事忘了,绝口不提其他事,弄得杨教授闹不清这夏侯老弟葫芦里卖的什么药。吃罢饭,走出饭店,准备分手时,杨教授实在忍不住,说:"夏侯老弟,有什么事尽

管开口，只要我能办到的一准给你办。"夏侯毅这时已有点喝高了，他大着舌头说："没、没事，真、真没事。"

夏侯毅回家美美地睡了一觉，醒后也就把这事给忘了，但杨教授没有忘，夏侯毅越是不开口，他越总觉得欠了夏侯毅一份情，老在心头挥之不去，简直成了他的一块心病与心理负担。他一定有事，要不然怎么会莫名其妙请我吃饭呢，但会有什么事，杨教授想不出。

这夏侯毅是不是得了健忘症，怎么还不开口，杨教授觉得有点受折磨的味道。

半个月后，杨教授找到夏侯毅，执意也要请夏侯毅吃饭，这次去了唐人街的老上海饭馆，杨教授点了明炉野生鱼、石锅老豆腐、扬州煮干丝、蹄筋炒木耳、西芹炒百合、原味门腔、烤乳鸽、春卷等，还特意要了一瓶水井坊酒，几乎与上次夏侯毅请他吃饭差不多价钱。

这次，杨教授吃的很放松，很舒心。

吃罢出饭馆，杨教授觉得一身轻，负担卸了，笑容浮上了他的脸。

2011 年 7 月 27 日写于太仓先飞斋；

原载《文学港》2012 年 4 期。

走出牢房后

　　终于从牢房里走了出来，四年啊，整整四年，这日子真是难熬。他摸了摸自己的光头，一种屈辱再一次漫上心头，他在心里默默地说：我要报复！我要报复！！一定要报复！！！

　　初冬，稍稍有些寒意，他出狱的第一件事，去买了一顶帽子，遮住了自己的光头，省得大街上的人一见自己就会联想到山上下来的。

　　朱浩任来到了火车站，准备先回老家，看看老母亲。听来探监的古庙镇老乡说：老母亲因为儿子坐牢，气得一病不起，身体已一天不如一天，可能挨不到他出狱了。

　　离开车还有两个多小时，朱浩任在候车室的椅子上闭目养神，脑子里却又闪现出四年前的一幕：那是一个下雨的夜晚，作为饭店厨师的他参加同事的生日聚会，喝了点酒，刚散，他骑着摩托车回家。在一个绿化带边上，他突然瞧见地上躺着一个人，伞被甩到了老远处。朱浩任停车一看，是一位与自己母亲相仿的老妇人满脸是血地呻吟着，看来是被车子撞了，显然肇事司机已逃之夭夭。如果不马上把老妇人送进医院止血抢救，这老妇人的生命就难说了。一条生命，一条活生生的生命啊，朱浩任没有犹豫，就拿出手机报了110，不一会警车就来了，把受伤的老妇人抬上了车。其中一位警察很不友好地问朱浩任说："你喝酒了。"朱浩任很坦然地回答："喝了。"警察拿出酒精测试仪叫朱浩任对着吹气，朱浩任意识到警察误会了，就说："吹什么吹，又不是我撞的，我是学雷锋，做好事。"

　　"呃，活雷锋啊，失敬失敬，是不是还要给你颁个见义勇为奖。"那警察先语带讥讽，又很严肃地说："叫你吹，你就吹。酒后驾车，还撞人，幸亏你报警了，要不然啊——"那"啊"字意味深长。

　　朱浩任在警局里做了详细的笔录，随后，警察宣布：酒后驾车，行政拘留7天。

朱浩任大喊：冤枉！但没有用。

到第二天，问题升级了，那老妇人抢救无效死了。死者家属一口咬定是朱浩任撞的，一定要严惩肇事者。

此时已死无对证，朱浩任就算浑身长嘴也说不清了。结果被判四年徒刑，罚款 20 万。对一个尚未结婚的青工来说，意味着既身败名裂，又倾家荡产，什么前途，什么名誉，全没有了，而这一切的一切都是因为做好事，都是因为混账的警察，吃屎的法官。草泥马，对，让这些警察、法官吃点屎。好，就这么办，弄点人造黄金，塞他一嘴"米田共"。

刚服刑时，朱浩任还想过有朝一日平反昭雪，但不久后的一件事让他彻底灰心了。

由于他以前是做厨师的，服刑期间依然做饭烧菜。一年后，朱浩任每星期有一次外出买菜的机会，不过有个警察跟着，时间久了，那警察对朱浩任也盯得很松，有时警察干脆在车上打盹，让朱浩任自己去菜场买菜。

大约深秋的一个早上，朱浩任挑着菜出菜场时，突然背后有人喊"抓小偷啊！"只见一个二十来岁的小年轻落荒而逃，撞翻了朱浩任的担子，土豆等滚了一地，朱浩任顾不得看小偷抓到没有，连忙俯身去捡土豆，拣着拣着，无意间见到地上有只金戒指，会不会是那个小偷慌乱中掉的，或者故意扔掉的，也许吧，说不定是毁灭证据，逃避制裁，完全可能。

朱浩任把捡到的金戒指交给了那狱警。狱警一脸怀疑地问："你捡的？"

朱浩任说："是啊。"

朱浩任万万没想到的是，那狱警满脸鄙夷地对他说："不会是自己买的一个假货来上交，是想表现表现好减刑吧，你省省了，这一套老啦，不管用了。"

朱浩任顿时如腊月里一盆冰水从头浇下，透心凉，心想原来一旦被戴上犯罪的帽子，就没人会再相信自己了。这对他的打击，甚至比当初判他刑，还要让他失望。

迷迷糊糊、七想八想中，朱浩任听到似乎有人在叫他，睁开眼一看，一个十八、九岁的女孩在叫他，从女孩的衣着打扮与相貌看，朱浩任猜测这是个农村来城市的打工妹，脸上还留着稚嫩与清纯，或许是第一次出远门吧。

朱浩任问："是叫我吗，有什么事？"

那女孩不好意思地说："这位大哥，我要上趟茅房，这些行李你给照看一下，行不行？"

朱浩任见地上放着一只人造革的大号旅行包与一个鼓鼓囊囊的蛇皮袋，又问了一句："你让我照看，你放心交给我，一个陌生人？"

"是啊，你说：行不行？"

"行！"朱浩任很果断地说。

女孩一溜烟似地直奔厕所而去。

等了一袋烟时间，那女孩没有回来，又等了一袋烟时间，那女孩还是没有来。朱浩任看看候车室大厅的钟，还有十几分钟就要上车了，那个女孩怎么回事呀？

播音员已在通知检票了，等，还是不等？等，可能误车，不等，就是误了女孩对他的信任，而此时此刻，这种信任多么难得，多么可贵。等，误车也等。

那女孩终于来了。她一脸愧疚地说："大哥，我拉肚子了。刚出来又拉了，急死我了。谢谢你哦。你是好人，我一看就知道你是好人！"

"你不怕我把你行李拐跑了？"

"不会的，这个世界还是好人多，真的。"女孩满脸阳光。

朱浩任没有时间再听那女孩说感谢话，拿起行李就冲向了检票口。谢天谢地，正好赶上，没误车。

车上，朱浩任还在回味那女孩的话：你是好人！那女孩说一看就知道你是好人！——一股暖流温遍全身，信任真好！

朱浩任原本心头郁结的报仇心理开始动摇了、动摇了。

2011 年 4 月 28 日写于太仓先飞斋。

洋女婿

作为老丈人逯儒道对洋女婿约翰·汤普森是有意见的，意见还不小呢。不过换了其他中国老丈人恐怕也会有意见的。

三年前，逯儒道的女儿逯飞飞大学毕业去了加拿大数一数二的滑铁卢大学读硕士，这一去就再也没有回来过。这也罢了，今年年初，逯飞飞突然打来国际长途电话，对逯儒道说："老爸，我要结婚了，祝贺我吧！"

逯儒道想怎么事先一点风声不漏，连忙问："女婿什么地方人，干什么的？"

逯飞飞说："加拿大人，叫约翰·汤普森，我同学。"

"什么，嫁了个洋人？这么大的事，你怎么连个招呼也不打，总得带回国让我这个未来的老丈人过过目，拿个主意吧。"

"约翰·汤普森说我俩婚礼一切从简，在加拿大旅行结婚。"逯飞飞说这话时，掩饰不住内心的高兴，全然没有察觉老爸此时的失落与不快。

三个月后，女儿逯飞飞又突然来电话说："我与约翰·汤普森已经到北京了，公司派我们负责中国地区的业务。"

"那先回娄城老家来看看。"逯儒道多么希望见见三年多不见的女儿。

逯飞飞马上说："我俩刚到北京，千头万绪，暂时走不开，这样吧，你来北京住一段时间，反正公司给我俩租的房子足够住。"

就这样逯儒道去了北京，女儿逯飞飞与约翰·汤普森开车来接的。凭良心说，洋女婿约翰·汤普森是位很帅的小伙子，一看就知道干练、精明。

逯儒道才去了没几天，逯飞飞就被公司派出去出差，得三天后回来。约翰·汤普森也很忙，中午不回来吃，晚上说有客户应酬又没有回来，他打电话对老丈人说：可以叫外卖。

逯儒道连吃了两天外卖，胃口都倒了，可他又不善做饭菜。

第三天是星期天，约翰·汤普森休息。逯儒道估计这洋女婿也做不来什么中国饭菜，就提出请女婿开车出去转转，到时去饭店搓一顿。

约翰·汤普森想了想说"行！"翁婿俩就高高兴兴出了门。约翰·汤普森建议去金山岭长城，说那儿景色绝佳。逯儒道想，你开哪儿我去哪儿，就点头同意。

金山岭长城景色还确实有特色，逯儒道玩得饥肠辘辘，才想到去找饭店。约翰·汤普森找了一家当地最气派的饭店，坐定后，对逯儒道说："自己点，爱吃啥点啥。飞飞不在，我们俩放开。"

逯儒道觉得女婿请老丈人吃饭天经地义的，点就点，看来这位女婿不差钱。

大饭店的菜真的不错，逯儒道喝得有点兴奋了，他估摸这一顿，连带一瓶红酒，千把块钱是要的。结账时，女婿看了看账单，摸出一张银联卡划了一下。

洋女婿还挺大方的，逯儒道早先对洋女婿的不满此时烟消云散了，他生出了这女婿还算满意的想法。

逯儒道刚想立起身走，服务员要他也划一下卡。不是女婿已划卡付了吗，怎么还要我划卡？

服务员说："你们不是 AA 制，各人付各人的账吗？"

逯儒道气坏了，岂有此理，女婿请老丈人吃饭，还要老丈人付钱，他刚想发作，一看那服务员在边上，他不想大庭广众丢这个脸，就甩出一叠百元钞，气哼哼地说："多少钱，你自己拿吧。"

"不玩了，回去！"逯儒道气不打一处来。

出饭店门时，传来了一阵悠扬的二胡声，原来有位腿残的老者在拉琴乞讨。这逯儒道在家乡看得多了，知道属乞讨专业户，就没有理会，谁知约翰·汤普森停了脚步，似乎在欣赏这并不美妙的音乐。听了一会，他摸出一张百元钞票递给了那拉二胡的老者，还说了声："你拉得真好。"

逯儒道当时没说什么，上了车，忍不住对女婿说："你挺大方的，一个讨饭的就给一百元。"

约翰·汤普森马上说："这属艺术范畴，他付出了，我欣赏了，给一百元应该的。再说了，他是残障人，我们健全人帮帮他不应该吗？"

"应该，应——该——"逯儒道故意拖长了声音，那言下之意是你请老丈人吃饭就不应该了？

回到家，约翰·汤普森拿出计算器算了一下，最后郑重其事地对逯儒道说："今天的汽油费 200 元钱，得你支付，因为这车是公司配给我工作用的，我今天带你去玩金山岭长城，已经属于公车私用，但好在今天是休息天，可以原谅，但我们不能再揩公司的油。"

"你、你，你还是不是我女婿，我把女儿都给了你，你却对老丈人如此抠门——"逯儒道几乎发作。

"老泰山，此话差矣，怎么能说你把飞飞给我呢，我们是真心相爱，我们是平等的，不存在谁给谁。就像你与我，在人格上也是平等的，在经济上是独立的。你是我老丈人，我敬重你，我今天花了时间来陪你游玩，照理应该你请我吃饭的……"

"我明天就回去！"逯儒道对洋女婿的印象再一次降到冰点。

当晚，逯飞飞回到了北京。逯儒道再也忍不住了，向女儿埋怨开了，没想到女儿一点不觉得奇怪，反而劝父亲改变改变老观念，还说：我与约翰·汤普森结婚到现在都是 AA 制的。

逯儒道听后，看女儿的眼神像看外星人似的。

2011 年 7 月 29 日写于太仓先飞斋；

原载《羊城晚报》2012 年 9 月 10 日；
转载于《现代女报》2012 年 10 月 18 日；
选载于《微型小说选刊》2013 年 6 期。

模仿家长游戏

娄城的实验幼儿园是一家民营性质的幼儿园，园长童艾艾是位海归，据说在美国学的就是幼儿教育。

她回娄城后，原本有机会进政府机关，但她连犹豫也没有犹豫就放弃了，她说她适合做教师，喜欢做教师，她发誓要在幼教领域闯出自己的天地。

童艾艾招聘的教师全是 80 后 90 后，第一要有爱心，第二要有真心，第三要有耐心。

在童艾艾的幼儿园，学生主要是做游戏，用童艾艾的话说，就是给孩子们营造一个快乐童年的环境与氛围。

有一天，童艾艾又与孩子们一起做游戏，游戏的内容是"我也做一回家长"，要求孩子们模仿爸爸妈妈日常生活中的一个典型片段，各自表演一番。

童艾艾没有想到，这个游戏得到了孩子们普遍的欢迎，一个个都跃跃欲试，争着要先表演。

为了使表演更具真实性，童艾艾说，孩子们可以自由结合，互相配合，譬如谁主演爸爸的，可以临时找一个搭档，扮演妈妈；同样，谁主演妈妈，也可以找一个搭档，配合演爸爸。

这一来，孩子们乐坏了，兴趣十二分高涨。

第一个出演的是何乐乐，何乐乐的父亲是一把手局长，他在家里绝对是小皇帝，来实验幼儿园后，那种唯我独尊的坏脾气已改了很多很多了。这次何乐乐邀请林曼琳搭档，林曼琳的父亲是古庙镇的副书记，两家原本认识，住一个小区，所以林曼琳也很乐意与何乐乐一起演。

两个小家伙嘀咕嘀咕了半天，童艾艾以为他们一个演爸爸，一个演妈

妈，结果何乐乐演局长，林曼琳做他下属，演上门来送礼。林曼琳一上场就东张西望，像做贼似的，她拎了不少东西，来敲何乐乐家的门，何乐乐开门一看林曼琳带着这么多东西，立马拉下脸，说："干什么，大包小包的，我又不开百货公司，拿回去拿回去，听见没有！"说着把门用力一关，嘴里还自言自语地说："拎不清！"

林曼琳拍拍头，一副很懊恼的样子，她拎着东西悻悻而去。

不一会，林曼琳再次上场，这回她手里有了一本书，快到何乐乐家门口时，她摸出手机，发了个短信。然后，笃笃定定地敲响了何乐乐家的门，他见何乐乐来开门，就很随意地说："刚从新华书店回来，买到一本好书，顺便拿来给局长看看。"放下书，她突然想起什么说："局长，我还有事，我先走了。你慢慢看。"

林曼琳走后，何乐乐演的局长翻了一下书，见里面有个信封，就把信封往口袋里一放，把书一扔，说："总算与时俱进了。"

下面看演出的孩子们都说："信封里是什么？拿出来看看。"

童艾艾不知如何回答孩子们的话，心里很不是个味。

第二个上场的是胖墩崔大富，他父亲是企业家。胖墩招呼了何乐乐、林曼琳一起上场。一上场，胖墩就粗喉大嗓地说："三缺一怎么行，赶快打电话，赶快打。"

236

何乐乐摸出手机，问胖墩："今天叫谁？"

胖墩抓过手机，按了一串数字，说："十万火急，三缺一，三分钟内必须赶到！"

一会儿，叫郭金娜的女孩匆匆赶来。

四个人在一个桌子上做着搓麻将的动作，嘴里还发出洗牌的声音。

何乐乐、林曼琳、郭金娜分别作着摸牌、看牌、碰牌的动作，嘴里不时发出"三索""十万""红中"等，突然，胖墩大喊一声："和啦！给钱给钱！"随即做了个很夸张的双手撸钱的动作……

孩子们看得很兴奋，都说胖墩演得最好。

第三个上场的是白旭东，他父亲是教师，他把所有的小朋友都请上了场，让大家排排坐，他呢，一个人站着上课，他拿教鞭敲敲桌子，"你们爸爸妈妈把你们送到我这儿来补习，为的什么？不就是想让你们考个名牌大学，将来有个好工作。"

"老师，脑子好使谁来补课，来点诀窍，行不行？"胖墩举手发言。

"行，我白老师今天就透露点诀窍给你们，这些其他老师在课堂上是不会讲的……"

孩子们劈劈啪啪地鼓起了掌。

……

最后一个上场的是常思远，她父亲是作家，她母亲是编辑，她请何乐乐配合他演。两个人背对背，各自敲打着键盘，敲着敲着，常思远用手揉揉颈部，用拳头敲敲肩膀；何乐乐也站起身来，转转颈部，做了几个扩胸动作、爬墙的动作……

孩子们可能已没有耐心了，叽叽喳喳地说："不好看，一点不好看。"

只有童艾艾呆呆地看着，联想起了自己在美国读书的日子。

按童艾艾原先的设想，是要评出最优表演者，给个奖励，但此时此刻，她陷入了沉思，陷入了矛盾之中，这奖到底应该给哪位小朋友呢？

2011 年 7 月 30 日写于太仓先飞斋；

原载香港《新少年双月刊》2011 年 4 期。

沉重的鸡蛋

那是一个暮春的早上，整个御花园里弥漫着慵懒的气息，花艳醉人，花香更醉人。春日的阳光暖暖的，春日的晨风柔柔的。

这日，乾隆心情甚好，早朝后心血来潮想到了去御花园走走。

乾隆一踏进御花园，面对烂漫春色，突然觉得近来忙于看奏章，竟然辜负了这一派春光，想起古人秉烛赏牡丹的诗句，不觉动了诗兴。

乾隆一生好写诗，更喜臣前即席口占，以显文才。乾隆想，与几个太监吟诗作词，有甚雅趣，遂命太监速速去传翰林编修燕志鹏前来。

燕志鹏不知何事乾隆要速召他去御花园，怀着忐忑不安的心情急急赶去。

乾隆见燕志鹏汗涔涔赶来，知道吓着他了。为了使燕志鹏有个好心情陪着吟诗，乾隆轻松地问："燕卿跑得如此慌慌，是否未来得及用早膳？"

燕志鹏见乾隆关心自己的早餐，连忙答曰："臣已用过早餐，刚才正在书房晨读呢。"

乾隆想，自己每日里膳食开支巨大，尚有无从下筷感觉，不知像燕志鹏这样的臣子早餐吃得是什么？于是略带好奇地问："既已用早餐，不知为何点心，不知朕品尝过没有？"

燕志鹏闻此言，一时吃不准乾隆问此话究竟为何意，想想自己只是个穷编修，哪能像那些一品二品的大员那样日日山珍海味，精美糕点。于是陪着小心说："回万岁爷话，臣自小家贫，节俭惯的，从不敢铺张，今早餐仅食四枚鸡蛋，一碗豆浆而已。"

"什么，一顿早餐吃掉四个鸡蛋，一碗豆浆，还在大言不惭地说节俭，说从不铺张。"乾隆大吃一惊，用异样的眼神打量着燕志鹏。

乾隆想：一枚鸡蛋十两银子，四枚鸡蛋就是四十两银子，外加一碗豆浆，一顿早餐就吃掉四五十两银子，竟然还叫穷。真正是不查不知道，一查吓一跳。试想，一顿普通的早餐尚且要花四五十两银子，那中餐晚餐呢，岂不每天至少两百两银子吗？若是宴请，更是花费要翻几番吧。他一个编修，每年的奉禄有限，如何能如此大手大脚？乾隆不细想还好，一细想心头兀自一沉，你想想，若以平均每天二百两银子计算的话，每月就是近万两银子的花销。每年就得不少于十万两银子的支出，这还仅仅是花费在一日三餐上的，其他呢，衣、住、行，人来客往，生老喜丧，那样不要白白花花的银子，如此说来，朝廷的那些奉禄还不够他早餐吃鸡蛋费用呢。想到这里，乾隆不寒而栗。因为这已是秃子头上的虱子——明摆着了——这燕志鹏必有额外收入，要不然如何维持这奢靡的开支？

乾隆在痛心之余，又为自己这偶然的发现而暗暗高兴。因为他深知，一个无足重轻的编修 尚且如此，那些手握重权的朝廷要员更可想而知了。古语曰："千里之堤，溃于蚁穴"。及早发现小洞，就可早早堵住大洞，所谓亡羊补牢，未为晚也。此时，先前的诗兴早不知跑哪儿去了，他已忘了传燕志鹏来御花园的初衷。他只觉得这位一表人材，斯斯文文的翰林编修变得面目可憎。乾隆很想一声断喝，叫左右将他拿下，移送刑部审问。但乾隆没有，他不想无凭无据贸然抓人，他要叫他们心服口服。

燕志鹏虽是个文人，但毕竟宦海多年，今天乾隆遣人来传他，本觉突兀。乾隆之问又问得没头没脑，现乾隆之脸色，分明写满了不满，且露出隐隐杀机，燕志鹏无法理解到底是为了什么，检点自己言行，似乎并无不妥，那么到底是怎么回事呢，难道 这吃鸡蛋违了什么规，撞了什么讳吗？

乾隆见燕志鹏一副丈二和尚摸不着头的样子，知道这燕志鹏肯定还未明白哪点上露了馅，心想，索性点他一点，让他死也免得做了糊涂鬼。

乾隆说："燕卿，你一顿早餐要花销四五十两银，是钱多得用不了，还是穷摆谱？"

燕志鹏一听更糊涂了，乾隆怎么会认定我的早餐要四五十两银子呢。我这吃的普通鸡蛋，又不是孔雀蛋、凤凰蛋。他刚想说市面上一个鸡蛋仅——但话到嘴边他又咽了回去，他突然想起曾听同僚说过内务部的那帮贪官污吏虚报费用，诸如把一个鸡蛋报成十两银子，从中贪污国库，而账都算在乾隆头上。这个回忆一下使燕志鹏明白了一切。此时此刻，只要自己秉直相告，说不定乾隆会一声令下，把内务部那些贪官污吏一个个整肃出来，这岂不大快人心。不，就算清得一个内务部，清得了整个朝廷上下吗？从来官官相护，得罪了一个就等于得罪了一批，那以后等着穿小鞋吧。急中生智，燕老鹏说："微臣今早吃的那四枚鸡蛋乃孵小鸡孵不出的坏蛋，乡民贱卖给臣的。"

乾隆似信非信地"哦"了一声。

燕志鹏出得御花园时，内衣已全湿透了。

回到家，燕志鹏还惊魂未定，他庆幸自己随机应变，逃过一劫。但随后几日又颇自责，自己怎么变得如此贪生怕死，变得如此丧失人格。古来就有"文谏死"的说法，绝佳机会在眼前却白白放过，还违心说假话。我燕志鹏还算人吗？我还有什么脸面名为"志鹏"，他悔恨不已。

乾隆毕竟不是庸碌之辈，他从燕志鹏说话的神态、语气中又感到了什么，他冷静一想，立即想到了事情的另一面——难道一枚鸡蛋真要十两银子？乾隆一想到这，更感到背脊一阵阵发凉，他一拍龙桌，愤愤道："一个个竟都欺瞒朕，一个个都不说真话。"

"来人哪！"乾隆火气十足地喊了一声。

据史书记载：那次内务部被杀了多人，流放多人。

原发《天津文学》2012 年 4 期；
转载于《小小说选刊》(半月刊) 2012 年 11 期，
配发衡山点评；
转载于《读者》(半月刊) 2012 年 12 期；
转载于《小小说月刊》2012 年 9 期；
转载于《微型小说选刊》(半月刊) 2012 年 23 期；
进入"2012 年中国小小说排行榜"；
收入杨晓敏主编的 2013 年 1 月版《2012 年中国年度小小说》；
顾建新教授在《花开烂漫——< 小小说选刊 >2012 年 6 月排行榜》一文中重点评论此文。

附　录

创作谈：

把主要精力放在创作上
凌鼎年

　　我是1994年加入中国作家协会的，一晃第19个年头了，快得让人感叹。回顾参加中国作协以来，堪以自慰的是我自九十年代以来，每年都创作30~50万字的作品，平均每年出版一本个人集子，没有虚挂中国作协会员这头衔。

　　我因担任的社会兼职较多，每年总要多次外出参加各种社会活动，我也知道这些社会活动占去了一定的时间，但事情往往有利有弊，外出活动利在开阔眼界，发现素材，积累人脉关系，接触那些高层次的专家、学者，思想碰撞，提升境界，常常受益匪浅。每次外出参加活动回来，我就有创作的冲动，就有不少题材奔涌到笔端，于是我再忙再累，也要挤时间写。

　　可能我发表的作品比较多，常常有读者来信问我，甚至在我外出讲课时有人当面提问：你写作上有何秘诀？

　　我曾答之：多读，多思，多跑，多写。这是我在创作实践中得出的经验之谈。也许，这就是所谓的秘诀吧。

　　为了写这篇文章，我总结为"勤于读书，勤于采风，勤于思考，勤于动笔，勤于交流；善于读书，善于发现，善于思考，善于选择，善于反馈。"

　　我为什么在"勤于"后而再加个"善于"呢，因为光勤，如果不得法，就会事倍功半，如能做到善于则事半功倍。就以读书而言，不读书，少读书，想要创作有后劲，难矣。有些作家开始其势如洪，但后来也就灿烂如虹，美丽一阵就消失了。没有读破万卷书作垫底，没有不断地汲取、补充，那么重复自己，重复别人，捉襟见肘，力不从心是早晚的事。

　　古人曰"读万卷书，行万里路"，行路也即采风之一种，跑得多，见多识广，学书本上学不到的知识，对创作有百利无而一害。我有一朋友是写中短篇小说的，有次笔会不久，我即读到了他的一个中篇，其背景就是那次笔会所在的风景区，还涉及了当地少数民族的民俗民情，用上海方言讲即"像真的一样"。这种现学现用，活学活用也算是一法。我不善现拿现贩，但行万里路确乎给我带来了创作上的诸多便利，例如我从小生活在江南水乡，对大漠，对戈壁，对少数民族应该是陌生的，但我创作的《消失的壁画》与《猎人萧》等多篇作品属边陲题材，与草原与大漠有关，为什么我一个长期生活在长江入海口的南方人也能得心应手这类题材呢，原因之一是我去过新疆、内蒙古讲课，讲课之余当然少不了采风，故而对草原对戈壁对洞窟艺术、对剽悍的牧民与草原民俗民风我并不陌生。

当然，一个成熟的作家，一个优秀的作家，思考是他的基本功。按我的观点，一个杰出的作家必须是一个杰出的思想家，一个作家的思考有多深，他的作品内涵就有多深。没有自己独立思考习惯，没有自己独到的见解，永远也不可能成为大作家。

我不敢说我的思考有多深，但我从不人云亦云，为此，我吃了很多亏，有些领导至今不喜欢我，但我不悔。我思故我在，我思我的作品在。我的作品，特别是我的微型小说，不说篇篇有思辨，有思想锋芒蕴于其中，至少有相当一部分是对历史对社会对人生思考后的产物。譬如《皇帝的新衣第二章》就渗透着我的思考，我把对当今社会，特别是官场中不说真话的现象，以及由此产生的忧虑都糅进了作品中，意在唤起读者对此问题的重视与警觉。我想这样的作品才是有深度的，也只有这样的作品才是经得起时间的检验的。

老话说"勤能补拙"，勤动笔，才能有作品问世。没有新作的作家是可悲的，"快乐死亡"的作家也是很可悲的。还有些初涉文坛，或小有名气的作家不把主要精力放在读书上、创作上，却凭小聪明玩起了"功夫在诗外"，这其实是作家的末路，千万学不得。所以我尽管近年的社会活动一年比一年增加，但我有一条雷打不动坚持着，那就是双休日、节假日，没有特殊事情，我一准爬格子为大，乐此不疲，乐在其中。因为有了作品，有了好作品，说话就有了底气，也就不怕别人戏称我为"社会活动家。"

勤动笔不等于善动笔，或者说勤动笔不一定能写出好作品来，如果只有数量的增加，没有质量的提高，数量就毫无意义，勤动笔就失去意义。因而，在勤动笔前，还要善于发现与善于选择。同样读一本书，同样游览一处名胜，同样面对一个题材，有人能写好，有人未必能写好，生活积累，学养积累固然是条件之一，但能不能发现，发现后如何量体裁衣，材尽所用，就看各人的慧眼，各人的本事了。我的意思，有了生活有了素材，照搬照写肯定是笨办法，高明者则举一反三，联想、生发开去，可写长的写长的，可写短的写短的，合适写小说就小说，合适写散文就散文，不强求一定要写啥写啥。这就使自己一直处在一种自由心态下，这样，写作状态就较为放松，一颗平常心，少了功利目的，容易出好作品。

最后是交流与反馈。这涉及到一个心胸宽不宽的问题，古人云"兼听则明，偏听则暗"、"旁观者清，当局者迷"，所以多与同道同行交流交流，多听听读者，听听评论界的批评，只有好处没有坏处。一个作家再博览群书，通读百家，也难以穷尽所有学科的知识，也不能打包票说他自己的文章中不出现硬伤，"三人行，必有我师矣"，不耻下问，多听反馈，对自己已写的作品及未写的作品都有修洞补漏，促进提高的作用，这何乐而不为呢。

撇开以上这些不谈，我的写作习惯对我创作持久与后劲也大有帮助，多年来我平时几乎不写一篇作品，星期一至星期五，我读书翻杂志，回复读者来信，参加社会活动，积累了素材题目后，双休日则一鼓作气伏案写作。这样有张有弛，不会多写了而出现厌写的心理，也不会因天天提笔，而失去了对写作的新鲜感与亲切感。每星期必写，也不会长期不提笔而提笔千斤重。总而言之，每星期五天读书、思考，为两天的写作垫底、服务，是使我常年处于较佳写作状态的法宝之一。各人各法，不知我的办法，是否适合别人，如学之有效，我不会收专利费，如学之无效，我也不承担误导之责任。

今年，我收到三家出版社的约稿，有三本小小说集子正在出版，我不愿我的集子作品老是重复，为了使这本新的集子里有三分之一以上的新作，我集中精力与时间一鼓作气创作了数十篇小小说，打破了平时的写作习惯，现选录36篇收在"辛卯年新作"小辑。

"把主要精力放在创作上，让作品说话。"这是我多年来对自己的要求，在此，也与文友们共勉。

《西湖》杂志发表评论家与凌鼎年的对话

　　《西湖》杂志 2010 年 10 期，发表了著名评论家姜广平与凌鼎年 2 万字的对话《我不是坚守"小"，我是选择"小"》。凌鼎年用 1 万多字的篇幅就小小说的创作、小小说的前景等一系列问题与姜广平进行了探讨，阐述了自己的观点。姜广平肯定了凌鼎年多年来小小说创作上取得的成绩，特别是对凌鼎年在推进这种文体的发展上，与促进小小说海内外双向交流方面的努力更是赞赏。

　　姜广平是南京《今日教育》的主编，在河南的《莽原》与浙江的《西湖》同时主持两个与作家的对话栏目，已成为这两家刊物的品牌栏目，全部是与我国当代著名作家、当红作家的对话，与微型小说作家对话还是第一次。

访谈、对话：

"我不是坚守'小'，我是选择'小'"

姜广平、凌鼎年

导语：

凌鼎年是一位将小小说当作事业的作家。也是凌鼎年，使文学界与读者对小小说有了更深刻的体认。

最早论及小小说源流的是小小说理论家江曾培。他在《微型小说初论》中认为，小小说"古已有之"，中国小说的发展过程就是由小小说而短篇而长篇，不断进步的。不过在此发展过程中小小说并没有引退，而是按照自己的发展轨迹前进着，并不断出现了一些堪为小说史增辉的作品。

在国内诸多小小说作家中，凌鼎年可谓一种"现象"——产量之丰、质量之高，都是国内具有代表性的。不仅如此，在将这一文体走向世界方面，凌鼎年作出了不懈的努力，并获得了不俗的成绩。此外，凌鼎年借助自己的影响力，通过几十年不间断的努力，使小小说这一文体具有了广泛而高度的世界性认同。

关键词： 小小说　节奏　欧·亨利式结尾　精品　精品意识

姜广平： 小小说，其实大有意味，作家奥莱尔的名篇《在柏林》、欧·亨利的《麦琪的礼物》、陈启佑的《永远的蝴蝶》、聂华苓的《人，又少了一个》等篇什，我曾非常醉心过。

凌鼎年： 你提到的这几篇都是小小说的名篇，海内外各种报刊多次选载、转载，各种选本多次选用，评论家反复评论、提及，有评论家甚至定为经典之作。这几篇我都读过，《麦琪的礼物》印象最深，特别是由此而引申出的欧·亨利式的结尾，对我国的小小说创作，曾经产生过较大的影响。当然也有作家反对欧·亨利式的结尾，认为导致模式化。我觉得"出人意料，情理之中"依然不失为小小说创作的手法之一，特别是初学者通常比较喜欢这种结构手法。但切忌一以贯之，反复使用同一结构法，读者必会感到乏味。

姜广平：国内像汪曾祺的《陈小手》、许行的《立正》我同样非常醉心。这样的小说，不应以长短论。

凌鼎年：我非常赞同你"小说不应以长短论"的说法。

汪曾祺的《陈小手》与许行的《立正》都是我比较偏爱的小小说作品，这两篇都收到过我主编的小小说选本中，我还给许行的《立正》写过评论。《陈小手》与《立正》，故事都很好读，人物都有血有肉，且立意深刻。以我的观点，《立正》的容量大大超过普通的短篇，完全可以铺排成一部中篇小说，但许行老先生惜墨如金，在千余字的篇幅里塑造了一位让读者过目难忘的"这一个"，这怎么说都是一种成功，都是让人尊重的、钦佩的。

姜广平：同样是汪曾祺的话，我觉得说得非常好："短篇小说的一般素质，小小说是应该具备的。小小说和短篇小说在本质上既相近，又有所区别。大体上讲，短篇小说散文的成分更多一些，而小小说则应有更多的诗的成分。小小说是短篇小说和诗杂交出来的一个新品种。它不能有叙事诗那样的恢宏，也不如抒情诗有那样强的音乐性。它可以说是用散文写的比叙事诗更为空灵，较抒情诗更具情节性的那么一种东西。它又不是散文诗，因为它毕竟还是小说。"

凌鼎年：不管是小小说，是微型小说，其实质还是小说，"小""微型"与"短篇"都不过是修饰成分。所以，小小说应该具备小说的基本要素。记得1994年在新加坡召开的首届世界华文微型小说研讨会上，就有与会者提出"微型小说是与诗歌嫁接的文体"，后来还有研究者认为"微型小说与杂文有亲缘关系""微型小说是与散文最接近的文体"等等，这都是一家之言，不管评论家、研究者观点多么五花八门，我们作家还是坚持小说写法，人物、故事、细节、立意、叙述是最基本的，偶尔的文体探索，只是尝试，只是换换笔法而已。

姜广平：最初，可能小小说只是被当作作家们的试笔，小试牛刀，小试锋芒，偶一逞技。像汪曾祺、陈启佑、刘绍棠、王蒙、赵大年、鲍昌、蒋子龙、刘心武、陈建功、刘兆林、贾大山、毕淑敏、贾平凹等，都曾试笔过小小说，也都写得非常出彩。现在，将小小说独立为一种小说种类，与长篇、中篇、短篇相提并论的时机可能已经成熟了。

凌鼎年：作家尝试各种体裁的写作是天性，谁不希望自己多种文体都能得心应手呢。据我知道，不少名作家都写过小小说，或多或少，有的是心血来潮，偶一为之，有的是换换脑子，换换笔法，更多的是应约而写，也有的带有倡导性、示范性，名家的参与创作，对小小说的发展，对小小说能有今天的规模，可说功不可没。

在上世纪八九十年代，各种报刊小小说、微型小说征文很多，主办者需要名家的支持、捧场，就千方百计约他们写，有的因此写出了味道，有的则是敏锐地看到了这种文体的前景。像王蒙、冯骥才、林斤澜、蒋子龙、聂鑫森、阿成等都出版过自己的小小说专集，其中，冯骥才、林斤澜等作家就比较看好这种文体，写的比较自觉，在多种场合为小小说这种文体说话，为这文体的发展、繁荣推波助澜，小小说发展到今天，离不开他们的支持与鼓励。

姜广平：所以，我非常想要知道你怎么界定小小说这一文体？

凌鼎年：小小说文体的界定应该是理论家或评论家的事，小小说作家最要紧的是就是写好自己的作品。我没有从事理论研究的学者那样有专业的理论素养，要我界定有点勉为其难，我个人认为：小小说是一种顺应时代潮流，适应多元文化状态，符合快节奏生活条件下阅读审美，而又相对独立的小说新文体，其篇幅在1500字上下，已成为普通读者喜闻乐见的一种文学样式。

姜广平：其实，在我看来，小小说就是小说，或者，直接说成是短篇小说。当然，前提是小小说的品质与短篇小说的品质相当。

凌鼎年：小小说原本与短篇小说是不分家的，笼而统之称之为短篇小说，直到老舍、茅盾在《天津文学》的前身《新港》杂志发表提倡小小说创作的文章后，这个名称才为文学界接受。但真正形成气候是上世纪八十年代开始的，这与社会发展，经济发展是相吻合的，是读者有这个阅读需求，才逐步形成读者市场，不是谁想提倡就能提倡的，也不是谁想让之边缘就边缘的。

经过三十年的发展，小小说已形成了自己的作者队伍、评论队伍、读者队伍、编辑队伍，自己的出版市场，应该说已走向成熟。

我个人认为：优秀的小小说并不弱短篇小说，整体相比，就很难说品质相当了。

姜广平：我一直认为，现在，小小说被很多小小说家们搞得格局小了起来，以至于很多人都觉得小小说毕竟是太小了，它无法承载更多的内涵。虽然，我承认，尺幅之内，举轻若重，是小小说的本领。但要做得好，也就是要形成气候，现在看来，是非常艰难的。小小说的外部，文学品种繁多且成熟，可能多少也制约了小小说的发展。

凌鼎年：在纯文学普遍不景气的大气候下，小小说、微型小说能有如此的市面，不说一花独秀，至少也算难得吧。

对于小小说，一直有看涨派与看跌派。有人抱成见地小瞧小小说，总认为这么短的篇幅，怎么可能写出好作品呢，其实小瞧小小说的，大部分是从不看小小说，或几乎不看小小说的，他们怕写了小小说，读了小小说，评了小小说，就掉价。因为他们不了解小小说，对小小说的评价，也就有偏差，或者说不公正。

其实，还是有不少优秀的小小说作品的，要不然也不可能有两百来篇小小说进入海内外大学、中学、小学的教科书。

当然，小小说，单篇要与中短篇小说，与长篇小说相比，肯定无法比肩的，如果想让小小说与中短篇小说具有同样的内涵，这是否对小小说有点苛求了。

小小说参与者众多，其中不乏文学青年、文学爱好者、文学起步者，他们的作品与成熟的中短篇小说作家相比，自然不在一个层面上。我们在评价小小说时，还是要多读选本，多读小小说专业户的集子，实事求是地说，还是有好作品的。

目前的文学市场，有制约小小说发展的因素，也有促进小小说发展的有利因素。手机小说的崛起，可能是小小说大发展的契机。

姜广平：小小说一直以来，不被主流文学重视，认为它就是一种文学的边角料，是难于登上大雅之堂的雕虫小技，只是作为小说家写作之余的调整和补充。这可能也是小小说难以形成气候的原因。但一种情形非常有意味，小小说在青年学生有非常广泛的读者。

凌鼎年：我认为正确的表述应该是：小小说经过自身的努力，正在逐渐被主流文学重视、接纳，并在给予其应有的地位与评价。把小小说视为文学的边角料，视为雕虫小技，是上世纪的陈旧观念，持这种观点的人已越来越少。至于把小小说看做写作之余的调整和补充，那是偶然为之的大腕作家，他们的作品在整个小小说界所占比例极小极小，甚至可以忽略不计。不知你有没有注意到，上世纪八九十年代的小小说选本，选编者尽量把文坛著名作家的小小说作品选进去，不管质量如何，都置于头条、副头条的重要位置，以示分量，但近一两年的小小说选本，大腕作家的小小说作品少了，集子的打头稿往往是可读性强的，内涵足的，底蕴深的，作者的名字似乎淡化多了。这应该是小小说的正常现象，看得出小小说文坛自信了，成熟了。

我的观点与你有些不同，我认为小小说正在形成气候。今年在吉林出版集团与光明日报出版社出版的《中国小小说名家档案》，已全部出版，整整100本，印得也颇大气。据我知道，北京中大文景图书出版公司也准备推出微型小说作家的个人选本100本，组稿已结束。我主编的《世界华文微型小说100强》第一辑已进入出版程序，将在凤凰出版集团出版，如果出齐，也是100本。成不成气候，我想这些事实比我说的应该更有说服力。

姜广平：有一个问题，可能是专营小小说的作家们经常忽略的，就是精品意识。毕竟，小小说的写作，在现代这样的环境下，是更容易成立的行为。

凌鼎年：其实，大有大的难处，大有大的气势，小也有小的不易，小也有小的优势。有人认为，短的比长的更难写，作为一家之言，也不能说完全是抬杠之言。

其实，关于精品意识，在小小说界从来没有忽略过，圈内的作家、评论家一直有人写文章强调、呼吁，每次小小说、微型小说研讨会，也总有类似要注重精品意识的发言与论文。

说来说去，还是认为小小说精品太少。关于小小说精品，确实少了些，与读者，与评论家的期望值有一定差距。但其它文体也同样存在这个问题，现在每年要出版上千部长篇小说，有几部能真正称得上精品？

但你的提醒还是有价值的。小小说界是需要不断有这样的提醒与诤言。

不过，现在有一种误导的观点，总认为写的少就是精品意识，写的多就非精品意识，其实这问题要辩证地看，写不出，硬写，就算十年磨一剑，也未必磨出好剑；有生活积累，有创作激情，集中喷发，一年磨十剑，往往更能出好作品，比如像滕刚的颇受评论家与读者争议、好评的两三百篇作品，几乎都是在两年内一气呵成写出的。

我最高峰时，一年写的小小说超过一百篇，而被读者、评论家认可的作品大都是那时期写的。说句不中听的话，并不是有精品意识就能写出精品的。作为作家，谁不想写出精品，谁不想获诺贝尔文学奖啊，但你想写精品就出精品，你想获奖就能获吗？关键还是作家的深层思考、生活积累、文学修养等综合因素对作品的精与不精起决定作用。

当然，我也看到有些小小说作家的作品有重复自己，重复别人的现象，这还是与少读书，少思考有关系。文化层次在某种意义上决定作品的内涵。一个聪明的小小说作家，当他意识到自己的创作接近制造时，要懂得调整自己的创作思路与创作方向。题材的调整，体裁的调整，都有助于走出低谷，走出被人诟病的非精品意识怪圈。

姜广平：你如何看待小说节奏这一问题？你觉得小小说的节奏又该如何把握？

凌鼎年：这个问题很专业，文艺理论家才说得清，我们搞创作的，谈这个问题可能说不到点子上。以我创作为例，我落笔时不会刻意去考虑节奏，但自己明白写的是小小说，故一般都开门见山，不会像我家乡的一句土话"城头上出棺材——远兜远转"。通常不会有闲笔，不会有过细的描写笔调，叙述尽量简洁，推向高潮后，抓紧收笔，有的干脆把高潮设置在结尾，所谓"抖包袱"，所谓"豹尾"。

写得多了，熟能生巧，写到千余字后，就会自然而然地煞尾。如果一唠叨，一拖沓，字数就控制不住了，篇幅就上去了，就成短篇小说的写法了。

姜广平：在小小说中，有很多精品，往往凝重而大气。很多作品也都是以文化取胜。我发现你的小小说，在这方面也做得比较足。娄城、娄东，一直是你的小小说背景。浓酽的坊间色泽和民间风味浸润了一个个小城故事，书事、画事、石事、茶事、酒事以及园林、拓片、剪裁、花木、演艺

250

之事，各透着历史深层的气息，折射着现实纷纭的世象。这种意义上的江南古城，是不是可以看成是你力图在纸上打造太仓、娄东这样的文学版图呢？看来，几乎每一个作家，都会在自己的童年与故乡这里停留一生。

凌鼎年：每个人的童年记忆往往是最难忘，最深刻，最刻骨铭心的，作家也是如此。尽管我在弱冠之年去了微山湖畔的煤矿，一去就是二十年，但江南家乡的一草一木，一砖一瓦依然在我脑海中挥之不去。当我重新回到生我养我的太仓后，当我用归来游子的眼光重新观察、审视她时，可能我有了南北方文化、民俗的比较，我对太仓的认识远比以前深刻，也比从未远离太仓的本土作家多了一种观照，也就更热爱之。

我的小小说作品也就更多的把背景放在太仓。刚开始时无意识的，我的不少故事发生在古庙镇、七丫镇等江南小镇上，篇幅一多，我开始意识到应该形成集束手榴弹，我就把以后写江南的人与事都置于古庙镇这样一方小天地中。1992年新加坡《联合早报》连载我小小说时，就冠以《古庙镇风情系列》。写着写着，我觉得古庙镇的舞台似乎小了点，难以包容更多的人与事，于是我又设置了一个娄城系列，把古庙镇置于娄城之下，娄城毕竟是县城，有些重大点的故事就可放在娄城展开。这个娄城，以我家乡太仓为主要背景，又不全是，反正是江南的一个县城，我希望娄城故事能打造出一方区别于其他作家的文学版图，不知这算不算一种家乡情结？

都说作家写自己熟悉的生活，因为我与文化圈的人交往比较多，了解他们，知晓他们，写他们得心应手，不用挖空心思去胡编乱造，文化题材也就越写越多，无形中成了我的特色之一。

姜广平：福克纳建构了"约克纳帕塔法"世系，那块邮票般大小的地方便成了非常迷人的地方，贾平凹的商洛地区、莫言的高密东北乡、苏童的"枫杨树村"和"香椿树街"，现在，也成了人们非常称道的文化版图。这方面，其实很多作家都非常着意。所以，你的"娄城"，也一定有着这方面的野心的。

凌鼎年：如果我创作、经营的"娄城风情系列"，有朝一日能像贾平凹笔下的商洛地区、莫言笔下的高密、苏童的"枫杨树村""香椿树街"、王安忆笔下的上海、陆文夫、范小青笔下的苏州，能为读者认可、记住，那当然是最大的快慰，最高的褒扬，我还在努力。

我的"娄城风情微型小说系列"出版后，有多位评论家写了评论，给予了肯定与美言。有评论家在评论我的"娄城风情系列"时，提到了福克纳建构的"约克纳帕塔法"世系，提到了那块邮票般大小的地方，我知道这是对我的高标准，对我的严要求，更是对我的鼓励，对我的鞭策。

日本国学院大学的渡边晴夫教授是国际上有名的小小说研究专家，他对我的"娄城系列"很有兴趣，曾经两次借到复旦大学的机会，来太仓实地考察。

也有外地朋友来太仓，说就是想看看我笔下的娄城风光。这对我来说比获得什么奖都更高兴更快慰。

姜广平：你似乎不以复杂性取胜。像《药膳大师》《万卷楼主》《茉莉姑娘》《盲人夫妇》《洋媳妇》的指向性，似乎都非常单一，就是向善。当然，你的作品肯定不只是这样的取向与指向。但这里的问题，是不是因为小小说体裁本身的原因造成的呢？小小说姓"小"，尺幅之内，似乎没有更大的腾挪空间？

凌鼎年：首先感谢你读了我的作品。你提到的问题是可以展开探讨的。小小说因为篇幅的有限，不可能像中短篇小说那样，更不可能像长篇小说那样人物众多，矛盾复杂，故事曲折，主题多义，其多数作品可能主旨相对单一，这是它的局限性，就像你说的没有更大的腾挪空间。等于传统的戏台上，因其小，只能用挥舞一根马鞭替代骏马上场一样。

关于我作品的价值取向与指向，我也是不断变化的，记得我早期的作品，反封建是我的基本母题；有一段时间，真善美成了我笔下的大宗题材；一度，揭露官场腐败，揭露社会丑恶，我集中写了几十篇；我还写过微型武侠小说、微型科幻小说、微型侦破小说，幽默小说，写过故事新编，写过荒诞派作品，写过文体探索作品，我希望通过题材的变换，主题的变换，多角度、多层次、多方位地写出我对历史、对现实、对社会、对人生的看法，写出我对家乡、对民族、对国家的爱。

姜广平：范小青谈你的作品，我觉得饶有意味，她将你的小说与苏州联系起来了。"读凌鼎年的小小说，使人想起苏州，想起苏州的园林，苏州的街巷，苏州的风格，苏州的人。""苏州是小苏州，园林也是小的，街巷也是小的，苏州的风格是柔的，苏州人的脾气呢，是温和的，很少有大的气派。"范小青其实还应该说说苏州女子，"小家碧玉"，别有一种江南风情。这些可能现在不能再加到苏州女子的头上，但你的小说倒是很好地传承了这些"小"的文化内涵。

凌鼎年：范小青的比喻很有创意，记得我专门写过一篇《小小说与苏州园林》的文学随笔。因为苏州园林讲究"水要曲，园要隔"；讲究"借景"；讲究"以小见大"；讲究"咫尺千里"，讲究"曲径通幽"；讲究"山穷水尽疑无路，柳暗花明又一村"，这对小小说创作都不无启迪。

比起大小说，小小说确实小了点，无论篇幅、内涵，从一般意义上讲，有着重量级与轻量级的差别，不承认就不是实事求是的态度。

我认为苏州的园林最大的特点是精致，但精致不等于小家子气，如果把苏州园林的小，释义为小家子气，是一种误读。这可以联想到小小说的某些误读。小小说也有大江东去，金戈铁马式的作品，像许行的《天职》，沈宏的《走出沙漠》，冯曙光的《二次大战在双牛镇的最后一天》，杨少衡的《复活节岛的落日》，尹全生的《海葬》《延安旧事》，曹德权的《逃兵》《生命》等，以我的审美就很大气。而像白小易的《客厅里的爆炸》，司玉笙的《高等教育》，绍六的《一个复杂的故事》，唐训华的《两地书》，邵宝健的《永远的门》，许行的《立正》，孙方友的《蚊刑》，刘国芳的《诱惑》，滕刚的《预感》，王奎山的《画家与他的孙女》，谢志强的《杨梅》，毕淑敏的《紫色人形》，相裕亭的《威风》，邢庆杰《玉米的馨香》，吴万夫的《看夕阳》，高虹的《唐家寺的雨伞》，罗伟章的《独腿人生》等作品虽然场面不足以震慑读者，但作品所具有的底蕴，又岂是一个"小"字能解释的。

2002年中国作家协会创研部主编的《2001中国短篇小说精选》，选了我的小小说《了悟禅师》，鲁迅文学院副院长胡平在该书的《2001年短篇小说创作漫评》中这样写道："不过一千五百字的一个小小说，质量抵得上一个平庸的中篇——这样的小说是很得人心的"。胡平是著名评论家，以他的身份，以他法眼，如此评之想来是有感而发。

我想小小说也是可以写出大气势，写出深底蕴的。

姜广平：说到这一点，我觉得你是在刻意营造娄东风情，想与苏州文化形成对接与呼应哩。我们可不可以这样认定，一个作家还是必须有自己的故乡，当然，我在一些评论中谈到，一些作家走出了家乡，走向了大千世界，但对故乡的守望或者回望，应该是一个作家惯常的行为方式。

凌鼎年：上世纪九十年代开始，我对"娄城风情系列"确实倾注了相当的心血，我想以小小说的形式，写出太仓地区的历史与现实，写出几个家乡父老人物，因为我熟悉这块热土，热爱这块热土。只要我动笔，那熟悉的身影就会向我走来，那音容笑貌就会浮现在我脑海里，使我下笔有话可说，有事可写。其实，一个优秀的作家，特别是小说作家通常都会有自己的"一亩三分地"，我把从小生活的太仓视为了自己的创作基地，视为了素材库。我热爱太仓，太仓也很厚爱我。

汪曾祺早就离开了江苏的高邮，但他优秀的作品，大抵与高邮的风土人情有关系；高晓声也离开江苏武进多年，但他最脍炙人口的小说作品都是以武进农村为背景的。不知这算不算一种文学的回望？

坚守自己的"一亩三分地"固然有必要，但守得住，还要走得出。所谓走得出，一是指作家的思想，作家的意识要走出去，走向更广阔的天地；二是作家的踪迹要走出去，所谓行万里路，没有开阔的视野，没有见多识广，没有东西方文化的比较，如何有全球意识；第三，作品走出地方，走向全国，走出国门，走向世界。

满足于在当地文坛"称王称霸"，那是文学的"小农意识"，如果你的作品能在全国的层面上，在世界文坛被认可，被赞誉，那才是过硬的，那才是真正的成功。

姜广平：说到这一点，突然发现，你现在差不多把微山湖给扔了。

凌鼎年：因为我在微山湖畔的煤矿生活了整整二十年，因此我一度以微山湖为创作题材，以煤矿为创作题材，我七八十年代写的中篇小说、短篇小说，几乎一大半以上与微山湖有关系，譬如，当年上海的《文汇月刊》是很牛的一个刊物，从创刊到停刊，100期中唯一发的一篇处女作就是我的短篇小说《风乍起》，就是以微山湖风情为背景的。我还经营了微型小说的《微山湖风情系列》。只是八十年代时，我还在煤矿讨生活，充其量是个文学青年、业余作者，籍籍无名，人微言轻，很少有人会关注到我的《微山湖风情系列》。1990年2月我调离煤矿，回到生我养我的家乡太仓，一晃也整整二十年了，我曾经回到微山湖畔两次，应该讲那边的变化也不小，我自己觉得我对现在的微山湖一带的了解很表面，很肤浅，故我不敢再随便动笔写微山湖风情的小说了，怕贻笑大方，怕亵渎了我的第二故乡。

微山湖是我生命中重要的一站，也是我文学创作的重要起点，我对微山湖也是有感情的，我不会忘怀微山湖。在我的散文等回忆性文章里，微山湖还是在我作品中多次出现的。

姜广平：当然，从题材角度论，你还涉及到佛教。然而，在这里，我似乎有一层担心，佛教的精髓，会不会因为小小说之"小"而受到消解呢？

凌鼎年：对佛教、道教、伊斯兰教等我并没有什么研究，但有关这方面的书籍我倒收集了一些，也翻看过。中国的十大著名寺庙，我除了拉萨的大昭寺没有去过，其他如拉卜楞寺、塔尔寺、法门寺、白马寺等我都先后去过，像孔庙，我因接待陪同竟去过16次。我也有几位佛教界的朋友，偶尔会去问道，去讨教，去切磋，去交流，应邀去烧一炷新年的头香，吃一顿素斋。因为有些接触，我笔下就有了佛教的小小说，好像写过六七篇吧，不过是借佛教故事来阐述我对佛教的理解与尊重，主题无非是真善美，基本上都是积极的。例如《血经》，写抗日战争时期弘善法师、养真法师沥血写《大方广佛华严经》的故事，他们表示：前方将士在为民族存亡而流血，我们佛家弟子也要流点血，这是一种精神。

我想，佛教的精髓博大精深，绝不会因我的几篇小小说而消解的。我注意到小小说作家中，像山东的闵凡利等也多次发表过佛教题材的作品，这些作家都是与佛教有缘，与佛家走得比较近的，都一心愿为弘扬佛教思想作贡献的，即便我们对佛教的理解不全面，甚至有点偏差，但佛教一定会包容的。

至于小小说形式的小，这又何妨呢，我读过不少禅语哲思，都是极为短小的，精炼的，其传播反而比那些大部头的经书更远更快。

姜广平：现在的作家们，大都从短篇而中篇而长篇，像你这样坚守着"小"的，可能确实不多见了。

凌鼎年：我不是坚守"小"，我是选择"小"。我最初是写诗的，再杂文，再中短篇小说。最早的一篇小小说写于1975年9月，大约到了上世纪八十年代中后期，我开始转向以小小说创作为主。我与现在的大部分小小说作家的不同之处在于我是先写中短篇小说，再写小小说的，而现在的小小说作家，不少是小小说写出了成绩，再短篇小说，再中篇小说。

换句话说，小小说创作是我的自觉选择。因为我看到了小小说的前景，我愿为这个新兴的文体开拓、实践，甚至奉献。

我在写小小说的同时，中短篇小说也写一些，但写得不多，最长的中篇小说写了 8 万多字。也许退休后，会尝试些长篇小说。

姜广平：写小小说，可能要花点小心思。这可能是与做中长篇不一样的。当然，中长篇也需要技术与技巧，然而，在小小说，可能更需要匠心。我发现你的小小说足可说明这一点。被人们经常提起的《菊痴》《茶垢》《画·人·价》《一份腰围记录》等篇什，便非常巧妙地在技术与匠心上胜人一筹。

凌鼎年：长篇小说我没有写过，没有心得体会，中篇小说集子与短篇小说集子我都出版过，以我的创作实践，我的不少小小说完全可以写成短篇小说，我写时，笔触稍微放一放，就成短篇小说的框架了，但我有意识地收住，有人说我傻，认为无论从经济角度、知名度角度都吃亏了，但我不悔。因为我相信，我的小小说远比我的中短篇小说有读者，有价值，有流传下去的可能。

我曾经说过：中国的小小说把中短篇小说的技巧几乎都运用过了，并一再在探索，在翻新，我一直想主编一本《小小说技巧探索大观》。

我因为小小说写的多，是国内极个别超过一千篇的作家，这样就逼得我题材翻新，立意翻新，结构翻新，笔法翻新，所谓的技巧也就自觉不自觉地运用上去了。

我不敢说我的作品技术与匠心上胜人一筹，但我创作时应该讲是很投入的，是动了脑筋，花了心思的。我的技巧，不是为技巧而技巧，都是为主题服务的。巧妙的结构，可使作品的效果事半功倍。

姜广平：当初你是怎么样走上文学之路的？你在微山湖畔煤矿工作近20 年，这一段生活给了你不少东西吧？

凌鼎年：回过头来看，我走上文学之路，有偶然性，也有必然性。

可能有点遗传性吧。我祖籍浙江湖州晟舍，系明代写《拍案惊奇》的凌濛初的后裔，我祖父凌公锐毕业于日本早稻田大学，他著的《万国史纲要》《法制理财》当年做过教材，我父亲凌贻初四十年代时也写稿投稿，五十年代后就没再写过。父亲看过很多书，知道很多事情，我写的《茶垢》，原始素材就来源于父亲讲述的生活。

我小学三年级作文全校第一名，五年级时作文全县第二名，写作从小喜欢。1971 年因海外关系被命运抛到了微山湖畔的煤矿，刚去时，几乎没有什么文化生活，我就看书，写诗，自娱自乐。1973年，我被基层的发电厂推荐去参加大屯煤矿工程指挥部的文艺创作学习班，这一去就被选为了负责人，这一负责就负责了6期，我被指挥部文体办公室留了下来，这期间，我写文艺作品，写诗歌，写小说，办刊物，办报纸。指挥部还借了一个维修钳工到发电厂顶我上班，我嘛，两头跑跑，断断续续，一直到1982年读大学，才完全结束这种生活。

我们的煤矿地处苏鲁豫皖交界处，我们发电厂的围墙成了江苏与山东的省界线，那儿的风土人情与江南小城太仓反差极大，那儿的民风剽悍、淳朴，南北文化的碰撞，使我了解了很多很多，思考了很多很多。

我因属于煤矿的坑口电厂，八十年代时，我每年既参加《中国煤炭报》组织的文学笔会，也参加《中国电力报》组织的笔会，还因为我是徐州市作家协会的理事，每年参加一次采访活动，我得以走了不少名山大川，行万里路真的大有好处，眼界大开。这对我后来的文学创作不无裨益。

姜广平：更重要的是，你为什么选择了小小说这个行当？

凌鼎年：我一开始是写诗的，可惜写得多，发得少。我是个比较理性的人，我意识到自己本质上不具备诗人气质，我就掉转枪头，写起了杂文，我这人心直口快，加之看的书又多，写杂文倒也得心应手，一写就小有名气，还获过徐州市的杂文征文一等奖，被选为徐州市杂文小组的副组长，《杂文报》聘请我当特约通讯员。但后来一篇杂文差点惹出大麻烦，幸好报纸编辑保护我，没有通知我单位领导，领导不知道"丁年"是我笔名，不知道那篇杂文是我写的。我觉得我这脾性不适宜写杂文，无奈，又放弃了杂文，开始尝试写小说。

当我写起小说后，发现这种文体更适合我。因为小说可以虚构，可以编造，可以真真假假，假假真真，可以把自己的想法融到作品中去，把自己的理念让主人公来担当。我喜欢上了小说这种文体，一直到今天。

姜广平：就中国当代小小说而言，你觉得除了你之外，还有哪些有影响的作家？你对他们的评价分别如何？

凌鼎年：你这个问题是让我得罪人的问题，这些话，应该你来讲更合适。我毕竟是小小说圈内人，说好说孬，都会有人不开心。

我个人认为上世纪八、九十年代，许行、滕刚、刘国芳、孙方友、谢志强、沈祖连、王奎山、白小易、修祥明、生晓清、沙鼋农、张记书、司玉笙、吴金良、曹德权、喊雷、曹乃谦、于德北、袁炳发、汝荣兴等都是值得一提的名字。

进入二十一世纪，第二茬小小说作家中，影响比较大的有陈永林、秦德龙、蔡楠、侯德云、李永康、刘建超、宗利华、马新亭、邢庆杰、吴万夫、万芊、陈毓等。

许行的作品老辣，有品位，尤以抗日题材见长；滕刚的作品，想像力匪夷所思，荒诞中有严肃的思考，往往寓意深刻，不足之处较多地是涉及了性，有些读者难以接受；刘国芳对小小说是真有感情，文笔流畅轻快，语言隽永空灵，作品有哲理性，少男少女尤其偏爱，缺点是题材面相对较窄，形成一定思维模式；孙方友擅长笔记体小说创作，是讲故事的高手，作品可读性强，是小小说作家中少数知名度越出小小说文坛的作家；谢志强读外国作品较多，热衷于魔幻手法、现代派手法，形成了谢氏自己的创作特色，也是小小说作家中少数具备理论功底的作家；王奎山的作品很实在，有几篇沉甸甸的，只是作品的量太少，影响也就有限，小小说毕竟不能像长篇小说"一本书主义"；曹德权的作品我比较欣赏，作品厚实，可惜英年早逝；喊雷的作品也往往可圈可点；生晓清与沙鼋农都是极为聪明，极有想法的小小说作家，写出了不少精彩之作，但都移情别恋，在其他方面发展了。

陈永林的创作与刘国芳有相似之处，都是小小说界的快枪手，一点小事就能铺陈为一篇好读的作品。据说他目前的创作量已超过两千篇，搞小小说创作的都知道，小小说是一篇一个题材，两千多个题材，你能想像吗？在这一点上，不佩服不行。

实事求是第说，这几年秦德龙的作品，题材、立意、构思、笔法变化最多，这种求索精神要肯定。

如果除却人为的因素，从大范围而言，即从整个当代文坛来观照，所谓的影响大抵还局限于小小说文坛内部，或者作家生活的当地，放在全国的层面上，有知名度的小小说作家，读者耳熟能详的小小说作家名字，实在寥寥无几，如果扩展到世界文坛范围，更加凤毛麟角，这可能与评论家还未足够关注到这个群体不无关系，媒体还未重视这个群体不无关系。

姜广平：你的作品在海外华人圈子里有着很大的影响。但国内为什么没有相应的热度呢？当然，在中国，目前阶段的文学整体处于一种低迷状态也是事实啊！

凌鼎年：我的小小说以文化题材见长，海外读者也就比较偏爱。而有些官场题材，海外读者老老实实地告诉我读不懂，他们不理解在中国的官场怎么会有那种情况发生。

我因为在海外 26 个国家与地区的报刊发过作品，有的海外报纸还开过我专栏，海外的多家报刊专门介绍过我，海外的多家媒体也采访过我，因此，有不少海外读者读过我作品，对我有所了解。还因为我策划成立了世界华文微型小说研究会，担任了秘书长，参与了海外的一些文学活动，故而，海外不少华文作家都知道我，大概这个原因吧，美国的"汪曾祺小小说奖"聘请我为终评委，香港的世界中学生华文微型小说大奖赛聘请我为总顾问、终审评委。前几年应邀去了美国的伯克利加州大学参加世界华文文学国际学术研讨会；2009 年应邀去奥地利维也纳参加欧洲华文作家协会的年会；今年 2 月应邀去新西兰奥克兰参加大洋洲华文作家协会的年会与研讨会；明天，即 8 月 25 日，我又将应邀去澳洲参加墨尔本作家节，在墨尔本、悉尼分别讲课，讲微型小说创作。目前，还有几个国家的朋友要邀请我去讲课，参加他们的文学活动。

你说到的国内没有相应的热度，我没有感到国内文坛冷落我呀，在小小说作家中，我是参与国内文学活动最多的，应邀去各地讲课也是最多的，我除了去过香港、澳门讲课，还应邀去新疆、内蒙古、上海、四川、贵州、湖北、河南、浙江、江苏等多个省市讲课，还担任了十家以上报刊的顾问、编委、名誉主编、执行主编等，多次被聘请为各类全国性微型小说大赛的评委，像《小说选刊》举办的"蒲松龄文学奖（微型小说）"我就是评委会副主任，只是主流媒体没有报道而已。

这不是对我的冷落，是对整个小小说没有热起来，因为小小说属于纯文学范畴。所以说，小小说的民间性远胜于官方性。

姜广平：当然这方面，还是你最有发言权。你对小小说的写作浸淫日久，对小小说的研究与分析，也做了大量的工作。这方面，你不妨展开讲一讲，使更多的读者正确认识小小说。

凌鼎年：关于这个问题如果要展开讲的话，那就说来话长了，好在我撰写过一篇《中国微型小说备忘录》，从 16 个方面进行了论述，共 11 万多字，可以在网络上查阅，这里就不占篇幅再饶舌了。

记得2001年时，中国微型小说学会准备向中国作家协会汇报微型小说发展的情况，会长江曾培嘱我执笔写一份汇报，我写了五千来字，最后一段原文是这样的："总之，经过二十年的发展，微型小说这种文体已趋向成熟，微型小说也有了自己相对固定的作家群与日益扩大的读者群，这种文体的发展，不以人的意志为转移。事至今天，我们已完全没理由鄙视或小看这种文体了，重要的是应该好好研究这种微型小说现象，让一向对这种文体冷漠的评论家来关注、评论这种文体，也希望有关部门积极加以引导、规范，使之为社会主义精神服务。"

据说这份汇报最后交到了金炳华手里，后来在第六届中国作家协会的工作报告里，第一次提到了微型小说，评价微型小说是广大读者喜闻乐见的一种文学形式。

一晃，又过去了八、九年，今年2月份，中国作家协会通过决议，把小小说纳入鲁迅文学奖评选范围，我想这是中国作家协会表明了对小小说这种文体的一种态度。

姜广平：赵禹宾说："小小说是瞬间爆发的艺术，但能量的储备却要靠平时积累。"这样的艺术判断，其实可以适用于所有的艺术种类。在我看来，小小说，言其小，倒不一定是非得瞬间爆发，真正的好小说，可能瞬间爆发的倒真是少之又少的。小小说，肯定不能仅仅从时间角度来界定它。

凌鼎年：赵禹宾是《小小说月刊》的主编，一级作家、一级画家，以评论为主，兼写中短篇小说。他说的"小小说是瞬间爆发的艺术，但能量的储备却要靠平时积累"是他的一家之言，我的理解，小小说写的好与不好，与平时的生活积累、艺术修养积累、思考深度的积累都大有关系，有了这些积累，当你提笔创作，或坐到电脑前敲打键盘时，那些积累就一下子融入到了你作品的字里行间。

其实，对于我们作家来说，创作过程中，哪会想到这些理论性的说辞，我们只考虑人物、故事，细节、语言，开头、结尾。

对一篇小小说，是否优秀的判定，我想读者无非是看有没有引起联想、共鸣，有没有被感动，有没有被震撼，有没有说出读者的心里话，等等，这才是主要的。

瞬间爆发，还是水到渠成，对读者来说都无所谓。读者多数关心结果，很少关心过程，两者都关注，这是评论家的职责。

姜广平：如果从时间角度论，小小说的节奏可能与生活的节奏正好相悖。这可能是很多小小说作家未能意识到的一点。这样一来，小小说的节奏处理与时间意识处理，就成了大事。毕竟，小小说仍然是小说。不是一句话，更不是一种对世界的归纳与概括。

凌鼎年：可能我的理论功底实在太差，你说的稍带理论化，我就有点琢磨不透了，我不知道如何与你对话。我习惯于形象思维，拙于逻辑思维。

我不知其他小小说作家如何理解，至少我从来没有认为自己或其他文友的小小说是对世界的归纳与概括，即便中短篇小说，恐怕也难以有这本事。我只知道，小小说与短篇小说一样，都是截取生活的横断面，源于生活，高于生活，虚构故事，塑造典型，写活"这一个"。

在我的创作中，从时间概念而言，我写过几小时内发生的事，也写过十年二十年内发生的事，同时还写过人的一辈子，写过古代与现代时空交叉的人与事。记的有一篇小小说写作时，写着写着就卡住了，衔接不上了，如何承上启下呢，我想了老半天，突然，一行简单到不能再简单的"十年过去了"，跳到我眼前，我一下子豁然开朗，作品立马前后贯通，不知这算不算时间意识处理？

姜广平：现在，可以这样说，你因为有了大量的小小说写作，从而对小小说文体有着明晰的认识和把握，同时，也能够在调动和娴熟掌握小小说写作的各种艺术手段时，对传统的现实主义和现代、后现代的实验文体，有着非常深刻的体认，并同时对小小说各路诸侯有着非常清醒的判断与评价。

凌鼎年：我从七十年代开始写作，从1980年开始发表作品，三十多年来，已发表了3000多篇文学作品，小小说也有1000多篇了，写过历史题材、现实题材，写过武侠小小说，科幻小小说、侦破推理小小说、幽默小小说、官场小小说，使用过现实主义手法、浪漫主义手法、现代派写法、黑色幽默写法、荒诞派写法、魔幻派写法，文体探索也写过多篇，等于是文坛的十八般兵器都试了试，一是使自己的作品不再单一，二是挖掘挖掘自己的创作潜力。不过，每个作家有每个作家的优势、长处与不足，尝试永远需要，但总归有个主打手法、基本题材。譬如，我不善写女人，不善写爱情故事，我就要扬长避短，爱情故事只能偶一为之，多写难保不写假了，我就退避三舍。还是让刘国芳、陈永林他们去显身手吧。

同样，有些小小说作家的根在农村，写农村是他们的优势，有些小小说作家外国书籍看的多，擅长写外国故事，那我就错位写作吧，我着重写好我的文化意蕴小小说就可以了。

姜广平：我还发现，你借助于小小说，在做一些文学活动，同时借助于这些文学活动，又进一步扩大小小说的影响。看来，文学是到了一个需要用经营的方式来推进的时代了。我总觉得，过去有人对这样的事给予批评，现在觉得，有人做这样的事，总比没有人做这样的事要来得好。

凌鼎年：有人说我是小小说的活动家，不管是表扬性质的，还是语带讥讽的，我一概笑笑。因为，我有作品，有作品就有底气。我没有因为参加活动而少些作品，我高峰的几年，每年要写50万字的作品，这几年写的少一些，每年也不会少于二三十万字的作品，我已经出版了30多本集子，今年还有4本在出版之中。而且我的作品集，很少有作品重复的。30多本集子，这在小小说作家中，不是第一，就是第二。我总共发表了800多万字作品，这在小小说作家中绝对第一。我收进海内外教科书的小小说有16篇，这也是最多的，所以我不怕别人说我是"活动家"。

我对小小说是当做事业来做的，有位培训教授说："心在那儿，收获在那儿！"诚哉斯言。我对小小说的投入是全身心的，有几个人愿像我这样不计成本，不顾得失的投入与奉献。

我所做的，就是为推进小小说的发展，让更多的人了解小小说，热爱小小说。我近年所做的就是推进海内外小小说的双向交流，即把中国的小小说推介到海外，把海外的小小说介绍到大陆。当然，在这个过程中，也让更多的读者认识了我，了解了我，这大概就是我说过的"不求回报有回报"吧。

姜广平：极有意味的是，你也是从写诗歌开始的。很多作家都是从写诗歌开始走向小说。为什么后来扔下诗歌呢？在我看来，小小说的品质有时候还真的如同诗歌，精致是一方面，凝练与意蕴丰富也应该是小小说的品质。语言上稍有不同，但小小说要举轻若重，又要能举重若轻。

凌鼎年：不再写诗歌，是因为我觉得用小说形式更能表达我对这个世界的看法。但当年的诗歌创作，锤炼了我的语言，对小小说创作的空灵、空白等等，都不无益处。诗歌要靠意象来表达意蕴，小小说则要靠情节，靠细节来传达主旨，确有相通之处。

举轻若重，与举重若轻，看似矛盾，实质对立统一，得视题材而定，该举轻若重时举轻若重，该举重若轻时举重若轻，那才是高手，那才能把作品写的有变化，有深度。我在努力实践之，做得如何，就让读者来评判了。

姜广平：中篇与短篇你也都写过，可是，为什么最终还是执著于小小说呢？你觉得小小说与短篇、中篇真正的不同在哪里？

凌鼎年：我的本职工作是侨务办公室的副主任，属于国家公务员，我所有的作品几乎都是双休日、节假日写的，我不愿别人说我利用上班时间爬格子。故而我每写一篇作品，都有本子纪录在案写于哪一天，以备查考。我的社会兼职也比较多，有70多个，虽说都是虚的，但总会有这样那样的事要去参加一下，去处理一下，我很少有整块的时间，写大的作品相对困难些，那就忙里偷闲写点小小说吧。更主要的是我喜欢小小说，我从来不会因别人叫我小小说作家而有自卑，我也不需要以写中短篇小说来证明自己的创作能力或其他什么。

中短篇小说与小小说的区别，首先在篇幅上，其次在结构上，小小说的人物肯定不能太多，矛盾肯定相对单一，通常一条主线，偶尔有条副线，最好没有闲笔，绝对不能有败笔；小小说以叙述的笔法为主，描写的笔法为辅，否则很难控制字数。

姜广平：今后是不是还有可能回到中篇或短篇上呢？

凌鼎年：回到中短篇小说创作上，这个表述不够确切，因为我从来没有放弃过中短篇小说创作，只是写的少一点而已。还有一年我就退休了，或许退休后我会多写一些中短篇小说，也可能写酝酿已久的长篇小说，随缘吧。我不喜欢制定创作计划，写作全凭兴致，有兴致写就有乐趣，不管是写长写短。

姜广平：我们再说一个也许非关小小说的问题。从你的社会角色看，我发现，你非常着意于自己的"文人"或"文化人"的定位。特别是后者，作为一个文化人,你似乎更为醉心。委实,我们现在的小说作家,如同费振钟所批评的,都非常醉心于做一个文体家。其实,作家是一个内涵丰富的概念。一个不懂得文化,或者,一个作家不知道风雅,哪怕是附庸一下风雅,可能其作品的品质就要大打折扣了。我发现,你在这方面,还是非常关注的。书画研究方面,颇有心得。在这方面,我们很多作家也还是做得不错的。冯骥才、黄永玉等名家都不仅仅会侍弄文学作品。我们苏州的几个作家在这方面也非常棒,车前子啊陶文瑜啊,这样的文人,有点味儿了。

凌鼎年:这可能与家庭出身,家庭背景,家庭教育等不无关系,我们家可算书香家庭吧,小时候听我父亲讲:我的曾祖是皇帝的御医,因治好过醇亲王的病,皇帝赐了他一个格格为妻,这样说来,我有一点点满族血缘,有几分之几的皇室血统,著名作家台湾高阳撰写的《慈禧全传》里有提到过这位姓凌的御医。我们家里从来不搓麻将,不打牌,读书氛围很浓。我弟弟凌微年,我侄子凌君洋都出版过自己的文学作品集子。我早期的散文集、随笔集,分别是我老婆与儿子写的序;我与我弟弟都喜欢买书、读书、藏书。

我现在主要做两件事,一是小小说创作,以及与小小说相关的事;二是娄东文化的研究,与娄东文化相关的事。

我撰写、出版过《江苏太仓旅游》《太仓近当代名人》两本与太仓地方文化有关的书,正在出版中的《弇山杂俎》也是与娄东文化有关的文章。我是当地唯一的高校健雄学院娄东文化研究所聘请的研究员,也是文化局聘请的娄东文化顾问,太仓市委宣传部主编的《娄东文化丛书》也聘请我为编委。我是个家乡观念比较重的人,很想在弘扬娄东文化方面做点事。我作为太仓市的政协常委,算是提案大户,每年的提案基本上是文化类提案。近年,像中央电视台、中国教育电视台、香港凤凰卫视、美国蓝海电视台、江苏省电视台、台湾东森电视台等来太仓采访、拍摄,有关方面都叫我出场,央视在播放时,介绍我时,打出的字母为"文化学者",并不是我让他们这样打的,让我好不惭愧。

我因为接触的文化人多一点,比如太仓的书画家,我几乎都为他们写过人物写真、作品评论、集子代序、展览前言等,由此,或多或少就会在我作品中出现,有评论家就把我作品评论为"文化意蕴小小说"

姜广平:最后,我想表明一下我的态度。我非常乐意承认:"凌鼎年是目前中国微型小说界创作、发表文学作品最多，应邀参加海内外文学活动最多，在海外影响最大的微型小说作家。"也非常赞同海内外小小说同行与评论界对你的界定：中国当代"微型小说创作的代表"、"中国小小说之王"、"微型小说文坛的劳动模范"、"微型小说获奖专业户"。小小说界有"凌鼎年现象"，也是我非常欣慰的。但客观上讲，我觉得这些说法都不是文学评论的话语方式，就更不要说可能还有些过热的圈子里的评价了。然而，我非常乐意借这次对话的机会让更多的读者认识凌鼎年、理解凌鼎年，同时，更深刻地体认小小说、理解小小说。

凌鼎年：非常有幸与你进行了一次对话。我知道你都是与文坛的大腕作家与热门作家对话的，与小小说作家对话还是第一次。说实在，我在做这次对话时，既代表我自己，也很想借此为小小说作家说说话，如果你觉得我不谦虚，请谅解。

对小小说寄予厚望的朋友们对我是有些谬奖，但我自己知道自己几斤几两，不会因表扬而飘飘然，也不会因有人小瞧小小说而生自卑心。当小小说在艰难成长时，也确实需要方方面面的鼓励，哪怕有溢美之词，但当小小说开始成熟，开始进入堂奥之时，我们小小说作家尤其要保持冷静的头脑，要有忧患意识。我已时时在告诫自己。

本来可以写得从容一些，有些问题应该思考得更细更深些，应对更自如些，但我明天要去澳洲讲课，走前这几天事情实在太多，只好一有时间就坐到电脑前敲打，断断续续，总算是勉强写完了。

2010 年 8 月 24 日于太仓先飞斋

发表于《西湖》杂志 2010 年 10 期 "文学前沿" 栏目